徐一士說掌故

《一士類稿》

徐一士・原著
蔡登山・主編

敗，慈禧最恨康、梁，但康、梁都是被徐致靖引到光緒身邊的，因此慈禧對徐致靖的痛惡可以想見。徐致靖之所以能意外逃生，其外孫、梅蘭芳的秘書許姬傳認為是由於李鴻章的援手，徐致靖才能被判絞監候。庚子事變，慈禧太后西逃。八國聯軍入京，刑部大牢無人職守，請徐致靖回家。慈禧回京後，下詔赦免。徐致靖後歸隱杭州姚園寺巷直至一九一八年病逝。徐一士和其兄徐凌霄從孩提時起即接受變法維新和民主革命思想的教育與薰陶，並親身經歷當時社會驚天動地的巨變和家庭遭受的巨大打擊，促使他們決心利用自身的學識和文筆，積極投入關係國家命運的社會改革運動中去。徐一士在一九一〇年畢業於山東客籍高等學堂，一九一一年在北京前清學部複試，取得進士出身，任法部都事司七品小京官。辛亥後，在濟南任上海《民權報》、《中華民報》擔任特約通訊員，又擔任北京《新中國報》通訊員及編輯，又曾任《京津時報》、《京報》編輯，先後在《晨報》、《國聞週報》等處任特約撰述。一直從事文史掌故的研究和考證。一九二四年起在北洋政府農商部（後改實業部）礦政司任職，此期間還兼任平民大學新聞系、鹽務專科學校、北京國學補修社、北京國學書院講師、教授，一九二八年起在中國大辭典編纂處任編纂員，直至一九五五年退休。一九五八年經梅蘭芳先生推薦，進入北京文史館任館員，直至一九七一年十一月病逝。

徐一士初與胞兄凌霄合署在《國聞週報》連續發表《凌霄一士隨筆》，自一九二九年七月七日起，至一九三七年八月九日因日寇侵華影響而停止，連載八年有餘，其中操筆者為徐一士。洋洋一百二十餘萬言，被稱為民國年間掌故筆記的壓卷之作。與黃濬的《花隨人聖盦摭憶》、瞿兌之的

《人物風俗制度叢談》被稱為民國三大掌故名著。有趣的是他們三人彼此都熟悉，他們都出身晚清名門世家家學深厚，博涉新學，於前朝掌故及當時勢態甚為熟悉。學者張繼紅就指出「黃濬的《花隨人聖盦摭憶》五十餘萬言，以清代為中心，而不專於清代，以轉述掌故為主；瞿兌之的《人物風俗制度叢談》約三十萬言，資料豐富，尤集中探析人物情態及風俗制度之變遷，時間則兼跨明清，其筆法以排類資料、文尾點睛為特徵；徐一士的《凌霄一士隨筆》近一百二十萬言，是民國年間篇幅僅次於《清稗類鈔》的掌故巨著，其內容則集中理析清代，尤其是道咸以來至民初近百年的朝野掌故，尤矢志於此期著名人物、科舉制度及官制流變，其筆法則重在排比資料，連類縷析，探微析幽，甚具史學眼光。事實上，瞿、黃二人或以詩文，或以史著聞名，並且均涉足政壇，命運各異；而徐一士則是終身致力於清末民初掌故。」他並指出《凌霄一士隨筆》其內容主要，可分為三大類：一是甄別、排比大量史料，敘述近世重要的歷史人物。二是論述清代科舉制度的演變，以及名人科考故事等。三是以大量史實為依據，梳理了近世官僚派系鬥爭之脈絡。

金性堯筆名文載道，當年曾在《古今》雜誌寫文章的，在一九五〇年曾到北京拜訪過徐一士，他在文章中談道：「徐先生治掌故有三大優勢：健於記憶，善於綜合，精於鑒別。從他引用的史料來看，除了少量的手札等外，大都是常見的書。他的每一篇談掌故的文章，大部分是在做文抄公，自己著墨不多。看的人就需要耐性。然而凡所議論，卻頗為精到通達，通達是指不偏激不迂腐；特別是對前人記載中的謬誤而又有關典制的，他都能一一糾辨，這也是測量掌故學者功力的一個重要標誌，茶餘酒後的談助當然也不可廢，究非掌故之堂奧。」又說：「糾誤補闕之處，舉不勝舉。其隨手寫來，左鄰右舍，莫逆於心，熟極而流的特長，正是徐氏掌故的力度所在，故而讀來如飲醇醪。」

徐一士著作等身，然他對於出版卻極為慎重，他曾自言：「余學識譾陋，拙於文辭，故寫稿不敢放言高論，冀免舛謬。所自勉者，首在謹慎，所謂不求有功，但求無過。然『無過』不過『求』而已矣，豈易言哉？」因此終其一生只出版過兩部掌故著作分別是《一士類稿》（1944年上海古今出版社出版）和《一士談薈》（1944年上海太平書店出版）。那是在摯友掌故家瞿兌之、謝剛主（國楨）、周黎庵等人鼓勵敦促下，前者三十餘篇，「承朱樸之、周黎庵兩先生，收入《古今叢書》之三，略以類相從。仍各注明某年，以《一士類稿》之名稱出版。」後者凡三十篇，略猶前出《一士類稿》之例，以談述人物者為多。「復承柳雨生的太平書局願為印行，因檢理叢殘，更為《一士譚薈》之出版。」1983年5月，北京書目文獻出版社將《一士類稿》和《一士談薈》二書合併重排印行。此後二十餘年內，北京、上海、四川、山西、遼寧、吉林、重慶、台北等海內外十餘家出版社都曾翻印出版過。另有《一士類稿續編》是徐一士於三四〇年代發表於《古今》、《逸經》、《實報半月刊》、《中和月刊》等雜誌上而尚未整理結集的文章，重新校閱選輯成冊。其內容考明清典章制度，論晚近政壇、文壇重要人物，下筆徵引必有實據；辨晚清官僚政爭，記舊聞軼事等則如數家珍，文筆流暢優美，是瞭解晚近政治、軼聞不可多得的史籍。

《一士類稿》以記清末掌故為主，共計27篇，有19篇分別載於《國聞周報》、《逸經》等雜志，所寫人物多為文壇學界名宿。如王闓運、李慈銘、章太炎、陳三立、廖樹蘅、張百熙等，又記有靖港之役、咸豐軍事史料、庚辰午門案等，作者熟知清末掌故，所記故事，或為親身見聞，或為轉錄孤本，或雜錄各種記載而予以考證比較，對於研究近代歷史頗有參考價值。

其中對於清代的科舉制度更是熟稔，如談到「搜遺」，乃是科舉時代主考官在發榜前複閱落選的考卷，發現優異者臨時補取，稱之為「搜遺」。鄉會試後考官例得搜遺，惟往往習於省事，僅閱同考官所薦之卷，餘置不問。宣宗恐各省同考官屈抑人才，壬辰五年降諭云：「……各直省同考官，則年老舉人居多，勢不能振作精神悉心閱卷，即有近科進士，亦不免經手簿書錢穀，文理日就荒蕪。各省督、撫照例考試簾官，仍恐視為具文。全恃主試搜閱落卷，庶可嚴去取而拔真才」。這一年，湖南左宗棠參加鄉試，他的卷子本來已被同考官批以「欠通順」三字，沒有取中的希望了。幸好有道光帝上述一道諭旨，湖南鄉試考官徐法績（本來正考官有兩位，另一位胡姓編修不幸在這關鍵時候掛了）「獨披覽五千餘卷，搜遺得六人」，這樣，左宗棠才成了舉人，於是他對徐法績終身感激。吳士鑒參加壬辰會試，「卷在同考官第六房吳鴻甲手，頭場已屏而不薦，迨閱第三場對策，乃歎其淵博精切，深得奧窔，始行補薦，竟獲中試。鄉會試專重頭場（四書文），久成慣例。頭場不薦，二（五經文）三（對策）場縱有佳文，房考亦多漫不經意，難望見長。」這也許才是人們痛斥八股取士之害甚於始皇坑儒的原因吧。我們可以看下翁同龢（這科主考官，時以「矯空疏之習，每主試，必屬房考留意經策，於策尤重條對明晰，以瞻實學而勸博覽」而著稱）日記中記的策題：論語古注，新舊唐書，荀子，東三省形勢、農政。這怎麼可以說掄才大典不關心國計民生大事，僅以八股定高下呢？至少制度上還是非常注重真才實學的。又殿試，「故事，讀卷八人，依閣部官階先後為位次，各就其所讀卷分定甲乙。待標識即定，乃由首席大臣取前列十卷進呈御覽，然諸大臣手中各有第一，初不相謀，仍依憲綱之次序為甲第之高下。」這就是說，能不能成為三甲，和進士們自己的運氣也很有關係，若不幸和強人在一起，同處一個閱卷官之下，那成為三甲的難度大了很多。而且要首席閱卷大臣中的那位第一成為狀元的可能性才更大些。當然，最終的決定權在皇帝那裡，因為名字喜氣或長得帥的人被擢拔成狀元的也很多，反之丟掉狀元的也不少。還有因為地域平衡的需要也有可能改變狀元的歸屬。如趙翼就因為江浙狀元太多而被乾隆把狀元給了陝西的王傑（在王傑之前陝西在清代一個狀元也沒出過）。

另外書中將左宗棠與梁啟超並舉看來有些突兀，但其中卻有深意。徐一士說：「余以其均為清代舉人中之傑出者，早有大志。對於仕宦，則左氏志在督撫，梁氏志在為國務大臣，後各得遂其願。此點頗為相似，故並述之。」然而作者對二人的評價卻大不相同，他說梁啟超「其人不愧為政論家之權威者，筆挾情感，善於宣傳，每發一議，頭頭是道，其文字魔力，影響甚巨（晚年關於學術之作，亦多可稱），而政事之才，實極缺乏，故畢生之所成就，終屬在彼不在此耳。」他認為梁啟超無政治才幹，但有論政才華。至於左宗棠，他則大加推崇說：「若左宗棠之如願而為督撫，所自效於清廷者，武略則平靖內亂，戡定邊陲，政謨則盡心民事，為地方多所建設，自另是一種實行家之卓越人才矣。」

又柯劭忞以著《新元史》而聞名於世，而其人則大有趣，被稱為「書淫」。話說某年柯氏入京會試，同行者為母舅李吉侯豐倫，二人試畢回豫，不幸遭遇大雨，舅氏罹難，柯氏殆有天助而脫險歸。「叩見其父後，見案頭有某書一部，亟取而閱覽，於遭險之事，一語不遑提及也。其父檢點其行裝等，睹水漬之痕，詢之，而柯氏方聚精會神以閱書，其味醰醰然，未暇以對。其父旋於其攜回之書箱中，見有《蘿月山房詩集》一冊，李吉侯所作也，因問及李氏，柯對曰：死矣。而仍手不釋卷，神不他屬。父怒，奪其書而擲諸地，訶之曰：爾舅身故，是何等事！乃竟不一言，非呆子之呆，一至於此耶！」讀之真令人噴飯，書呆子之呆一至於此耶，未免太不盡人情矣！

《一士類稿續編》中徐一士寫有讀《崇德老人紀念冊》的長文，崇德老人為湘鄉曾文正（國藩）之季女，名紀芬，曾國藩一生帶過數十萬兵、用過數百名將領、推薦過十數位督撫封疆大吏，並以「識人之明」見稱。但在擇婿方面卻屢屢看走眼！因此他生前自嘆「坦運」不佳（「坦運」一詞，乃左宗棠所創，謂曾國藩對諸婿皆不甚許可）。也因此曾國藩對小女兒曾紀芬的婚事十分慎重，直到十八歲時才許配給了聶爾康之子聶緝槼（仲芳）。《崇德老人紀念冊》附有〈崇德老人自訂年譜〉，自一歲至八十歲止，八十以後事，由其壻瞿宣穎（兌之）撮要附述於譜後。其中所敘，可藉以考見曾、聶兩家之事，而有關乎政治及社會之史料至夥，皆足徵信，實治近代史者所不可不讀之書。

徐一士在讀《崇德老人紀念冊》提到「曾左夙交，後雖相失，舊誼仍在。」其實在曾國藩病逝後左宗棠是非常照顧曾國藩的後人的，同治十一年（1872）二月曾國藩病逝南京，左宗棠得知消息後非常悲痛。在寫給兒子孝威的信就說：「曾侯之喪，吾甚悲之，不但時局可慮，且交遊情誼，亦難恝然也。已致賻四百金，並輓之云：『知人之明，謀國之忠，自愧不如元輔；同心若金，攻錯若石，相期毋負平生。』蓋紀實也。見何小宋代懇恩卹一疏，於侯心事頗道得著，闡發不遺餘力，知劼剛亦能言父實際，可謂無忝矣。君臣朋友之間，居心宜直，用情宜厚。從前彼此爭論，每拜疏後，即錄稿諮送，可謂鉏去陵谷，絕無城府。至茲感傷不暇，乃負氣耶？『知人之明，謀國之忠』兩語，久見奏章，非始毀今譽。兒當知吾心也。」他並要兒子孝威能去弔喪：「過湘干時，爾宜赴弔，以敬父執；牲醴肴饌，自不可少；更能作誄哀之，申吾不盡之意，尤是道理。」同時也表明他和曾國藩有所爭執，全是為了「國勢兵略」，絕非「爭權競勢」，對於「纖儒妄生揣疑之詞，何值一哂耶！」。這信寫得感人肺腑，可謂字字皆由心竅迸出，真乃一生一死，交情乃見。

而在〈崇德老人自訂年譜〉中曾紀芬又記錄光緒八年時任兩江總督的左宗棠約她見面的情形。原來十年前，擔任兩江總督之任的正是曾國藩，那時候曾紀芬尚待字閨中，隨父母一同住在這座府邸裡。曾紀芬說：「別此地正十年，撫今追昔，百感交集，故其後文襄雖屢次詢及，余終不願往」。左宗棠知悉其意後，特意打開總督府的正門，派人把曾紀芬請進去。曾紀芬在其《自訂年譜》中云：「肩輿直至三堂，下輿相見禮畢，文襄謂余曰：『文正是壬申生耶？』余曰：『辛未也。』文襄曰：『然則長吾一歲，宜以叔父視吾矣。』因令余周視署中，重尋十年前臥起之室，余敬諾之。」左宗棠與曾紀芬這段對話，非常精妙。曾國藩長左宗棠一歲，左宗棠固久知之，此處顯然是故意說錯曾國藩的生年，然後借機搭話，向曾紀芬表達關照的意願，做得自然而然、不露痕跡。左宗棠因文正而厚其女及婿，談吐之間，亦見老輩風韻，佳話可傳。然後左宗棠很暖心地陪著曾紀芬找到了當年她曾經住過的起居之室。可以想像當時曾紀芬的內心，會是何等的溫暖。都說官場人情淡薄，而左宗棠卻在曾國藩故去多年之後，把他心底最溫情的父輩之情給了曾紀芬。後來曾國荃到南京時，曾紀芬還回憶道：「嗣後忠襄公（按：曾國荃）至寧，文襄語及之曰：『滿小姐已認吾家為其外家矣。』湘俗謂小者曰滿，故以稱余也。」——也就是說，左宗棠認為自己家就是曾國藩小女曾紀芬的娘家了。

另徐一士在〈《古今》一周紀念贅言〉一文中談到「文史不分家」，他說：「惟『文』與『史』雖若各有其分野，而『文』之含義本多，『史』之領域亦廣，二者實有息息相通之關係，固可分而不盡可分也。『文』『史』就其發生上言之，可稱為一對孿生子，其後雖漸分化，而關係仍屬密切。大史家每具文心，大詩人亦多史筆，司馬遷與杜甫即為最顯著之例證。史學家劉子玄、章實齋，於所作《史通》、《文史通義》中，論史衡文並重，尤足見兩者界域之不易劃分。迄於最近，盛唱以科學方法治史，史學乃與文學判為兩途，成為社會科學之一部門。此在學術上固為一種進步，然以過於重『事』而輕『人』，重常則而輕變象，充類至盡，幾將以歷史統計學為史學之正宗。流弊所及，『史』只剩留枯燥的名詞數字，『文』只剩留浮飄的感情。其實『文』與『史』畢竟均以人類生活為其對象，史書之佳者，特具意境，正與文藝無殊耳。要之，『史』不可無性靈，『文』亦不可無實質，否則治史將等於掘墳，學文亦將等於說夢，其影響殆可致民族活力與熱情之衰退，非細故也。是以治史者不宜僅以排此史跡為已足，尤宜注意於抉發史心。文藝作品之有資於史學者，有時或迂於碑版傳狀之類，因後者每只是事跡的鋪陳，前者每可見心情的流露，此杜甫、元好問、吳偉業等之作，所以稱為詩史歟！」

《一士譚薈》內容分別載於《國聞周報》、《逸經》等雜誌，所寫人物多為清末民初軍政要員。書中記述太平軍大敗曾國藩，以及左宗棠、彭玉麟、榮祿、岑春煊、袁世凱、陳寶琛等人逸事，取材於近人筆記、文集、函札、日記等，除廣集資料，詳加剖析，去偽存真之外，對臧否人物極為慎重，堅持客觀嚴正公平態度，絕不妄立一家之言，妄加褒貶，對研究中國近代史有參考價值。例如此書中之〈督撫同城〉和另篇〈首縣〉都是研究清代地方官制相當重要的參考資料，總督和巡撫同城，權位不相下，各以意見緣隙成齟齬，是有許多弊端的，徐一士就指出：「總督官秩較尊，敕書中又有節制巡撫之文，往往氣凌巡撫，把持政務。撫之強硬或有奧援者，間能相抗。其餘率受鈐制，隱忍自安，而意氣未平，齟齬仍時有之。」「至總督主兵事，巡撫主吏事，雖向有此說，而界限實不易劃分。」清之巡撫，固不同於明之巡撫，民國的省長（一長制）、省主席（合議制）或勉強可以比擬清之巡撫，但清之總督很難用民國的地方軍政長官來比擬了。

〈陸徵祥與許景澄〉一文談到「陸徵祥早任壇站，中陟中樞，晚作畸人，洵近世名人之自成一格者。以受知於許景澄，獲其裁成。」是的，陸徵祥的外交生涯完全得益於晚清外交家許景澄的言傳身教，是在具體的外交實踐中鍛煉成長起來的。光緒十六年（一八九〇）許景澄（文肅）任駐俄、德、奧、荷四國公使，他呈請總理衙門，調陸徵祥為隨員。於是陸徵祥於光緒十八年（一八九二）搭輪船出國，抵俄京聖彼得堡後，初任學習員，旋升四等翻譯，再升三等翻譯，加布政司理問銜，即選縣丞，後升二等翻譯。此後四年陸徵祥一直在許景澄門下「學習外交禮儀，聯絡外交使團，講求公法，研究條約」；許景澄也著意栽培，不僅培養訓練他作為一名外交官的基本技能素質，更注重對其道德人格憂國憂民情懷的陶鑄。馬關之辱後，他曾告誡陸徵祥「你總不可忘記馬關，你日後要恢復失地，洗盡國恥」。許景澄對陸徵祥的影響是深遠的，他總是以許景澄為榘範，亦步亦趨，甚至忘記其本鄉上海話而隨許景澄講嘉興話，因此駐俄使館同仁，稱他為「小許」。若干年後，陸徵祥仍然深情地提到「我一生能有今日，都是靠著一位賢良的老師」，其對許景澄的感恩之情，可說是溢於言表。

徐一士之著作豐富，《一士類稿》、《一士類稿續編》和《一士談薈》只不過是較為世人所熟知者，他的著作「除廣集翔實資料，詳加剖析，去偽存真之外，對臧否人物極為慎重，堅持客觀嚴正公平態度，決不妄立一家之言，妄加褒貶。」更如孫思昉在序中所言：「宜興徐君一士，當世通學也，從事撰述，多歷年所，先後分載雜誌之屬。凡所著錄，每一事，必網羅舊聞以審其是；每一義，必紃察今昔以觀其通。思維縝密，吐詞矜慎，未始有毫末愛憎恩怨之私，凌雜其間。於多聞慎言之道，有德有言之義，殆庶幾焉。而有清一代掌故，尤所諳熟。」而同為著名掌故學家瞿兌之也作了高度的評價：「他不是普通人所想像的那樣掌故家，就其治掌故學的能力而論，的確可以突破前人而裨益後人

《一士類稿》序——介紹徐一士先生的掌故學

瞿兌之

徐一士先生最近就他的歷年撰述抽編一部《一士類稿》，要我作一篇序，這是極榮幸而且極有意義之事。

因徐先生的文章而想到，所謂掌故學究竟是怎麼一回事，應當加以討論。我以為中國正史與雜史的分途自宋始。我們讀史記漢書，覺得史家敘述一個重要人物，每從一二小節上描寫，使其人之性情好尚甚至於聲音笑貌躍然紙上，即一代興亡大事亦往往從一件事故的發生前後經過著意敘述，使當時參加者之心理與事態之變化都能曲折傳出，而其所產生之結果自然使讀者領會於心。例如《史記》寫酈食其勸立六國後張良諫止一事，酈食其的話是有道理的，而張良的話舉不出理由。但看他入見高祖時的偶然事態，以及倉卒間借箸代籌的神情，挽回千鈞一髮的局勢就在臨機應變的幾句話，可知當時彼此間的微妙心理。這樣關係千古治亂的大事，就是這樣詼諧似的被決定了。所以不但高祖與張良兩個人的個性暴露無遺，而且可以將當時主張恢復封建與主張沿襲秦制的兩派人心事和盤托出。司馬氏之所以為良史，正在於這些地方。後來史家每辦不到而漸趨於官樣文章之形式。所以然者，秉筆之人多少有一點公務的史職在身，而後代的文網較為苛密，加之私家的傳說太多，不是公認的話不敢說，不是官式的史料不敢依據，因此雖然極好的史裁也受了限制，不能像《史記》那樣活潑潑地了。不過唐以前的史家雖或不能盡情發揮，猶能於剪裁去取之間示其微意，使後人善於讀書者自己去領會。例如陳壽《三國志》記高貴鄉公討司馬昭一事，在本紀裡面一字不提，而但載太后令及大將軍上言，便是明明告訴後人這兩篇文章是一種掩飾之詞，更足見高貴鄉公之為冤死。所以照這接看來，後世史家所依據之官式史料竟多難於置信。愈是史料完全的恐愈難於置信，若是並完全史料而無之，則更不用說了。良史之苦心，不是細心體會，又有誰知道呢。

有許多的史料不是史家所能親眼看得到的，這種史料不知埋沒掉多少而成千餘年的煨燼塵土了。《文選》載陸機弔魏武帝文一篇，自云元康年中游於秘閣而見魏武帝遺令。據其所採用者而觀之，則當時史臣所錄者不但是一篇口傳的令，而且將彌留顧命時的情形也都記了下來，甚至關於遺令的事後情形也都有一貫的記載，這是很自然的道理。當其大漸時的言語，必不暇自己動筆作書，而必是盡職的侍臣據實筆錄以供他日參考。而所說的話又不是都可以公開以示四方的，所以只可存於秘閣，而成為一種秘密文獻。這一段記載顯示曹操的真性情以及其私人生活家庭狀態之一斑，較之任何紀載更有價值，而陳壽作《三國志》時竟未採入。不知是未曾檢閱到這件檔案呢，還是認為無關於政治而略去不載。總而言之，不能不說史家對於史料之去取，雖良史不免有失當的地方。

正史雜史之分途，也可以說就從《三國志》啟其端。《三國志》固以文筆嚴潔見長，而敘寫事實亦不免有簡略之失，為後世官修史書之徒以鉤勒輪廓為盡職的開一先路。至於雜史之多，也就起於三國。因為地方既然分裂，自然各處的紀載不同，有本處的事非本處不能知的，有甲處的事自己紀載不詳而轉見於乙處丙處的。其時宣傳與反宣傳的工作都很厲害。例如〈曹瞞傳〉是吳國人作來罵曹操的，我們知道它有作用，不敢十分相信，然而多少可以看出曹操之為人。又如陳群、華歆、王朗一班人寄書與諸葛亮，明明是代魏國勸降的文字，然而可以反映當時中原士大夫對於流亡在西南者之一種同情。推而至於一切瑣屑的遺聞佚事，都有其所涵之意義。所以陳壽不採而裴松之採以為注，現在拿裴注與陳志合看，覺得有許多隱情是陳志所未顯言，而裴氏以一片深衷極周慎的博引群書替他襯託出來的。雜史之不可廢有如此。

自來成功者之紀載必流於文飾，而失敗者之紀載又每至於湮沒無傳。凡一種勢力之失敗，其文獻必為勝利者所摧毀壓抑。如三國事實之見於裴注所收，已經極不容易，這是因為三國鼎峙次第滅亡，到了晉武平吳，回顧漢末以來之史實，其間恩怨已經消泯，沒有很多避忌，所以才能如此。且私家記載總不容易流傳久遠，尤其在刻書之風未盛之時，零篇斷簡，靠著傳鈔，最難持久。但看司馬光修《通鑑》，所採唐及五代之事實見於雜史者多半今無傳本，足見採擷群書是一種極可貴的著述事業。然而這些雜史若一種種單獨的看來，大都不免彼此牴牾，而生出疑問，又須加以抉擇比較審慎而存錄之。所以裴氏《三國志注》與司馬氏《通鑑考異》為功於史學真不小。

唐人修晉以後的史，很喜歡採錄故事，往往瑣屑至於類似笑談。前人頗有不以為然的。這誠然不是史的正裁。然而史家得不著更好的材料，又將如之何呢？就是以故事為史，也還可以考見一時的社會風俗時代心理，這也不是無益的呀。自宋以後，私家的碑傳文字盛行，於是一個人的仕履世系言論著述倒可以瞭如指掌，而其人之性情好尚以及其行事之實跡往往不能窺見。於是宋以後之史多是鈔錄些諛墓之文，一傳之中，照例是某某字某某，某處人，某科出身，歷官某職，某事上疏如何，某年卒，著某書，子某某，幾乎成了一種公式，千篇一律，生氣全無。這樣的史還能算史麼。

宋以後的史是必須連同家乘、野史、小說、筆記之流讀的。不但事的曲折隱微，人的性情風格，在正史幾乎全找不著，就是政治社會制度之實際狀況，也必須靠著另外的書來說明。譬如宋元豐之改官制前後種種，在正史上只能知道一個大概。至於究竟怎樣運用的，讀了龐元英《文昌雜錄》、洪邁《容齋隨筆》方才能知道多一點。

照史例的原則說來，紀傳體是以人為綱的史，編年體是以時代為綱的史，記事本末體是以事為綱的史，通典體是以制度門類為綱的史。嚴格的注重體例組織，則詳於此必略於彼。若要打破這個藩籬，將四者通而為一，則必須另有一種新的史裁，融會前人之長，為後人闢一途徑。這是現在尚辦不到的。為救濟史裁之拘束以幫助讀史者對於史事之了解，則所謂掌故之學興焉。

掌故之學究竟是什麼呢？下定義殊不容易。但從大體說來，通掌故之學者是能透徹歷史上各時期之政治內容，與夫政治社會各種制度之原委因果，以及其實際運用情狀。要達到這種目的，則必須對於各時期之活動人物，熟知其世系淵源師友親族的各種關係，與其活動之事實經過，而又有最重要之先決條件，就是對於許多重複參錯之瑣屑資料具有綜覈之能力，存真去偽，由偽得真。這種條件，本來是治史者所當同具。但是所謂掌故學者，每被人看作只是胸中裝有無數故事的人，則掌故之學便失去真價值，所以既稱治掌故，則必讀根據實事求是的治史方法才對。然而僅有方法而無實踐的經驗，也是不行的。中國的社會本來是由於親族鄉黨舉主故吏座主門生同年同學乃至部曲賓僚種種關係錯綜而成。六朝人講究譜學，但能將這本帳記在心中，已經成為一種專門技能，後世的人事更加複雜，一本帳也記不清楚，必須會合無數本帳方能足用。最好是一生致力於此，若僅恃臨時檢閱，豈能得當。所以掌故學者之職務，乃是治史者所不能離手的一部活詞典。

尋常的解釋又以為掌故之學即是典章制度，這種解釋自然不是全無理由。關於這一方面的知識，尤其需要實踐的經驗。許多書策上關於典章制度之紀載，因為名物於變遷，每不易於索解。宋初的人為了一個入閣儀的討論，費了無數唇舌。考其經過，乃是因為唐朝的入閣是便殿召對的一種簡單儀禮，後來連這簡單儀禮也變成稀有的事，因之入閣儀反成朝儀之正了。同一入閣，在某時期是這麼一回事，過了這個時期又另是一回事了。這還是名物具在的說法，若在明清兩代則並名物也不是了，苟非博通書史而又能以後來的習慣參較而推測之，又安能了然於胸中。宋朝的許多制度，元朝人已經不得其解，元朝的制度，我們也很多不得其解。就是清朝的制度，雖然老輩還在，也有許多知其然而不知其所以然的地方。凡是書策上所不見的，將來必至終古無傳。而書策所已載的，也還待後起之疏通證明，方得其用。

即以彰彰於書策者而論，比如侍郎一官，漢朝人所謂官不過侍郎，斷不是唐朝的侍郎，這是有歷史常識的都知道了。唐朝的侍郎又與宋元豐以前的侍郎不同，宋初的六部侍郎不管本部的事。而明清的侍郎又與宋的侍郎不同，宋的尚書侍郎都算從官，少有參與政務的機會，明清的尚書侍郎則均成為共同處理政務之一員。至於民國各部的次長，雖與清朝的侍郎近似，實際上亦尚有分別。而侍郎則雖名為卿貳，實在與尚書同為一部的長官（部中同稱為堂官）。這些都是易於混淆的地方。所貴於掌故之學者，就在能把握其意義而因之豁然貫通，不致於史事有誤解。

治近代掌故學之資源，所謂筆記一類書占大部分。明代這種書較多，而傳於今者也就有限。清代的名著如王士禎《池北偶談》、劉廷璣《在園雜識》、查慎行《人海記》、王應奎《柳南隨筆》、趙翼《簷曝雜記》、阮葵生《茶餘客話》、昭槤《嘯亭雜錄》、英和《恩福堂筆記》、潘世恩《思補齋筆記》、姚元之《竹葉亭雜記》、梁章鉅《歸田瑣記》、陸以湉《冷廬雜識》、周壽昌《思益堂日札》、陳其元《庸閒齋筆記》、陳康祺《郎潛紀聞》、薛福成《庸盦筆記》……，他們多半生當文網嚴密之時，下筆不敢不慎重，所以大致沒有什麼無稽之談。而且他們所處的地位，又多是便於考究朝章國故之類的，所以隸事立言大都能不悖於著述之例，決不是泛泛傳聞可比。在這幾點上，是後人勝於前人的一種事情。加以耳目較近，研究起來易感興趣而且易於著手。按春秋三世之義，所見所聞所傳聞，遞遠則遞略，愈近則愈詳，然則治掌故必從清代始，還是極自然的。有清末葉，文字之禁驟然失效，從前悶著不敢說的一切歷史上疑案，漸都成為好事者之談助。於是談佚聞的紛然而起。數十年來，私家刊行的專著，以及散見於報章雜誌一鱗片羽不脛而走者，不可勝數。人人感覺興趣，遂成一時風尚，至今還是方興未艾。

如果將這些書的內容分析起來，則大概不外乎三類。一是記制度風俗的變遷或是記某種特殊制度風俗，一是記某人的事跡或是關於某人的佚話，一是記某事的經過或是關於某事的特點。此外固然還有，而直接有關於史學者如此而已。這些書大半是拿零星的材料隨意寫來以資談助，最普通的缺點是不曾注明出處，所以材料的正確程度大都不易於斷定。

至於正經談到掌故，則有必須注意的以下幾點。第一是作者的問題。尋常人的見解，以為凡是身歷其境的必然正確，這誠然是比較可取的方法。但是據以往的種種經驗看來，實不盡然。著者本身如果與本事有關，則其下筆或不免以下三種意義，一因恩怨而淆亂是非，一因闢謗而加以飾詞，一因表襮而多加渲染，三者有一於此，即不能視為正確。唐人關於李牛之紀載，宋人關於熙寧元祐及洛蜀之紀載（實則宋人一切紀載都不能說無作用），其例比比，無煩徵引，稍有史學常識者也都知道。愈到近代，著書之方法愈工，掩飾變亂之技巧愈進步，意在彼而言在此的不可勝道。其內容所涵之意義，決不是疏淺的讀者所能遽察。

第二是時代的問題。以同時人記同時事，雖然其動機能影響其正確程度，但是捨此以外還有什麼可依據呢？我們無論如何也只可取其比較可信而已。可是要知道同一親歷其境之人，其所紀述是否不錯，還大有分別。就以我們設身處境而論，親歷的事，雖然其情景大致尚在心目，而事實發生之前後，當時在場之人物未必能一一記憶真確。動筆的人如不細心推敲，則信筆所至，必不免錯誤。這是確有證據的。《通鑑考異》於晉天福四年下云：『五代士人撰錄圖書多不憑舊文，出於記憶及傳聞，雖本國近事亦有牴牾者。』不經《通鑑考異》之考訂，讀者又何從一望而知其錯誤呢。

第三是著述能力的問題。同一記事而有工拙之不同，工於記事的能把握一事的中心，自然易得其真象。不然則所記者皆枝葉零星，而離事實愈遠。近人每以為就某一個有名的人作一番問答，便可得到些掌故。譬如賽金花的生前，就很有人喜歡向她打聽她的身世，筆錄下來，便成好材料。殊不知賽金花這樣的人不是真能談『天寶遺事』的人，倘竟以她的信口所談為根據，則未免離題遠矣。著作的高低不僅在秉筆之人，也要看他所從聽受的人是否夠得上供給良好的著作材料。

第四是文字正誤的問題。文字上少了小小的一畫，可以引起意外的誤會。西洋人記明末中國海上英雄Limafong在呂宋與西班牙人戰爭的事，從前中國的譯者因其原文於m與a之間未曾隔斷一小畫，遂誤譯為李馬奔，而不知方志中固赫然有林鳳之名也。（閩廣人多於名上加阿字，故人稱之為林阿鳳，而西人譯某音如此。又粵語林字為閉口音，故讀為Lim而非Lin。）又如根據西文記載而言臺灣史事的，謂清初有高星楷其人占領臺灣，奉明正朔。按其事乃是鄭成功，鄭曾蒙賜姓朱，故其部下稱之為國姓爺，由音譯譯回，乃使大名鼎鼎的鄭成功變為面生可疑的高星楷了。兩事相類，姑舉以為一種特例。至於尋常文字上的舛錯，更是往往而有。凡干支數字之類，下筆最易致誤，在下筆者出於無心，而考證者遂費無窮唇舌矣。向來考據家都說碑板可以證史文之闕誤，誠然這是常有的事，但是必以碑板所有均可補史之闕，碑板與史不同均可正史之誤，那也是很危險的。（大概碑誌往往根據本家的行狀，而行狀或出於子弟倉卒撰成，甚或丐人代撰，其不符事實者每不暇詳究。又近代習氣專以文詞為重，並不求其成為信史，故碑誌更不可深恃。）以我個人所經歷，碑板之誤倒有出人意表的，所以誤不誤須就多數的紀載加以鑒別，而不能憑單文孤證。

所以嚴格的談掌故，往往將其所記之事與其時其地其人參互鉤考起來，而發現彼此之間有無數的扞格矛盾。然則這種記事竟絕對不容其存在了麼？卻又不然。知道它致誤的病根，而去其誤，再從其他方面以證其所餘之真，則又不但通此一事，而且可因此會通許多事。在掌故學者看來，可有不可信的材料，而沒有不可用的材料。乃至平凡而零碎的片紙隻字，都是很可寶貴，在某種適當的地方，必有用的。這真需要有老吏斷獄的能力，頭腦要冷靜，記憶要豐富，心思要靈活，眼光要銳敏，不以辨證為目的而卻能盡辨證之用，這才是所需要的掌故學者。

我很感覺到掌故學者殊不容易養成，這種學問憑實物研究是不行的，憑書本的知識是不夠的，不是有特殊修養，必致於事倍功半。我們現在需要年高閱歷多見聞廣的人，將他們的知識經驗以系統的方法津逮後學，使後來的人可以減少冥行擿埴之苦。

但是世上沒有樣樣俱全的人，假如他本是一個史學家，而又深受老輩的薰陶，眼見許多舊時代的產物，那是最好的了。不然則本其超群絕倫之智慧，從故紙堆中一一研究出來，憑著智慧的想像以搏挖而成一個真的活動事實，這也是極難能可貴的。但是除了他本身的能力而外，還須有傳授他人的能力，使人人可以得其沾溉。這更要緊，更值得我們的寶貴尊重。

徐一士先生的談掌故出名，由於三十年來在各報紙各雜誌所發表的各種稿件。他的號原不是這兩字，因為筆名出了名，大家都不大叫他的號了。大家知道他是掌故家，於是他的職業也被埋沒了。以我所知，他決不是像普通人所想像的那樣掌故家，然而就其治掌故學的能力而論，的確可以突破前人而裨益後人的地方不少。還是值得疏解的。第一他富於綜合研究的能力。他能將許多類似的故事集中一起，而辨別其孰為初祖孰為苗裔，何者相異何者相同。第二他能博收材料。他的談掌故，好像取之於筆記及小說者甚多，然決不僅以此為對象，其所驅遣，自正史以至集部，旁及外國名著時人雜纂，凡有所見均能利用。甚至旁人視為毫無價值的，經他的利用，也無不恰當。第三他有極忠實的天性。學問的成就，樸誠是第一條件。無論何種學問，自欺欺人總要露馬腳的。他的讀書作文，不肯一字放過，不肯有一字不安，是天賦以治掌故的極好條件。所以他的根抵極充實，而一下筆一開口的時候，都顯示極沈著慎重的態度，這不是他的迂闊，而是他最聰明不失敗的地方。但是這個道理，別人雖然也知道，卻未必像他那樣自然，所謂仁者安仁，誠哉其不可及也。第四他有絕強的記憶力。他的博綜固然不必說，若無好的記住，決不能觸類旁通，這也不是讀死書所能辦得到的。他需要記憶古今多少人的名字籍貫世系年代仕履師友，尤其近代的人鄉會科分名次座主房師，乃至於某科的什麼題目，率能有問必答如響斯應，這不能不說先天後天都有關係，尋常人所不易及。（以我所知，留滯諸友之中，膠西柯燕舲君，於正史稗史各人物亦均能如數家珍，乃至金石、圖錄、載籍、流略、推步、占象、州郡、山川種種難於記憶之事，皆羅於胸中。尤熟於歷代之特殊制度，凡是別人認為詰屈聱牙不能句讀的典章文物，都能疏通證明如指諸掌。與徐君可謂一時二妙，惟柯君不屑意於著述，為可惜耳。）第五他有偵探的眼光。每於人所不經意的地方，一見即能執其間隙。他人紀載之真偽是非，何處是無心之誤，何處是徵引之誤，何處是傳聞之誤，必難逃其銳目。我們朋友所作的文章，凡是請他過目的，必能看出許多漏洞，使人不得不心悅誠服。我們最易犯的毛病，是長篇文字前後不能兼顧，以致語氣失去聯貫，又據他人的話往往不及考察其有無舛誤，他卻必能替我們指出。有了這些特長，所以他的成就可以說是掌故家從未到過的境界，也可以說自有徐君而後掌故學可以成為一種專門有系統的學術，可以期待今後的發展。

徐君出自江南世家，久居薊北，科第簪纓，人倫冠冕，戊戌政變，他的伯父子靜先生父子因主維新而躬罹黨獄，更是眾所共知的。所以他的家世環境又是這樣給予他許多便利，能以身當新舊之交而飽聞當世之事。他又隨宦外省，兼歷京曹，而於各種政治制度皆親見其實地運用情形。不但此也，還有一件，他雖是五十以上的人，而早年曾受近代式的教育，他長於英文，富於近代學識，所以他的治學條理綿密態度謹嚴，的確是淵源於近代科學思想以及歐文的技術。至於舊學的修養更不必說。舊知識與新訓練是不容易備於一身的，徐君這一點資格更是可貴了。

徐君與我雖有世交的關係，而情誼則完全是從學問來的。舊學新知，時常互相濬發。十餘年來株守的蹤跡相同，思古之幽情也相同，然而只是以彼此討論為樂而已，也並未曾計議過預備從事於何種學問何種著作。歲月如流，相顧皆成老憊，往者已不可諫，來日更復難知，不免想到他的筆記叢稿，恐怕日久散失未免可惜，於是極力慫恿他早些整理出來，設法先行出版。這話也說了幾年了，直至最近方有成議，居然第一部的《一士類稿》可以出書了。出書之後，必能風行一時，不消說得。我所願在這裡喚起讀者注意的，則有以下幾點。第一請看他所運用的材料，有許多已經不容易看見的，或是手跡，或是孤本，在當時都是各方面送來、借來、抄來的，而藏有這些手跡孤本的人，亦必極願意使他能以長久公之於世，所以這部書之出版，不僅是徐君個人之幸，也是多數人所引以為幸的。第二請看他的選材，真合於所謂無一字無來歷一句話，決不曾有一條不注明出處，不但著述的體裁理應如此，而且徐君之心重在存公是公非，而並不是欲成一家之言，其微意亦可概見。第三請看他的嚴正公平態度，個人恩怨固不消說絕對沒有，就是有所抑揚，也必先有一番「眾好之必察焉，眾惡之必察焉」的手續。實在是眾惡的了，也只有哀矜弗喜而決無投井下石。像這樣的談掌故，真可以成為絕學而信今傳後了。最後論到文字上的技術，也有他的特長。他所寫的各稿，行文不事華藻，而措詞善合分際，文從字順，看似平易，卻是下字均有斤兩，雖喜考證，而筆端不流於沈悶枯燥，仍有含毫邈然之致。不多發議論，而衡斷則甚精覈，耐人尋繹。大凡繁徵博引，往往照顧難周，他卻能以一絲不苟的精神處處顧到，左右逢源，妥適周匝，頭緒雖多，而組織嚴密，條理秩然。有時也縱筆題外如所謂『跑野馬』者，然若六轡之在手，操縱自如，歸宿仍在題中，絕無散漫脫節的毛病。至如涉筆成趣，也每有之，皆能出以自然，餘味曲包，而又保持文格，不落鄙猥。犖犖諸端，略如上述。文字技術與學識經驗相副相得，以成其作風。他對於作品的責任心極重，所以字句上每煞費推敲。讀者若不留心，或者但覺其平易，以為寫來不甚費力，所謂成如容易卻艱辛也。誠然有時很像只是鈔錄的工作，但是決不為讀者所嫌惡，而反覺引人入勝，讀之惟恐紙盡，不是材料與技術兩樣都臻絕選，何能如此。

我還敢大膽的說，徐君這部書出版以後，或者分批出版以後，其中所徵引的書，有許多已經極不易得見而又是讀者所極渴想的，恐怕要依賴徐君的書而幸傳，將來的人或許會從徐君所徵引者輯出許多未見的書，如同四庫館臣從《永樂大典》輯出許多佚書一樣。（我曾經感覺近人刊布的筆記很有些有價值的，可惜鉛印石印的有很多已經絕版，就是木板書也因為刷印不易流傳有限，而且這類書往往被人看作茶餘酒後的消遣品，不是藏書家學問家所重視，甚至於圖書館也不收，也沒有人拿來著錄作提要，也沒有人替他翻版登廣告賣錢，久而久之，就是風行一時的書也就可以無影無蹤，若是本來不多見的，並書名也必至於湮沒了。然而這種書是普通人所極願意看的，只是苦於看不到。於是慫恿徐君將他所見過的這類書儘量將內容介紹於讀者，彷彿作一部筆記選的樣子，前一二年曾經發表若干在《中和月刊》，很得讀者贊許。）

但是徐君的著述事業豈得以此為其封域。中國史學上待豪傑而興起的應作的事業尚甚多，如徐君者既受社會的尊敬，則應致之於寬閒靜穆的環境，供給物質上種種便利，趁他未至甚老之時，儘其能力，作一更大的史學上貢獻，庶幾不負天生此材。而徐君猶屹屹窮居，家無長物，參考書籍每仗旁求，鈔繕辛勞又乏助力，還要較量米鹽奔走衣食，使無一日之閒暇，以盡其所長，讀者又豈能不於展卷之餘為之浩然而生無限之同情耶？

徐君平日的態度既然是那樣的謙虛而謹慎，則我也不敢在他的面前恣意作溢美之詞。不但不應作溢美之詞，就是恭維也不是我的意思。我意中所要說的主要之點，還是治掌故學之甘苦。談掌故或者可以信口亂道，但博聽者一時的好奇，徐君卻不是這樣的談法。他最初固然是為著興趣，據他說自幼喜歡聽人談舊事，喜歡看小說筆記，也喜歡討論小說筆記中的故典，而抉發其得失。但是書看得多了，自然而然的引導他走向綜合研究的道上，尤其近年談掌故的書如此之多起來，每每更使他覺得對於這些書有比較辨別之必要，日積月累，便成功他的一種專門。而我們看了他的文章以後，也覺得掌故學的確可以成為一種學問，像他所用的方法是極對的。

假如我是在這裡恭維的話，卻並不是恭維徐君一個人。我認為這宗學問將來必要更進步，而後起之秀必有突過前人的地方。為什麼呢？第一過去的人生在那個環境當中，覺得一切是當然的，是平淡無奇的，是不值一談的，環境嬗變之後，便又成為陳跡而無從把握了。中國人向來很少保存當代史料的習慣，所以事過境遷都只剩些雪泥鴻爪。今後的人經過從未有的劇烈變動，歷史的觀感較前人定覺深切，保存史料的常識亦必較為普遍，於是應用的材料必然較多。雖說近年各種天災人禍的摧毀損失不少的文獻，然而較之前人呢，增廣見聞交換信息的機會究竟容易得多了。憑這一點，也就有無限的寶藏足供今後的學者的開發。第二因為近代交通方式的便利，社會各層聲氣的豁露，事實究竟不容易變亂。縱然人類的感情衝動，一時的政治作用，不免有時操縱著，然而完全顛倒黑白是不行的。加以今天的人能運用科學方法來治史，其鑒別判斷發揮的能力必非前人所能及。第三學問以專而愈精，掌故學範圍既如是之廣，其中有某種人認為極易了解不需解釋的，而另一種人則又認為不得其解，有看似乎平淡明白的，而細按起來卻又說不出其中的委曲。總而言之，需要系統的整理，使每一名詞得有正確詳盡的解釋，時代隔著愈遠，則了解愈難而愈不肯輕易放過，其推求之方法亦必愈精。譬如顏師古離漢朝比我們近，然而顏注《漢書》便有許多疏陋的地方，不及近代人之考證精確，並不是說近代人的學問一定勝過顏君，不過近代人讀《漢書》之苦甚於顏君，所以不得不認真考究而已。所以將來關於國學的一般趨勢，都要比現在進步，但是必須經過若干年之後，有多數專門學者苦心整理出來，使之成為大眾能了解能欣賞的東西。在這青黃不接之際，感覺到學術人才之尚不足用，這是有的。以掌故學而論，我與徐君都常常覺得前途很有樂觀的氣象，而近來同志之多，各有所長，而且能互通聲息毫不隔閡，因之而交換見聞的機會不少，實有從前所不及料所不敢望的，這是何等可喜的事。

最後再談到材料的問題，從前的人固然不甚注意保存史料，就是注意到也苦於沒有好的方法，靠著私家抱殘守缺終於不中用。近年來風氣漸開，大家也知道人事之不可測，唯一的方法是用傳播的方法拿來公開，能拿來製成副本或刊印成書固然最好，就是用間接的方法流傳也終勝於暗然無聞。有了

孫序

江都汪氏之言，有淑詭可觀者，嘗論薦紳某不在不通之列，旋謂更讀書三十年，可望不通；又論揚州通者三，不通者三，然奇不通之數，如程晉芳、任大椿、顧九苞三子，皆該博負重名。疑此非盡泛僄時彥之謂，不然者，不通之訓，果如流俗所譏議，此其人固更仆難數，烏得以三盡之，又何待更讀書三十年。意者不通云者，特言其明別相而暗共相，此莊周所謂自細視大者不盡；通者有進於是，更能明其共相，此莊周所謂大知觀於遠近，證向今故之旨歟？湘鄉曾氏，有精明高明之說，將無同斯。竊嘗持此說杚量人物。

宜興徐君一士，當世通學也，從事撰述，多歷年所，先後分載雜誌之屬。凡所著錄，每一事，必網羅舊聞以審其是；每一義，必紬察今昔以觀其通。思維縝密，吐詞矜慎，未始有毫末愛憎恩怨之私，凌雜其間。於多聞慎言之道，有德有言之義，殆庶幾焉。而有清一代掌故，尤所諳孰，蓋其強識穎悟，有絕人者，故能殫見洽聞如此。至造次筆札，皆雅馴可誦，間摭俚語新詞，而味彌雋永也。讀者莫不傾心，往往有薆而不見，爭以專刊請。近始輯成《一士類稿》一編，付之剞劂，以餉海內。

曩禹縣王角山、陳井北兩先生亦嘗論之，謂所述多朝章國故，聞人雅譚，蓋選訂成書，取備一代掌故；上鄰唐國史補，宋齊東野語，龍川志之類，後有為清史注如裴松之者，必見甄錄。曾以此轉質一士，為所樂聞。何幸今日，克踐斯言。惟所蓄美富，斯編數十篇，猶憾其少，既欣然為之序。更願繼是而有請也。

孫思昉謹序

謝序

有一天的下午，一士給我打電話，因為好久不見了，約我在一個地方談話，一士住在宣南，我又住在西城，就約會個適中的地方，在琉璃廠來薰閣書店見面。

那天天氣非常的熱，我在來薰閣等了許久，一士穿著白色短褲褂，也未有著長衫，打著一柄洋傘，到來薰閣來找我。他說，新近古今社替他出一本集子，教我做一篇序。並且說，你如果到上海去的時候，順便問候一問候古今社的朋友。一士衣服極為質樸，言語極為木訥，老是含著紙烟，談起話來卻極為有趣，不知道他的一定認為鄉曲老儒，其實是一位博學的君子。那天來薰閣的夥友，就偷偷的問我，這位先生是誰？我說這是鼎鼎有名的徐一士先生。

我和一士神交雖久，但過從最密，卻在事變後那一年，那時我剛從香港回來，家居極為無聊，就常和瞿兌之、徐一士諸兄在一起談天。事變的初起，生活尚不甚貴，就約會每星期三在一塊聚餐，那時在一處聚會的朋友，除了兌之，一士和我以外，還有柯燕舲、孫念希、劉盼遂、孫海波諸兄，共總有七個人，聚會的地點，不是在兌之家，便是在燕舲和我家。我們談話，上下古今，沒有一定範圍，總是在寂寞之中，得到一點朋友晤談的快慰。一士和我都是原籍江南而家居在歷下，談話的資料，老是由西山的斜照，談到明湖的秋光；尤其是談到濟南吃的小點心，便津津有味，所以我們二人尤為談得起勁。不久的時光就由兌之發起了國學補修社，是每星期的朝晨，約會莘莘的學子，一起講學，很有不少的同學，得了不少的益處。後來兌之又約一士主編《中和雜誌》，一士所編共出到五卷，常川寫稿的人，便是海波和我，在北方刊物中，總算是比較有學術性的雜誌。

民國三十一年的秋天，一士又約在上海《古今》雜誌上撰稿，在北方為《古今》撰稿的朋友，便有兌之、一士、五知，和我這幾個人，無形中又得到談話的一個機會。我是最喜歡跑路的一個人，三十二年的夏天，和三十三年的秋天，我兩次到上海去，認識了朱樸之、周黎庵、文載道諸君，承他們懇切的招待，得瞻樸之的精廬，誠所謂愛好自天然，非是一般俗子所可跂及。而我所深幸的，便是南北的學人，都可以接近；朋友之樂，在這個時光，誠是一個不可多得的機會。

可是一士每天要到中南海去辦公，我也是一天有一定的工作，所以見面的機會，非先約不可，在一兩年前的生活，尚不至於像現在這樣貴，我們所約的地點，總是喜歡在中央公園上林春吃茶，順便吃一點點心，後來上林春是吃不起了，就跑到來薰閣閒坐，有時光請他們老闆買一點燒餅和麵條，就當晚飯，可是不買他們的書，而且討擾他們的夜飯，心中總感覺要招店夥的討厭。

一士兄這部集子，是選近年來所撰，有關掌故的文字，倣俞正燮《癸巳類稿》的體裁名為《一士類稿》，我本意是先要拜讀一過，得以先睹為快，可惜我到上海，書已付印，不能全讀，深以引為憾事，但是一士的學問，我是深感莫及的。

一士長於掌固之學，尤其是對於科舉的制度，和清季的遺聞，這是任何人沒有他那樣的熟悉，須知他的從兄徐仁鑄先生就是光緒戊戌變政時，革新的新黨，家學既厚，所以濡染自深。我嘗以為有清的歷史考證家，多偏重在古代，考證不急時務的名物，看歷史成了死板板的東西，縱然把六府三事，考證的明明白白，但於歷史的動態，與現代時事的關係又有何補？要有史學眼光的，我不能不推重全祖望、勞格這兩個人。全氏《鮚埼亭集》真是把南宋和明季遺民，活活的寫出，叫我們讀了得到不少歷史上的興趣。勞氏《讀書雜識》，雖然未成完作，但是他能把治考據的方法，移到治唐宋以後的歷史。

復次：清代一般的考據家，他喜歡考證瑣碎無聊的問題，便自以為賅博。例如明季死難的義士，本是極可敬重的一件事，但治考據的史學家，他必定考據某人死在某處，而某人又以為死在某處為非，考來考去，真是不關痛癢。楊秋室的〈南疆逸史跋〉，雖然引證博辯，仍不免犯了瑣碎的毛病，倒不如近人孟心史先生所撰《心史叢刊》，他所撰〈順治丁酉科場案〉、〈董小宛〉、〈丁香花〉諸篇，這樣的引人娓娓動聽，但是到他老年所撰的〈明元清系通記〉，反倒有江郎才盡之感，所以我對於史學的見解是：治近古代史不如治近代史，而治近代史或以往有趣味的問題，感覺著更為重要。我很想就這一方面，做一點工作，人們的批評，我們姑且不去管他，但恐怕未必能做好，一士知我者，當不必以我言為謬也。

謝剛主

自序

余學少根柢，而早歲即喜弄筆墨，其為刊物寫稿，始於清宣統間。光陰荏苒，久成陳跡，其跡亦早已不存矣。少年氣盛，以為將來可為之事正多，此不過偶爾消遣而已。不料此後長期寫稿，若一職業，暮歲猶為之不休。三十餘年來，世變日亟，個人之環境亦因之而異，回溯疇曩，渺焉難追。聊就憶及，試話舊事。

在拙稿見於刊物之前，幼年即嘗有試寫筆記聊以自娛之事。此項雛形（其實夠不上說什麼雛形）筆記之試寫（亦可云偷寫）時，年甫九歲也。今欲談此，可將余幼受家庭教育之情形，大致一談。

吾家累世重家學，學業得力於父兄之教誨者為多，而余所得於塾師者尤鮮，以余幼時乃一翹課之孩子也。余自六歲正式人塾讀書，八歲患腹痛之病，頗劇，百方調治，而時癒時發，病根久不除。父母鍾愛，懼其夭折，對於塾課特予寬假，到塾與否，頗聽自便。余苦塾中拘束，藉此遂得解放。病發時固不上學，即值癒時亦多曠課。其後病不常發，而余之不上學，已習慣而成自然（惟塾中講書時，每往聽講，類乎旁聽之性質）。有以「賴學」、「翹課」相嘲者，不遑顧矣。

當此廢學之時，而仍與書卷相親，則以吾父之教，獲益甚大。吾父為余講書最多，作非正式之教授。教材甚廣，蓋自經、史、子、集（所謂「正經書」）以至小說之類（所謂「閒書」），不拘一格，隨時選講。講者娓娓不倦，聽者易於領會，教法注重啟發讀書之興味，不責其背誦（於「正經書」，有時亦令將所講者熟讀成誦，然不為定例），以視塾中讀書，有苦樂之不同。

關於「閒書」，曾為講《三國志演義》，自首至尾，完其全部（開首十數回講過後，即令余自講，吾父聽之，酌加指導），以其為文言而雜白話，得此基礎，可為閱讀他書之助也。《聊齋志異》，亦在選講之列。又嘗為講《西廂記》，則惠明下書一段也。此外如《水滸傳》、《儒林外史》、《西遊記》、《封神演義》、《隋唐演義》、《兒女英雄傳》、《三俠五義》等等，均自閱之（《紅樓夢》，吾父有手批之本，而其時余不喜閱，此書固非稚年所能感覺興味者也）。

當此之時，科舉未廢，所謂「書香人家」多不願子弟看閒書，致妨舉業。吾父則利用之以為教材，除鄙惡者外，喜令余輩閱看，而加以指導，為言其價值之高下及優劣工拙之點，時亦於書上加眉批或圈識以示之，俾可觸類旁通，此實當時家庭教育所少見者。

「正經書」除講過者外，亦每自行閱讀，由少而漸多，惜熟讀成誦者太少，故至今深感根柢之淺薄焉（喜讀史，實際是看，似受《三國志演義》之影響。此書以史事為綱，雖羼入許多不經之談，而寫來興會淋漓，能誘啟讀史之興趣，並聞其與正史多不合，亦欲以《三國志》相比勘，由此而及其他。至吾父所選講者，《史記》為多）。

筆記之屬，吾父曾為講《庸盦筆記》等，甚感興味，亦後來研究近代史實掌故之張本。

吾家有一鈔本《彩選百官鐸》（明倪元璐所撰之《升官圖》也），編製頗佳，可於遊戲中藉識明代科舉、職官等制度。每值歲時令節，家中每為「擲鐸」之戲。（平日亦偶為之。「擲」謂擲骰，「鐸」以骰行也。）清循明制而有所損益，吾父每為余輩言其因革異同，亦可為兒童時期之一種關於掌故的教育，誘啟之力非細（余輩因是亦喜「擲」當時之升官圖，惜無如倪鐸之佳者耳）。

吾父對於家中兒童，常為說故事，或取材於經史之屬，或取材於小說戲劇，多與德性及學問有關。余輩以聽故事為樂，而兒童教育亦即寓是。

經吾父之講說，對於昔人之著述，發生濃厚之興趣，童心忽作動筆之想，（可謂已經「斐然有述之志」，一笑）。於是裁紙為小冊子數本，每本十餘頁，長寬各二三寸，而作寫筆記之嘗試焉。所寫或記一時之觀感，或述吾父所講說，或書聽講之心得，每則寥寥數語。此雖極其幼稚，卻不妨算作余最早之筆記也。猶憶其第一則，題為〈月〉，文曰：「水中有月，非水月也，乃天月也」蓋觀池中月影，偶動文思，遂振筆直書於小冊子，稚氣真可笑之甚。第二則似係關於孔子、老子學說異同者，則述吾父之語，意在備忘，其原文今已不記得矣。以下尚寫有十則左右，均已忘作何語。

九齡童子，且是翹課的童子而寫筆記，當時自覺實為「膽大妄為」之舉動，故以秘密處之，極畏人知，一若做下虧心事者。不料秘冊忽為吾三兄（龢甫）發見，持而高聲朗誦，且曰：「老五做文章矣！」（吾父七子，余次居五）「做文章」三字，在當時是何等嚴重，余羞赧之極，大有恨無地縫可鑽之勢，亟奪回此冊而撕碎之，蓋第一冊未寫完即中止。此際情景，大似一幕喜劇也。

吾三兄對吾學業夙極關心，嘗正色以不應「賴學」相規誡。既不效，亦於余之看書時相指授。見余秘冊後，以為此舉雖若可哂，然所寫文字均尚通順，亦屬可喜，故勸余繼續為之，不必中輟。而余年幼怕羞，不敢再寫。迨後來屢以筆記等稿發表於刊物，吾三兄猶話及此事，笑謂有志竟成焉。

吾三兄喜買書，舊書而外，新出書報，尤恒購閱（應書院類課試，常居超等前列，所得獎銀，多為買書之用）。閱後每即畀余閱看。且諳習掌故，博聞強記，時為談說，以記憶力之卓越，加以健談，於名人軼事及各項制度，歷歷如數家珍。談時或莊或諧，有聲有色。吾四兄凌霄及余之致力研究掌故，實吾三兄導其先路，得其指示啟發之力甚多。而余實兼受教於三、四兩兄也。吾四兄對余學業上之指導，亦猶三兄。余於諸兄均師事，而獲益於三、四兩兄者居最。

至余歷歲為各刊物寫稿之經過，言之孔長，茲不亂縷。所寫各稿，前期未經留意藏棄，多致散佚。迨後始事保存，而其間亡失者仍往往有之。惟收拾叢殘，所存猶屬不少。以質論，固未敢自信，以量論，卻不無可觀。雖東塗西抹，難入著作之林，而頻年矻矻，實為心力所寄。垂老百無一成，此區區者幸尚不為讀者所鄙夷。賦性疏拙，素寡交游，而以此頗獲文字之交（或相訪而識面，或神交而未晤），情誼肫摯，關切逾恒。即寫稿之資料，亦每得裨助。此實當日從事寫稿時所未敢意料而感激不能忘者，心境上亦賴獲慰藉焉。去日苦多，人事無常，舊稿亟宜及時整理成帙，付印問世，以免將來盡歸失逸。近承朱樸之、周黎庵兩先生，收入《古今叢書》之三，亦徵神交關切之雅，因理輯三十餘篇，略以類相從。仍各注明某年，以《一士類稿》之名稱出版。斯亦余寫稿以來一可紀念之事也。

吾三兄在日，以余隨時寫稿，零碎披露，保存甚不易，屢勸出單行本，今乃不及見，思之泫然。

余學識譾陋，拙於文辭，故寫稿不敢放言高論，冀免舛謬。所自勉者，首在謹慎，所謂不求有功，但求無過。然「無過」不過「求」而已矣，豈易言哉？雖未敢掉以輕心，而能力有限，精神疲敝，仍恐舛謬不乏，所望大雅宏達，不吝教正，幸甚幸甚！

甲申（民國三十三年）孟秋，徐一士

目次 CONTENTS

王闓運與《湘軍志》

王闓運《湘軍志》，雖物論有異同，要為近代傑作。其子代功所編述《湘綺府君年譜》卷二，光緒元年乙亥（四十四歲）云：「……十一月遂至長沙。曾丈劼剛適遣使修書，請府君來省議修《湘軍志》事，以為洪寇之平，功首湘軍，湘軍之興二十餘年，回捻平定又已十年，當時起義之人，殉難之士，多就湮沒，恐傳聞失實，功烈不彰，必當勒成一書，以信今而傳後。以府君志在撰述，親同袍澤，亟宜及時編輯，以竟先烈。且文正嘗言著述當屬之王君，功業或亦未敢多讓，今日軍志之作，非君而誰？府君不得已諾之。」光緒三年丁丑云：「五月，始撰《湘軍志》，先閱《方略》諸書……七月，閱《方略》。八月，因撰《湘軍志》，欲離城避囂，遂假東山何氏宅，根雲尚書之故業也……十一月，檢咸豐時舊案關於軍事者，及湘軍招募遣散年月、統將姓名，欲別作——表以明之，而十不存一，無從稽核，迄未成書。」光緒四年戊寅云：「二月，往東山，閱《褒忠錄》及《曾胡奏牘》諸篇，作《湘軍志·曾軍篇》。三月，入城，十二日仍往東山，作〈水師篇〉成，寄彭丈雪琴商定。四月，命大姊畫《湘軍志圖》，以明進兵方略……作〈曾軍後篇〉……六月，還東山，作〈江西後篇〉……八月，四川總督丁丈稚璜遣書約往四川，又致書譚丈文卿，屬其勸駕。府君答以撰軍志畢，始定行期。作〈援江西篇〉。九月，仍寓府學宮。十七日步還東山，作〈援廣西篇〉、〈臨淮篇〉、〈援貴州篇〉。十月……撰軍志，作〈湖南防守篇〉、〈平捻篇〉。十一月，《湘軍志》草創畢，始定蜀遊。」光緒五年己卯云：「十月，改定《湘軍志》。」光緒六年庚辰云：「五月……改《湘軍志》。」光緒七年辛巳云：「七月，作《湘軍志‧援蜀篇》、〈川陝篇〉……閏月作《湘軍志‧營制篇》。至是《湘軍志》始成，曰〈湖南防守篇〉、〈曾軍篇〉、〈湖北篇〉、〈江西篇〉、〈曾軍後篇〉、〈水師篇〉、〈浙江篇〉、〈江西後篇〉、〈臨淮篇〉、〈援江西篇〉、〈援廣西篇〉、〈援貴州篇〉、〈川陝篇〉、〈平捻篇〉、〈營制篇〉、〈籌餉篇〉，凡十六篇，九萬餘字。諸生（按：成都尊經書院生也）讀軍志，多言敘事文筆變化者。府君因語之曰：『曾滌公嘗言：畫像必以鼻端為主，於文亦然。余文殊不爾，成而後見鼻口位置之美耳。其先固從頂上說到腳底，不暇問鼻端也。八家文憑空造出，故須從鼻起耳。余學古人，如鏡取影，故無先後照應也。』……十月，始理歸湘事。《湘軍志》刻成，取版以歸。」

卷三，光緒八年壬午云：「正月，人日登定王台。城中多言《湘軍志》長短者。府君聞之，以謂直筆非私家所宜為，乃送刻版與郭丈筠仙，屬其銷毀，以息眾論。」光緒九年癸未云：「三月……丁稚璜屢書速府君入蜀，且有責言，乃於二十五日買舟東下……九月……重校《湘軍志》畢。蜀中諸生聞原版已送郭氏，故復刻之也。府君因語諸生曰：『此書信奇作，實亦多所傷，有取禍之道，眾人喧嘩宜矣。韓退之言修史有人禍大刑，柳子厚駁之固快，然徒大言耳。子厚當之，豈能直筆耶？若以入政事堂相比，則更非也。政事堂就事論事耳，史臣則專以言進退古今人，無故而持大權，制人命，愈稱職愈遭忌也。若非史官而言人長短，則人尤傷心矣。』」光緒十二年丙戌云：「七月……陳丈右銘盛推《湘軍志》美，然疑其仍有愛憎。府君惜其猶有文士之見，不知懷私文必不能工，輕視文人，故有此見也。」

卷四，光緒二十三年丁酉云：「六月……答陳深之論文云：『……單者頓挫以取回轉，複者疏宕以行氣勢，貌神相變，即所謂物雜故文也。故《國策》、《史記》賈、晁、向、操諸人能用單，《國語》、班書，東漢以至梁初善用複，不能者襲其貌。單者純單，始於北周，而韓愈揚其波，趙宋以後奉宗之，至近代歸方而靡矣。複而又複，始於陳隋，而王勃等淈其泥，中唐以後小變焉，至南宋汪陸而塌矣。元結、孫樵化複為單，庾信、陸贄運單成複，皆似有使轉，而終限町畦。卒非先覺，反失故步。故觀於汪中、惲敬、袁枚之徒，體格無存，何論氣韻？其餘如侯魏之紀事，乃成小說，洪吳之駢儷，不如律賦，茲非學者之明戒歟？余少學為文，思兼單複，及作《桂陽圖志》，下筆自欲陵子長，讀之乃頗似明史，意甚惡焉。比作《湘軍志》，庶乎軼承祚睨蔚宗矣。……』」

卷五，光緒三十四年戊申云：「五月……時張文襄公改兩湖書院為存古學堂，以救新學之弊，研究文史，令代功分教。諸生多問作詩文法者，代功不敢專對，請府君書示後學……論文曰：『詩有家數，有時代，文無家數，有時代，此論自余發之……明代無文，以其風尚在制藝，相去遼絕也。茅鹿門始以時文為古文，因取唐宋之似時文者為八家……余……文，力追班馬，極其工力，僅得似明史，心甚恥之。及作《湘軍志》，乃脫離時代矣。以數十年苦心孤詣，僅僅得免為明文；若學八家，數月可似……』」闓運撰著此書之緣起暨經過，與夫自道甘苦及工力，略具於斯。

其謂「庶乎軼承祚睨蔚宗」，蓋以《湘軍志》與《三國志》、《後漢書》相衡。又《湘綺樓日記》光緒四年戊寅二月二十七日云：「作《湘軍篇》，因看前所作者，甚為得意，居然似史公矣；不自料能至此，亦未知有賞音否？」二十八日云：「作《曾軍篇》成，共十二頁，已得二年軍事之大綱矣。甚為得意。」三月十七日云：「撰《軍志篇》成，讀一過，似《史記》，不似余所作諸圖志之文，乃悟《史記》誠一家言，修史者不能學也。《通典》、《通考》乃可學，鄭樵《通志》正學之，亦智矣，惜其筆殊不副，然不自作不知之，則余智不如鄭久矣。」則又嘗以似《史記》自喜。《史記》之超妙處，《湘軍志》雖尚難躋及，而闓運「脫離時代」之說，固可謂非漫自矜誇，以近代人實罕有此種文字也（所云〈湘軍篇〉，蓋屬稿之初，有此篇名，旋改為〈曾軍篇〉矣。三月十七日所云，按之前文，當指〈胡軍篇〉，後來始改為〈湖北篇〉者）。

《湘軍志》初刻於川，闓運攜版回湘，以湘人之憤怒，乃送版於郭嵩燾銷毀。後至川再刻之。《湘綺樓日記》光緒八年壬午正月關於毀版事所記，初七日云：「以外間頗欲議論《湘軍志》長短，與書佐卿，屬告諸公燒毀之。」十七日云：「錫九來，論《湘軍志》版片宜送筠仙。余告之曰：『吾以直筆非私家所宜，為眾掩覆，毀版則可，外人既未出貲屬我刻，而來索版，是無禮也。君不宜為眾人所使，且置身事外，以免咎尤。此版吾毀願毀之，又何勞索？』錫九唯唯而去。」廿日云：「遣送《湘軍志》版及印刷書與筠仙，並書與之言：『本宜交鏡初，今從權辦也。』」其當時在湘迫，於眾怒難犯不得不毀版之情形，於此尤可略睹焉。送版及書與郭嵩燾者，蓋嵩燾在湘紳中負重望，為反對《湘軍志》領袖人物之一也。嵩燾有致陳士傑一書，深斥《湘軍志》，可代表反對派之言論。其說云：

> 湘軍本末，宜有述錄，發議自吳南屏，嵩燾實倡行之，曾劼剛一以屬之王壬秋。始見其〈曾軍篇〉，於曾文正多刺譏，寓書力戒之。去臘自蜀歸，其書遂已刊行。沅浦宮保指證其虛誣處，面加詰斥，幾動湘人公憤，將其板銷毀，然聞蜀人已有翻刻本，貽毒固無窮矣。壬秋文筆高朗，而專喜譏砭。通志局初開，嵩燾力援之，為羅研生所持，言：「若壬秋至，湘人攻擊且盡，曷云志也？」其後所修三志，《東安志》板已毀，《桂陽志》亦有糾繆之作，《衡陽志》託名彭雪琴宮保，無敢議者，衡人私論亦皆隱憾之，自王船山先生已遭其譏議，其他可知，要其失不在秉筆而在包修。劼剛踵行其失，鄙心不能無歉然。因沅浦宮保之言，取其書讀之，專敘塔忠武、多忠武戰功，湘人一皆從略，江忠烈直沒其名，至江西始載其以一軍赴援，並幫辦軍務之命亦匿不書。而於李勇毅、楊厚庵則竟詆斥之。張笠臣指為誣善之書，且言：「楚人讀之慘傷，天下之人無不爽心快目。」開端數行中，便謂洪寇之盛，實自湖南

始，始合圍而縱之，又起偏師追而殲之，直以是蔽罪湖南，亦竟不測壬秋之果為何意也。今其勢不能不重加修輯，又萬不能開局，當由思賢講舍任之。壬秋高才積學，極謀以講舍相屬，而終見忤如此，所損聲名實多。始悟君子成己成人之學，一皆性之德，於人多傷，終亦不能成己。重為壬秋惜之。

蓋纂修《湘軍志》一事之發起，旨在表揚湘軍功烈，垂鄉邦之榮譽，而闓運任此，自出心裁，成一家之言，於發起纂修之本旨，未甚措意，且其為人，固以知兵自負，好談大略，少年時頗思贊襄軍謀，騰驤政路，而挾策以干曾國藩等，率見謂迂闊之談，落落寡合，無所藉手，志願弗克一酬，蓋不能無觖望（如與吳大澂書有云：「闓運平生志願，滿腹經綸，一不得申，每嗟感遇。」又與左宗棠書有云：「闓運行天下，見王公大人眾矣，皆無能求賢者。滌丈收人材不求人材，節下用人材不求人材，其餘皆不足論此。以胡文忠之明果向道，尚不足知人材，何從而收之用之？故今世真能求賢者，闓運是也；而又在下賤，不與世事，性懶求進，力不能推薦豪傑，以此知天下必不治也。」又與李漢春書有云：「陳伯嚴來，述尊論，見許為霸才，不勝感激。自來曾、胡、左、丁、肅、潘、閻、李諸公，相知者多，其或有許其經濟，從無賞其縱橫。嘗有自挽聯云：『春秋表僅傳，正有佳兒學詩禮。縱橫志不就，空留高味滿江山』蓋其自負別有在也。而麾下一見便能道其衷曲，曷名欽佩！」均見其自負才猷邁眾，不甘徒為文人）。故對於名震一時功成受賞之將帥，雖多寫狀甚工處，非於表揚無裨，而筆鋒所及，每流露不足之感，或涉諷刺，或近揶揄，間有疏略，亦遺口實，湘人恚嫉，有由來矣。他讀者亦頗致疑其不免以愛憎之見影響紀實，固不僅陳寶箴為然也。曾國藩以湘軍領袖而居功首，最為群倫所崇仰，《湘軍志》於傳其苦心義概之外，不乏微詞，其弟國荃，論功僅亞國藩，闓運書其功狀，亦不如其意，故國荃甚惡而詰斥之，為王定安繼撰《湘軍記》之張本。

湘軍之興，郭嵩燾、崑燾兄弟，均參謀議。《湘軍志》成，兩人閱後，各加批識，以糾辨為多。乙卯（民國四年），崑燾、孫振墉輯錄成帙，並加箋注，名曰《湘軍志平議》，堪為讀《湘軍志》者之重要參考書。振墉敘有云：

> 曩文正始立營制，先伯祖侍郎公、先祖京卿公，實豫諮議。其後先京卿公，佐湖南撫幕十餘年，援師四出，兵餉又皆所手治。嘗擬與吳公敏樹、羅公汝懷、曹公耀湘等纂《楚軍紀事本末》一書，存一代用兵方略。會文正慮近於張功，事以中輟。已而湘潭王壬秋先生闓運所撰《湘軍志》，為文譎奇恣肆，侈論辯而多舛於事實，識者病之。振墉手錄先侍郎公暨先京卿公訂正是書百數十條，附以箋注，題曰《湘軍志平議》。夫前人往矣，當其萬折不回，克成大業，要自有常勝之理存，區區戰事粗跡，烏足概其平生；然於軍謀之奇正，地形之險夷，賊勢之強弱，儻見為粗而遺之，亦治國聞者所深恥也……君子之立功也，求信於己而已，而立言者貴有以徵信於後。孔子稱董狐古之良史，為其直也。若是非之與淆，恩怨之或蔽，雖

以遷史之文冠百代，世且目為謗書，他何論焉？

其以遷史謗書為說，或即因闓運嘗自言似《史記》也。又辛酉（民國十年）跋有云：

湘軍開本朝創局，以馴致中興，王氏挾區區鄉曲之私怨而顛倒之，悖矣。考其篇目，始於湖南防守，而江軍之援廣西闕焉；略兵事之始，成於平捻，而左軍之定甘肅、新疆闕焉，沒兵事之終；江西既編析為三，而江南安慶不列篇名，以〈曾軍後篇〉統括之，意謂曾文正公功績第迄於兩省而止。即茲犖犖大綱，不免謬誤，其書之不足以服人心而彰國論明矣。《傳》曰：「心有所好惡，則不得其正。」夫不正由於有好惡，而況好惡之辟之與人異性者歟？余氏肇康云，王志初出，分餉湘人，一時物議沸然，軍閥尤憤，王氏將原書次第收回，其亦有不可自堅者邪？朱氏克敬改纂是書，稿佚不傳。王氏定安之記，持論稍私於曾忠襄而文又不逮。蓋斯志之流行海內久矣，其貽害豈淺哉？竊嘗謂是非者天下之公，維皇降衷所固有也，故孟子曰無是非之心非人，蓋是非棼泯，起於一念之微，其始不過語言文字之差耳，浸假發於其事，將使東西易位，玄黃變色，而實禍中於國家矣，尚得為衣冠視息之倫乎？夫以咸同之戰跡昭昭在人耳目，而立論詭異如此，其他學說之戾，不言可知也。嗚呼！平實之論難工，邪衰之言易悅，末俗異趣，文更甚焉。振墉懼夫王氏之矯誣害正，是以不得不辭而辟之，亦亡承先志而已，豈求勝於文辭之末哉？

詆斥尤力。至論篇目之失當，讀此書者蓋不乏同感，尤於〈曾軍篇〉、〈曾軍後篇〉，覺其未安。闓運於此，未聞有聽說明，不知當時用意果何若也，？郭嵩燾批《湘軍志》〈曾軍篇〉有云：「按湘軍之名，創始曾文正公，其後駱文忠用以平蜀，左宗棠用以平浙及閩廣，西至甘肅，復新疆萬里之地，皆承曾文正公之遺，以湘軍為名，是以曾文正公為湘軍之大綱。疑此篇當為湘軍原始篇，歷敘各軍分合與其源流本末所以立功之由。以〈曾軍〉名篇，是謂曾文正公亦統於湘軍也。前後敘述，亦與〈湘南防守篇〉大致無甚區別，於文為複，於所述事實亦為失倫。湘軍原始，實由曾文正公，述其原始而後本末分明，未宜混合言之。」又云：「以《湘軍志》為名，自應以曾文正公創立湘軍為主，不宜特立曾軍名目，以使有所專屬。如江忠烈、王壯武、蕭啟江、李忠武及今曾威毅伯，皆別立一軍為統帥，功績又最偉，別為一篇可也，不可以施之曾文正也。」又批〈曾軍後篇〉有云：「賊踞金陵十餘年，克復南京自為湘軍一大篇目。湘北江西各省，皆標立名目，江南攻戰事宜，但名〈曾軍後篇〉，並江南之名亦隱之，顯示貶斥之意，似未足以服人。」（均見《湘軍志平議》）。其言有當，未可目為阿私曾國藩之論也。又其子焯瑩〈湘軍志平議後敘〉有云：「王氏《湘軍志》，文句規仿馬遷，篇章祖襲《尚書》；其足惑世誣民，蓋又有浮於《三國志演義》也。先兵左嘗書戒易布政佩紳，以謂壬秋文辭自優美，足可引為師資，或行政治軍，一聞壬秋之言，如飲狂藥，不可救療。彼其視諸老先所挾持以為常勝之理與之異趣也宜已，況濟以愛憎予奪之私，更烏惜興心而嫉妒取快於其說乎？……禍之中與人心風俗，詎減於猛獸洪水者？」亦深詆之。郭氏之攻《湘軍志》，蓋三世焉。

郭振墉輯錄《湘軍志平議》成，寄示王先謙、馮煦。先謙覆書謂：

> 承示大著《平議》一冊，尤深愉快。壬秋此志，湘人咸不謂然，天下皆知，然不明揭其癥結所在，則人將以為愛憎毀譽之私，而喜其文筆者，更曲護之，而無能奪其氣。猶憶弟銜艱歸里時，令伯祖談及此事，欲以改作見委，卒不果行，蓋兵事曲折輕重，非當日身親目擊者不能知其深，事過境遷，化而為文，則人但問其筆墨何如，而兵戈是非無復言之者矣。此所以壬秋志出，君家令伯祖、令祖兩公獨引憾，而他人視之淡如也。今兄取兩公當日書眉所評論糾正百數十條，復以官書私錄箋注之，為《湘軍志平議》一書，使留心世事者，即事徵文，虛實立見，且俾後之人知兩公苦心所爭得失，乃惇史千古之公，非湘軍偏隅之事也。從此閱王志者，家置一編，以開迷誤，則兄紹述之功在天下矣。

亦湘中有名學者不滿意《湘軍志》，而助郭氏張目者。閱此，知郭嵩燾曾有請先謙改作之議也。先謙盛推《湘軍志平議》，《平議》一書要非苟作，特惜其行世時，闓運未及見，不得聞其對斯之意見與感想何如耳。煦復書謂：

荷手翰並《湘軍志平議》一冊。此書之紕繆，往聞之曾忠襄「幾欲得此老而甘心」，今已論定，則其名已淪於羅剎鬼國。文正當日，凡湘中才俊，無不延攬，而對於此老，則淡泊遇之如此，益服文正之知人，然不料此老之末路頑鈍無恥至是也。為之一歎！

將闓運痛罵一番，似不無過火處。至曾國荃之痛恨《湘軍志》，則屬實情也。

黎庶昌為曾國藩門下治古文者四大弟子之一（其他為張裕釗、吳汝綸、薛福成三人）。黎與薛文學之功，候視張吳稍遜，而兼長經濟），對於《湘軍志》，卻甚為讚賞。其所選輯之《續古文辭類纂》，於敘記類特錄《湘軍志》之〈曾軍篇〉、〈曾軍後篇〉、〈湖北篇〉、〈水師篇〉、〈營制篇〉為一卷，惟標目不曰《湘軍志》而曰《湘軍水陸戰紀》，評注云：「此書不著作者名氏，蓋湘潭舉人王闓運筆也。文質事核，不虛美，不曲諱，其是非頗存咸同朝之真，深合子長敘事意理，近世良史也。大體皆善，今錄五篇。」又云：「按壬秋原書，本名《湘軍志》，此稱《湘軍水陸戰紀》者，據滬上活字本也。」上海書坊，以活字排印，改題《湘軍水陸戰紀》之名，殆以避時忌之故歟。庶昌不獨賞其文詞，且贊以良史，許以真核，所見與郭嵩燾輩大異矣。闓運此作，以似《史記》自負，庶昌亦正以斯推之，在闓運尤可云搔著癢處，故對庶昌深有文字相知之感。其與庶昌書有云：

文誠（按：謂丁寶楨也）與闓運為知己，亦猶曾文正之為闓運知己。外間但以未得保薦不入幕府疑之，又焉知真知者乎？前年所作誄文，以限於駢體，詞甚隱約，傳狀既非朋友所作，所言止此而已，較之曾文正身後僅有挽聯者，已為多矣。然曾文公事業在《湘軍志》者，殊炳炳麟麟，而沅甫以為謗書；曷承特采，曷勝感激！三不朽之業，著一毫俗見不得；節下蟬翼軒冕，一意立言，真人豪也。抑嘗論之：孔子云有言者不必有德，此是言語之言；不朽立言，是文言之言；未有無德而有功言者。德者、本也，功、用也，言、體也；平生蘊蓄，一望而知；尤願先生依經以立幹耳。闓運伏處卅年，於諸經稍有發明，惜曾公早逝，未及盡見。

致感之餘，並對物論略為辯解，而自示《湘軍志》之作，實依經立幹，為有德之言焉。其謂曾國藩「事業在《湘軍志》者殊炳炳麟麟」，固非無據之飾詞，蓋《湘軍志》之書國藩事，雖間有未甚許可之語氣，而國藩之偉大處，忠誠處，實往往可見也。丁曾並論，亦所以自白無詆謗國藩之意（丁文誠誄，佳作也。陳夔龍為丁寶楨侄婿，所著《夢蕉亭雜記》卷二有云：「湖南湘潭王壬秋太史丈……睥睨一世……中興諸將帥，半係舊人，均敬而遠之，獨與文誠公臭味相投，申之以婚姻。文誠逝世，大史所作誄文，哀感頑豔；其遒麗處，恐六朝人無此乎手筆。」述其與寶楨之相得，良然；至歎美此作，蓋亦未為過譽。挽國藩聯，文為：「平生以霍子孟張叔大自期，異地不同功，勘定僅傳方面略。經學在紀河間阮儀徵之上，致身何太早，龍蛇遺憾禮堂書。」雄深超卓，亦其傑構。挽曾諸聯，斯為健者，亦頗見其對國藩之認識與理解不同恒流。孫衣言聯云：「人間論勳業，但謂如周召虎、唐郭子儀，豈知志在皐夔，別有獨居深念事？天下誦文章，殆不愧韓退之、歐陽永叔，卻恨老來湜軾，更無便坐雅談時。」用意略相近，而駿邁處未逮）。

運撰《湘軍志》時對國藩之情緒，可考之於《湘綺樓日記》。戊寅（光緒四年）二月十一日云：「翻曾滌丈文集，見其少時汲汲皇皇，有俠動之志，因思諸葛孔明自比管樂，殊非淡靜者，而兩人陳義皆以恬淡為宗，蓋補其不足耶。」二十一日云：「作〈湘軍篇〉，頗能傳曾侯苦心。其夜遂夢曾……」二十七日云：「夜覽滌公奏，其在江西時，實悲苦，令人泣下，然其苦乃自尋得，於國事無濟，且與渠亦無濟，反有損，要不能不敬歎，宜其前夜見夢也。世有精誠，定無間於幽明，感愴久之。彼有此一念，決不入地獄。且吾嘗怪其相法當刑死，而竟侯相，亦以此心耿耿，可對君父也。余竟不能有此愚誠。『聞春風之怒號，則寸心欲碎；見賊船之上駛，則繞屋彷徨。』〈出師表〉無此沉痛。」二十九日云：「作〈胡軍篇〉。看詠芝奏牘，精神殊勝滌公；有才如此，未竟其用，可歎也！」三月十六日云：「看胡奏稿書札及方略，見庚申年事，忽忽不樂。又看曾奏稿，殊矢忠誠之道。曾不如胡明甚，而名重於胡者，其始於至誠且賢，其後不能掩之也。余初未合觀兩公集，每右曾而左胡，今乃知胡之不可及，惜交臂失此人也。向非余厚曾薄胡彰著於天下，則今日之論，幾何而不疑余之忌盛哉？」十七日云：「欲作〈曾軍後篇〉，連日正不喜曾，乃改撰〈水師篇〉。」四月十一日云：「作軍志。咸豐六年至八年，湖南協濟江西軍餉銀二百九十一萬五千兩，此左生之功也。左生於江西殊勝曾公。」十二日云：「夜看曾書札，於危苦時不廢學，亦可取，而大要為謹守所誤，使萬民塗炭，猶自以心無愧，則儒者之罪也，似張浚矣。」十四日云：「作軍志。敘多功於曾軍，使稍生色，亦以對砭其失。軍不可懼，孔子以懼教子路，言其輕死耳，非謂行三軍當懼也。」十五日云：「作軍志。看曾書疏，未嘗一日忘懼，似得朱（按：疑應是「宋」字）儒之精矣，而成就不大，何也？」

蓋於推許之外，兼有不足之意。國藩用兵，最重「紮硬寨，打死仗」，不尚詭謀奇計，而為人力求穩慎，不喜冒險。闓運固自負權奇鬱不得施，對之有不以為然者，加之性好譏評，遂論之如此。撰《湘軍志》時之情緒，見於日記者，自可與《湘軍志》參閱，然不可過泥，以其日記中多有興到語、率爾語（且前後不盡一致），著書下筆之際，則較有斟酌，與寫日記時之信筆放言，態度上尚頗有謹嚴與率易之別耳（其四月二十五日日記云：「作軍志。看方略、曾奏將畢矣，然敘次殊不及前，以彭、楊、曾構陳事，三人皆不欲載，有依違也。故修史難：不同時，失實；同時，循情。才學識皆究，僅記其跡耳。」則自謂有固有所瞻顧而不肯深文之處也。又是月二十二日云：「作軍志。序田鎮戰事頗近小說，然未能割愛也。」蓋頗以此役戰狀寫得過於歷歷如繪自疑，而亦不失為佳文）。

曾國荃之圍攻南京，李秀成率師馳救，眾遠過之，以國荃之堅持，卒不得逞而去，自是南京無援，遂成必破之局。此役關係太平天國之存亡甚大，當時曾國藩之奏報，備陳形勢之孤危與戰事之劇烈，而日記及家書中有「寸心如焚」、「心膽俱碎」等語，想見憂悸之甚，其〈金陵湘軍陸師昭忠祠記〉，亦著其堅苦禦敵之狀，故此役實國荃所引以自豪者。《湘軍志．曾軍後篇》敘此云：

同治元年……閏八月，蘇、常寇來攻曾國荃軍，多發西夷火器相燒擊，復穴地襲屯壘，連十晝夜不休。九月，浙江寇復來助攻。國藩急徵援兵，皆牽制不得赴。國荃以三萬人居圍中，城寇與援寇相環伺，士卒死傷勞敝，然罕搏戰，率恃炮聲相震駭。蓋寇將驕佚，亦自重其死，又烏合大眾，不知選將，比於初起時衰矣。十月，寇解去……

將國荃此一場大功，寫得甚簡，若無甚奇特。國荃之斥為謗書，蓋於此節尤所忿恚也。

郭嵩燾云（見《湘軍志平議》）：

李秀成以三十萬眾，困曾三萬人。搏戰四十餘日，用火藥轟炸其營壘，破其地道無數，極古今之惡戰。壬秋一意掩沒其勞，以數語淡淡了之，真令人氣沮。

嵩燾且「氣沮」，國荃安得而不大怒乎？

王定安承國荃之指而作之《湘軍記．圍攻金陵下篇》紀此役云：

閏八月，疫猶未已，軍士互傳染，死者山積……當是時，群醫旁午，病者方資休息，而偽忠王李秀成引兵三十萬，自蘇、常奔至，號六十萬，東起方山，西訖板橋鎮，連營數百。國荃兵不滿三萬，賊圍之數匝。彭玉麟、楊岳斌水師，皆阻隔不相聞。諸將懲向榮、和春之失，謀潰圍就水師，退保蕪湖。國藩在安慶，憂之廢寢食，飛檄令解圍。國荃令於眾曰：「賊以全力突圍，是其故伎，向公、和公正以退而致挫，今若蹈其覆轍，賊且長驅西上，大局傾覆，何蕪湖之能保？夫賊雖眾，皆烏合無紀律，且久據吳會，習於驕佚，未嘗經大挫，吾正苦其散漫難遍擊，今致之來，聚而創之，必狂走，吾乃得專力搗其巢，破之必矣。願諸君共努力！」諸將諾服。己亥，乃分圍師為三，以其二防城賊侵襲，國荃自將其一當援寇。一夕築小壘無數，障糧道以屬之江。賊益番休迭進，蟻附環攻，累箱實土，以作櫓楯。挾西洋開花炮自空下擊，所觸皆摧。國荃留孱卒守棚，選健者日夜拒戰，更代眠食，常以火毬大炮燒賊無算，賊仍抵死弗退，軍士傷亡頗眾。己酉，部將倪桂節中炮殞。國荃左頰受槍傷，血漬重襟，猶裹創巡營。歷半月，賊稍卻，而偽堵王黃文金出東壩，攻金寶圩，為李秀成聲援。鮑超遣軍禦之新河莊，為所乘，水師亦困於金柱關。賊焰益張，乃掘地道陷官軍壘。國荃屢堵合之，亦時以穢鹵倒浸穴中。

九月壬子，偽侍王李世賢復自浙江糾眾麕至，合秀成軍號八十萬。國荃度浙寇新來氣盛，誡諸將厚集其陣，暇以待之。賊負板擔草士填濠，我軍拒濠發炮，賊屢卻，仍堅壁不出，相持兩晝夜。甲寅乃發萬人開壁擊之，軍士氣十倍，呼聲動天，當者無不摧靡，一日內破堅壘十三，殺八千人。援賊氣奪，乃益鑿地埋火藥。辛酉，兩穴同發，土石飛躍如雨，大營牆圮，賊隊猛進，國荃督軍士露立牆外，環擲火毬，間有槍炮，賊前者既殪，後者復登，逾三時牆缺復合，殺悍寇數千。群賊乃謀晝息宵攻，輪進以疲我，連營周百里，其近者距官軍才二十丈，仍潛開隧道，乘雨夜轟之。國荃令各軍掘內濠，翼以外牆，破其地洞七，賊計始窘。十月，國荃度賊力疲，可一戰破也，乃誡諸將秣厲以俟。壬午，引軍出濠，克十餘卡，知賊不任戰，軍益大出。癸未，李臣典等出東路，曾貞幹出西路，彭毓橘、蕭孚泗等出南路。甲申，天向曙，臣典燒東路四壘，火光燭天，西南諸賊望見洶懼，棄壘逃。貞幹偵三汊河賊宵遁，急引兵趨之，遇逃寇則縱兵要擊，追之板橋周村。彭毓橘追至牛首山，王可升搜賊方山西。諸賊在東路者繞南門逸，其在西路者走秣陵關，於是蘇浙賊數十萬皆遁，金陵圍師解嚴。是役也，李秀成率十三偽王赴援，李世賢繼之，楊輔清、黃文金圍鮑超於寧國，陳坤書出太平窺金柱關以困水師，悍酋萃一隅，我軍幾殆憊不振。曾國藩固以進攻金陵為非計，業被圍則飛檄調蔣益澧、程學啟馳救。益澧在浙，學啟在蘇，皆有故不得至。國荃孤軍居圍中，戰守四十六日，殺賊五萬，我軍亦傷亡五千，將士皮肉幾盡，軍興來未有如此苦戰也。

詳敘此役戰守之狀，寫得如火如荼，於國荃尤特為標舉，而斷以「軍興來未有如此之苦戰」，與嵩燾所謂「極古今之惡戰」，均以辨正闓運「罕搏戰」等語。研究《湘軍記》與《湘軍志》之異同，此節最宜留意，蓋國荃之屬定安撰《湘軍記》，斯其最大動機也。（定安自敘云：「向張既殞，朱維淪胥。帝曰：『汝藩作督三吳；汝荃統師，布政於蘇。』乃整其旅，雷掃風驅。北斫濡須，南剿蕪湖。遂捎秣陵，連壁南都。洪酋恇懾，乃召其徒。其徒百萬，封豕訓狐。威毅笞之，如割如屠。忠仆侍顛，棄戈而噓。乃張九罭，周其四阹。兩徂寒暑，乃焚厥居。帝嘉乃績，錫之券書。兄侯弟伯，析圭剖符。紫閣圖形，載之典謨。作圍攻金陵下篇第九。」盛推國荃下金陵之功，亦著重此役之擊退李秀成等援師）。平情論之，闓運所謂「罕搏戰，率持炮聲相震駭」，舉重若輕，未免太甚，且詞涉輕薄，良有召怒之道，定安為國荃竭力鋪敘，亦勢所必然。惟闓運之論太平援軍方面之弱點，則不盡虛誣，蓋太平軍已有暮氣，亦湘軍所由奏績也。不然，以秀成之智勇能軍，將眾以臨寡，形勢上可操必勝之券，何竟不能解金陵之危，使國荃為向榮、和春之續，而逡巡退卻，不克再振，坐待天京之淪陷，天國之覆亡乎？雖曰國荃武略優長，湘軍善於戰守，太平軍如無弱點，結果當不若是耳。

國藩〈金陵軍營官紳昭忠祠記〉有云：

> 當諸將屯駐秣陵，向公榮、張公國梁最負眾望，其餘智者竭謀，勇者殫力，亦豈不切齒圖力，思得當以報國？事會未至，究天下之力而無如何。彼六七偽王者，各挾數十萬之眾，代

> 興迭盛，橫行一時，而上游沿江千里，亦足轉輸盜糧。及賊勢將衰，諸酋次第僵斃，而廣封駮竪，至百餘王之多，權分而勢益散。長江漸清，賊糧漸匱。厥後楚軍圍金陵，兩載而告克。非前者果拙而後者果工也；時未可為，則聖哲亦終無成，時可為，則事半而功倍也，皆天也。

以湘軍之成功，歸之於時，歸之於天，是國藩識度高卓襟懷宏闊處。雖非專指擊退援軍之役，與闓運所論亦不盡同，而其言太平軍方面實有弱點之可乘，則與闓運固無大異也。「賊勢將衰」，「比於初起時衰矣」其意義豈不相通耶？國藩此論，若概目為謙讓不矜之意，則體會有失矣。故闓運之說，良有未可抹殺者。（郭振墉於嵩燾語之箋注，謂：「寇勢未衰於初起也。」而所引證佐，未足以破闓運說）。定安敘此，亦未便完全不顧，而若仍之，慮於國荃偉烈若有所損，非「持論稍私於曾忠襄」者所宜，於是於國荃鼓勵軍心語中，敘入「賊雖眾，皆烏合無紀律，且久據吳會，習於驕佚」等語（實猶闓運所謂「寇將驕佚，亦自重其死，又烏合大眾，不知選將」也），並著「知賊不任戰」語於迭經苦戰，「國荃度賊力疲，可一戰破也」之後。如此寫法，俾太平軍之弱點，不為遺漏，而在國荃方面，卻又占得地步，不至掩其戰績，亦可謂匠意斡旋，良工心苦矣。吾人於此，不宜滑口讀過也。

梁啟超《中國近三百年學術史》十五，〈清代學者整理舊學之總成績・三・史學〉有云：「其局部的紀事本末之部，最著者有魏默深源之《聖武記》、王壬秋闓運之《湘軍志》等……壬秋文人，缺乏史德，往往以愛憎顛倒事實……要之壬秋此書文采可觀，其內容則反不如王定安《湘軍記》之翔實也。」揚《湘軍記》而抑《湘軍志》，其不滿《湘軍志》處，與陳寶箴所疑相同，闓運所不肯自承者也。

定安之撰《湘軍記》，分〈粵湘戰守篇〉、〈湖南防禦篇〉、〈規復湖北篇〉、〈援守江西上篇〉、〈援守江西下篇〉、〈規復安徽篇〉、〈綏輯淮甸篇〉、〈圍攻金陵上篇〉、〈圍攻金陵下篇〉、〈謀蘇篇〉、〈謀浙篇〉、〈援廣閩篇〉、〈援川陝篇〉、〈平黔篇〉、〈平滇篇〉、〈平捻篇〉、〈平回上篇〉、〈平回下篇〉、〈戡定西域篇〉、〈水陸營制篇〉，凡二十篇，以體裁論，頗較《湘軍志》為完整。國荃光緒十五年己丑敘有云：「今海內又安，湘中宿將存者什二三，懼其戰跡之軼也，議為一書，與方略相表裡，而執筆者傳聞異詞，乃乞東湖王鼎丞觀察定安更為之。鼎丞久從愚兄弟遊，諳湘軍戰事，其所述者，非其所目睹，則其所習聞。書既成，復與湘陰郭筠仙侍郎嵩燾暨下走商訂得失。漏者補之，疑者闕之，不為苟同，亦不立異，蓋其慎也。」定安自敘有云：「及壯，佐湘鄉曾文正公戎幕，從今宮太保威毅伯遊者二十餘年，湘中魁人巨公什識八九，其它偏裨建勳伐者不可勝數，東南兵事，飫聞而熟睹之久矣。其後宦遊天津，稍習淮軍將帥，而湘陰左文襄公暨今陝甘總督茶陵譚公、新疆巡撫湘鄉劉公，鈔錄西北戰事，累數百卷，先後郵書見畀。最後從雲貴總督新寧湘鄉兩劉公家得其章奏遺稿，於是又稍知滇黔越南軼事。自咸同以來，聖主之憂勤，生靈之塗炭，將帥之功罪，廟謨之深遠，上稽方略，下採疆臣奏疏，粲然備具，而故老之流傳，將裨幕僚之塵譚，苟得其實，必錄焉。其或傳聞異辭，疑信參半者，寧從闕疑，非真知灼見，不敢誣也。」又云：「蒙以不才廢棄，居彝陵山中，湘中諸君子，書問相勉，而為此作。自光緒十三年三月訖四月，成第一至第五卷，又自十月訖臘月，成第六至第十一卷。明年五月，放棹南遊，客新寧劉氏，湘人士敦促，自八月訖九月，成第十二至第十五卷；而余有江南燕齊之行。過長沙，與郭筠仙侍郎商榷得失，攜其稿呈威毅伯曾公。又明年三月，余歸東湖。六月，至金陵……乃續成五卷，自七月訖九月畢事。閱時幾三載，凡歷遊五省，中間人事牽率，忽作忽輟，其執筆為文，九閱月耳。」

國荃因不滿《湘軍志》而囑定安改撰之緣起與夫定安撰《湘軍記》之經過暨資料，於此可見大凡。蓋以《湘軍志》為底本，而加以修改與補充，闓運為創作，定安則因其舊而重為編撰（取材《湘軍志》處固不鮮），創者每易疏漏，因者易於周密，此亦常理，而資料較富，敘次多較贍備（亦間有失考處），啟超稱以「翔實」，非無當也。特闓運之獨往獨來，少所瞻顧，振筆直書，斷制自如，蔚成一家之言，自非定安所逮。而文章之雅健雄奇，使讀者感濃厚之興味，留深刻之印象，惡之者亦歎美不遑，而恚嫉所以益甚焉。世之嗜讀《湘軍志》者多《湘軍記》者少，豈無故哉？（國荃敘《湘軍記》，謂「至其敘事簡贍，論斷精嚴，則仰睎龍門，俯瞰蘭台，伯仲於陳志、歐史之間，可謂體大思精，事實而言文者矣。」亦甚贊其文字之工，雖涉過譽，定安要亦能文者，造詣可觀，惟難與闓運抗衡耳。）

沃丘仲子（費行簡）《近代名人小傳》傳闓運有云：「所為《湘軍志》，是非之公，為唐後良史第一，而驕將惡其筆伐，有欲得而甘心者……」則以門人而讚揚本師，亦略同闓運所謂「此書信奇作，實亦多所傷，有取禍之道……非史官而言人長短，則人尤傷心矣」之旨也。信史之難，自古所歎，闓運此作，雖可議處甚多，而精氣光怪，不可掩遏，實有不朽者存，是在讀者之善於別擇而已。

（民國二十五年）

王闓運與肅順

王闓運撰〈記端華肅順事〉，以白其冤，闓運固嘗客肅順所，有相當之交誼也。考二人之相與，蓋自咸豐九年己未，時闓運年二十八歲。闓運卒後，其子代功所編述《湘綺府君年譜》卷一紀是年事云：

四月，會試榜發報罷，以京師人文淵藪，定計留京，寓居法源寺。於時名賢畢集，清流謀議，每有會宴，多以法源寺為歸。時龍丈皞臣居戶部尚書肅慎公宅，授其子讀。李丈篁仙供職戶部主事，為肅所重賞。肅公才識開朗，文宗信任之，聲勢烜赫，震於一時，思欲延攬英雄，以收物望，一見府君，激賞之。八旗習俗，喜約異姓為兄弟，又欲為府君入貲為郎，府君固未許也。嚴先生正基聞之，懼府君得禍，手書誨以立身之道，且舉柳柳州急於求進，卒因王叔文得罪，困頓以死，言之深切。府君得書感動，假事至濟南，作〈上征賦〉及〈濟南途中秋興〉諸詩。尹丈杏農耕雲贈詩有云：「行藏須早決，容易近中年。」盡歎府君之不遇也。

十一月，李丈篁仙因事入獄，府君聞之悲感，作幽憤詩，又為書致肅裕廷尚書，代敘其憤。

是肅順延攬闓運，而闓運以嚴正基之言，未久即引去。肅順之勢方盛，炙手可熱，正基已慮其將敗，則緣政尚峻厲，怨家甚多，尤以戊午科場大獄，佐文宗申國法以救積弊，銳行誅譴，深為朝列所切齒耳。

《年譜》同卷咸豐十年庚申云：

三月，復還京師，居法源寺。其時同人居京者，蔡舅與循、郭丈筠仙、龍丈皞臣、鄧丈彌之，黔蜀則莫丈子偲、趙丈元卿、李丈眉生，雲南則劉丈景韓兄弟，江南則尹丈杏農，江西則高丈伯足、許丈仙屏，迭為文酒之會。其後失意四散，子偲丈述杏農語為詩云：「吾軍久摧頹，不爾非全傾。誒哉杏公語，沉痛不忍聽。」蓋勝游文會，未久而風流雲散矣。

四月，曾文正公始授兩江總督之命，進駐祁門。府君於八月出京，往祁門視曾……

十月，還長沙。

十一年辛酉云：

> 是歲七月，文宗顯皇帝晏駕熱河，鄭怡諸王以宗姻受顧命，立皇太子，改元祺祥，請太后同省章奏。府君與曾書，言宜親賢並用，以輔幼主，恭親王宜當國，曾宜自請入覲，申明祖制，庶母后不得臨朝，則朝委裘而天下治。曾素謹慎，自以功名大盛，恐蹈權臣干政之嫌，得書不報。厥後朝局紛更，遂致變亂，府君每太息痛恨於其言之不用也。

闓運於咸豐十年回京，或又與肅順往還，所舉迭為文酒之會之同人，不乏與肅順相善者，肅順輕滿員，而雅重漢人名流也。未幾有英法聯軍之役，繼以政變旋作，肅順坐叛逆被誅，於是同人星散。惟咸豐十年闓運在京亦為日不多，縱與肅順氣誼相投，非必有甚深之關係耳。民國三年，闓運應總統袁世凱之招，北上就職國史館長，有〈法源寺留春會宴集序〉之作，文云：「法源寺者，故唐憫忠寺也。余以己未賃廡過夏，居及兩年。其時夷患初興，朝議和戰，尹杏農主戰，郭筠仙主和，而俱為清流，肅裕庭依違和戰之間，而號為權臣，余為裕庭知賞，亦善尹郭，而號為肅黨。然清議權謀，皆必有集，則多以法源為歸。長夏宴游，悲歌薄醉，雖不同荊卿之飲燕市，要不同魏其之睨兩宮。蓋其時湘軍方盛，曾胡犄角，天子憂勤，大臣補苴，猶喜金甌之無缺也。俄而大沽失機，蘇杭並陷，余同郭還湘，肅從西幸，京師被寇，龍髯莫攀，顧命八臣，俱從誅貶。自此東南漸定，號為中興；余則息影山阿，不聞治亂。中間雖兩至輦下，率無久留。垂暮之年，忽有遊興，越以甲寅三月，重謁金臺。京國同人，既皆失職，其有事者，又異昔時，懷刺不知所投，詔啟不知所問。乃訪舊跡，猶識寺門，遂請導師，代通鄙志，約以春盡之日，會於寺寮。丁香盛開，諍筵斯啟，群英踸至，喜不遐遺，感往欣今，斐然有作，列其佳什，庶繼蘭亭，亦述所懷，以和友聲云爾。」

時年八十三矣。回顧五十餘年前事，感慨系之，對於肅順與己之關係，亦自道其梗概焉。至其咸豐十一年致書曾國藩，主張恭親王奕訢當國，為國謀兼為肅順謀，頗中利害。奕訢以皇叔而有能名，負重望，使肅順輩禮下之，引與共事，垂簾之局，蓋不易成。孝欽之能傾肅順輩，正由厚結奕訢，使為己用耳。闓運懷此，不逕向肅順建議，而言諸曾國藩，亦見其與肅順關係之非甚密切也。若夫說國藩以自請入覲，申明祖制，以阻太后之臨朝，則殊迂闊而遠於事情，國藩非鹵莽之流，豈肯冒昧出此，自取咎戾耶？

李篁仙為闓運之友，「湘中五子」之一也，以部曹受肅順之知遇，竟緣事被肅順奏劾下獄，故闓運致書肅順，代鳴不平。民國三年闓運為李氏遺詩作序，述所謂「湘中五子」並李氏受知於肅順暨獲咎情事有云：

> 余故少孤，為叔父所教育，九歲能文，而不喜制舉程式，隨例肄業城南書院。院長陳先生本欽，名儒也，專攻八比文，禮聘龍先生友夔助校課藝。龍先生熟精四書匯參之學，諸老翰

林，如勞、羅諸公，皆推服焉。或聚談講論，龍先生來，則莫敢先發言。而余與其長子皞臣交，及武岡二鄧子，皆在城南講舍，李君篁仙亦從其外兄丁果臣居院齋。篁仙早入學補廩生，皞臣亦舉丙午鄉試，下第還侍父，居內齋，皆謹飭，獨余跅弛好大言，篁仙放誕自喜，余尤與相得，日夕過從，皆喜為詩篇，鄧彌之尤工五言，每有作皆五言，不取唐宋歌行舊體，故號為學古。其時人不知古詩派別，見五言則號為漢魏，故篁仙以當時酬唱多者目標為「湘中五子」。後以告曾滌丈，羅羅山睡中聞之，驚問曰：「有《近思錄》耶？」時道學未衰，故惡五子名云。然篁仙實先工科舉學，八比試帖大卷皆甲於四子；由辛亥鄉舉應丙辰殿試，卷在進呈十本中，翰林資也。及朝考，誤點注，乃置三等，用主事，分戶部，以此侘傺，遂懶散不樂曹司趨走，然以才名見重徐侍郎樹銘，因見賞於本部尚書肅順，部事輒諮之。戶部亟理財，設官銀號凡五，各識以宇記，因曰五宇。官吏因緣虧空，肅尚書治之，設核對處，以篁仙會王郎中正誼辦理。銀號欠款，當繳銀錢，而輦當十錢抵償，主者不肯收，輦者委堂下逕去。篁仙日趨公，數數見之，漫問曰：「此錢胡為露積庭下？將破壞矣！」吏具言繳款不收故，則曰：「不收，可令吏將去。」吏輒應曰：「諾。」即呼輦者還其故號。及大治虧空，王郎中以徇縱當送獄待訊。尚書趙公思救之，從容曰：「下獄太重；即如李主事，亦當下獄耶！」意以肅善李，必可寬也。肅驟見抵，因發怒曰：「皆奏交刑部！」而篁仙入獄。案未結，有夷變，又縱出之。既和，復囚之。改元，不得赦。及誅肅順，大治肅黨，大臣坐罪者相望，篁仙乃以為肅所陷，赦復官。蓋在部五年，而在獄兩年。

觀李氏之事，亦頗見肅順之鐵面無私，不事阿徇。李本被指目為肅黨者，乃反於大治肅黨時邀赦而復官，斯亦可云趣事。

醒醉生（汪康年）《莊諧選錄》卷三云：「湖南李篁仙（名榕）、嚴六皆（名咸，漵浦人）、黄瀚仙、鄧彌之、鄧保之及王某，為肅門湖南六子，肅敗，六子尚在都城。已而李以鑄錢事被捕治，餘五人始懼，相率倉皇南旋。」所謂王某，即指闓運。如所云，「肅門湖南六子」中，其四為「湘中五子」之李、王、二鄧四子焉。其言肅敗王尚在都城，聞李被捕治，五人乃相率而去云云，實誤。尤舛者，謂李篁仙名榕，李榕固另有其人也。李篁仙，名壽蓉，湖南長沙人，官至安徽道員；李申甫，名榕，四川劍州（今劍閣縣）人，嘗為曾國藩幕客，官至湖南布政使。二李雖同時之人，豈可混而為一乎？

闓運辛未（同治十年）三月至京，應會試後，曾存問肅順家，頗戀戀有故人意。《年譜》中未載其事，《湘綺樓日記》則於此略有所記，七月事也。摘錄如次：

> 六日……海岸來，翰仙繼至，同車入城，至二龍坑劈柴胡同，見豫庭二兒：一曰徵善，出繼故鄭王端華；二曰承善，年十八，甚英發。園亭荒蕪，竹樹猶茂，台傾池平，為之悵然。

八日……故鄭王子徵善來。余本約豫庭子承善來（字智甫，又云禹階。其弟同善，字禹襄，獨與母出居於外，蓋豫庭二妾不和也），而以無衣冠不能至。旗人仍習氣，講排場，不能變也。談久之，無策可振之。宗室禁嚴如此，亦定制之未善耶！

是月十五日，闓運即出京，蓋臨行之前，加以存問，念舊有心，而有愛莫能助之感。憶曾聞人言：闓運此次至京，託名會試，實專為訪問肅順後嗣，厚予資助。殆不儘然。居京數月，將行始詣訪，苟專為此事而北上，當不如是耳。

《年譜》卷二，是年云：

正月，府君居衡，已七年，專事撰述，無出游之意。常丈儀庵以為非習勞之義。去歲聞常丈病卒，追其感意，故復為北游。

三月三日至京師，寓黃丈曉岱宅。府君初不欲會試，適值試期，亦不欲示異，遂入試。

謂北游旨在習勞，適值試期，姑與試焉；試期早著功令，相值無乃太巧乎？《日記》四月四日，聞未獲售，謂：「余來本不為試事，而勉赴試期。」以下頗作悔艾之語，似其時名心猶未能盡忘也。

《清史稿》闓運傳，多用沃丘仲子（費行簡，闓運門人也）《近代名人小傳》傳闓運語，其云

「咸豐三年舉人……初館山東巡撫崇恩，入都就尚書肅順聘。肅順奉之若師保，軍事多諮而後行。左宗棠之獄，闓運實解之」，本諸《小傳》所云：「咸豐癸丑舉人，以貧就食四方，嘗館山東巡撫崇恩、大學士肅順所。順奏之若師保，軍事多以諮之。左宗棠之獄，因以得解」也。肅順縱激賞闓運，何至便「奉之若師保」？在費氏之作《小傳》，推美本師，或過其質，猶可說也；正中甄採，自宜加慎。

闓運係於咸豐七年丁巳中本省補行壬子（咸豐二年）乙卯（咸豐五年）併科舉人。《年譜》卷一是年云：

時江西軍務緊急，曾文正公督辦軍務，江南大營亦於去年失陷，金陵賊酋內亂，唯湖南稍得休息，朝議補行壬子、乙卯兩科鄉試，放考官舉行科場事。或以告府君宜及期應試者，府君見沿途寇盜充斥，度考官必不能至，輒漫應之。已而聞先祖妣言，乃馳至省城錄科，遂入試。是歲領鄉薦，中式第五名舉人。座主為楊君泗蓀、錢君桂森，房考官為鮑君聰。

其為是年中舉，自無疑義。若咸豐三年癸丑，則並無鄉試，闓運豈能為是年舉人乎？（又，闓運似亦未嘗館崇恩；《年譜》卷一載其咸豐九年冬十年春間客山東巡撫文煜所，《湘綺樓文集》中有〈珍泉銘〉，即作於十年春在山東巡撫署時，《年譜》亦及之。）未言曾館崇恩，費氏殆以前後任而誤記，《清史稿》均未考而援用耳（崇恩為文煜之前任）。肅順於咸豐十年十二月以戶部尚書協辦大學士，闓運已先於八月往祁門，旋回湘，且肅順迄被誅未晉正揆，《小傳》言「館大學士肅順所」，亦稍未諦；《清史稿》作「就尚書肅順聘」，較合。

至關於左宗棠之獄，肅順從中為力，俾其得免罹禍，薛福成所謂「肅順推眼楚賢」也。福成《庸庵筆記》卷一言此云：

> ……是時粵賊勢甚張，而討賊將帥之有功者，皆在湖南……惟肅順知之已深，頗能傾心推服，平時與座客談論，常心折曾文正公之識量，胡文忠公之才略。蘇常既陷，何桂清以棄城獲咎，文宗欲用胡公總督兩江，肅順曰：「胡林翼在湖北措注盡善，未可挪動，不如用曾國藩督兩江，則上下游俱得人矣。」上曰：「善。」遂如其議，卒有成功。左文襄之在湖南巡撫幕府也，已革永州鎮樊燮控之都察院，而官文恭公督湖廣，復嚴劾之，廷旨敕下文恭密查，如左宗棠果有不法情事，可即就地正法。肅順告其幕客湖口高心夔碧湄，心夔告衡陽王闓運壬秋，闓運告翰林院編修郭嵩燾筠仙。郭公固與左公同縣，又素佩其經濟，傾倒備至，聞之大驚，遣闓運往求救於肅順。肅順曰：「必俟內外臣工有疏保薦，余方能啟齒。」郭公方與京卿潘公祖蔭同值南書房，乃浼潘公疏薦文襄，而胡文忠公上〈敬舉賢才力圖補救〉一疏，亦薦文襄才可大用，有「名滿天下，謗亦隨之」之語。上果問肅順曰：「方今天下多

事，左宗棠果長軍旅，自當棄瑕錄用。」肅順奏曰：「聞左宗棠在湖南巡撫駱秉章幕中，贊畫軍謀，迭著成效，駱秉章之功皆其功也。人才難得，自當愛惜。請再密寄官文，錄中外保薦各疏，令其察酌情形辦理。」從之。官公知朝廷意要用文襄，遂與僚屬別商具奏結案，而文襄竟未對簿，俄而曾文正公奏薦，文襄以四品京堂襄辦軍務，勳望遂日隆焉。此說余聞之高碧湄，未知確否。碧湄與壬秋皆嘗在肅順家教其子者也。

所述聞諸高心夔（又字伯足）者若是，蓋宗棠之獄得解，甚賴肅順等，闓運亦頗有勞於其間；而曾國藩之督兩江，亦出肅順推薦。（闓運湘潭人，福成曰衡陽者，蓋因自避家諱之故，而書其舊籍。）此外更有傳說肅順之薦國藩由於闓運向之推舉者，闓運言其誣。《湘綺樓日記》光緒五年乙卯二月七日云：「季懷問曾滌丈督兩江，為余薦之於肅裕庭；又言六雲身價三千金，皆了無其事，何世人之好刻畫無鹽也！」時闓運充尊經書院院長，季懷即薛福成之弟福保，為川督丁寶楨幕客，同在成都。六雲為闓運之妾。

（民國二十五年）

湘綺樓之今昔

王闓運一代文豪，其子代功為編年譜，稱有《湘綺樓文集》二十六卷，外集二卷，而坊間僅有八卷本，晚年之文，均未收入。曾請寧鄉梅伯紀君代訪，其家與王氏有舊也。近得來書，亦未見此二十八卷本，蓋迄未印行。並謂：湘綺故居，在湘潭之雲湖橋，適當湘潭湘鄉之孔道，十年前湘亂迭乘，聞其迭遭兵燹，書籍散失殆盡，但以其後嗣無聞，無從問訊。昨閱《湘報》，有關於湘綺樓記載一則，故家零落，風流歇絕，良可慨歎。茲持剪報附呈，知亦同此憮然。」所剪示者，為劉湜〈湘綺樓追記〉，其文云：

去年十月間從長沙回到我的故鄉——湘潭……偶然想到一回事，值得我幾番追憶。記得發蒙讀書時，是在湘綺先生的故宅，而今足足十年了。那時我才十歲，共產黨鬧得很糟，把湘綺樓前的古樹砍得寸木不留。樓雖先年樓被水浸坍了，得著樹木的陪襯，還留有幾許風光。經此之後，只留下一塊方形的草坪，給人們徘徊憑弔。

湘綺樓雖然倒了，但是樓後的兩進屋還是如故。每進間有寬大的丹池，所種的花木都已高出屋外，雖然是舊式房屋，可是空氣流通，景致也還幽美。（按丹池，湘語庭院之大者。）

相隔我家，只一條小小的漣水。不記十月哪日裡，我獨自渡過漣水，向十年未到的舊遊之地邁進，一會兒已達到了，可是眼前的一切，都不是我腦海中所想到的景象，屋子破了，牆壁已有裂痕，庭子裡的花木和果樹也不多留，有的已非舊主了！五年前售與周姓，現教局雖有收回公產重修湘綺樓之提議，究沒有成為事實，恐終於是個意見。

在湘綺樓前，觸景生情，增加我無限感慨，曾有詩一首云：

湘江口北雲峰麓，遠樹空濛暗幽谷。
松老參天欲化龍，胡為鳥聲鳴剝啄！
荒村寥落少人行，但見歌吟樵與牧。
攀躋幽徑過山塘，十年重到湘綺屋。（自注：山塘即樓址地名）
升階笑問應門童，自云我是周人僕。
園林寂寞驚蕭然，三五昏鴉噪寒木。
人亡物在事全非，感物懷人景觸目。

從來大夢果依稀，淪桑非是年華速。
我今涕淚何潸然，徘徊忍向西風哭！

憑弔故居，撫今感昔，閱者相同深感喟也。

王氏有〈湘綺樓記〉，為清光緒三十三年丁未所作，亦文集八卷本所未收者，茲就鈔存者迻錄於次，俾與劉氏所記並覽：

湘綺樓者，余少時與婦同居之室，儼居無樓，假以名之。後倚長沙定王故台，實面湘津。謝擬曹詩曰：「高文一何綺，小儒安足為。」余好為文而不喜儒生，綺雖未能，是吾志也。宴居一年，湘軍治兵，出參軍謀，歸讀我書。鄰園有鶴夜鳴，輒起徘徊。賦詩曰：「鶴唳華池邊，氣與空秋爽；平生志江海，低羽歸塵鞅。」倏然有世外之志。憶弱冠時，夢余所居五楹通樓，前臨平田，綠苗無際。後遊吳城湖樓，恍惚似之，但白波連山，無稻田耳。及避兵明岡，六年還城，家無贍儲，月供房稅，靡菽水之福，有泉刀之苦。乃身至廣州，求得蠻女，偕妻上湘，借居衡陽，依朋友以資衣食。妾汲婦炊，大治群經，屋壁皆長女篆書。妻妾兒女，夏簟冬爐，每讀誦楚辭相和。嘗寄詩誇示高伯足云：「知君一事苦相羨，新得西施能負薪。」余之消遙物外，自此始也。然所居有軒無樓，連房五間，前堂兩夾，容膝而已。

自甲乙遷居，歲逾一紀，潛虯為戾，承水暴漲。山莊沙掩。余方承修《湘軍志》，攜妾城中。妻孕少子，涉波而免。歸視沙浸，未易掃除，乃謀城居，迄無安宅。丙子秋始得陳氏故廬，道光初湘藩裕泰買贈其書記陳花農者也。余舊與丁果臣、張鳳衢、彭笛先遊，得識其子小農，恒至其居，似甚寬廣。至是小農子魯詹將官蜀，乏貲，以宅質余。余憶前遊，欣然許之。

丙子十月成券入宅，宅殊湫隘，堂後益暗，乃撤屋作樓，始題舊名。方鳩工築垣，三營將弁快靴行袴者三四十人，指畫樓前，若有所疑。余出問之，則對曰：「此樓基公家地也，君何侵焉？」詢以據，則請驗契，以滴水為界，此出滴水方丈，視契良然。余告之曰：「此非吾主，吾有所受之也；君等尋前主究之，吾固不吝。」期以三日，而四日不至。樓成，徐詢其由，則由前軍官居之而自侵公地云。樓之後俯臨荒園，曠望三方，上作重台，目送湘帆。帉女七八歲，日登危闌，踴躍其顛。余後作其哀詞云：「居子十年，一日千回；昔呵爾去，今望魂來。」記其事也。與余遊者莫不登焉。女士則曾彥，雜家文廷式，樓客之異者也。營弁既妒余作樓，乃收其餘地作屋數百間，樓便不能空曠。大兒又懼平臺之危，乘余出遊，拆去重層，又不能見帆。戊子火災，大改前制，樓雖巋存，亦並新之，為內外二間，無前四周回闌之制。諸女適人，妻妾殂逝，始去茲樓，移居山莊。年七十，門人張登壽倡議醵金，於山塘作樓，以致慶祝。弟子多聞此言。子婦楊氏兄度斂錢許銘彝，許極以為不然。語聞於余，余以為倡議誠非，阻者亦未是也。為師築室，亦弟子之職，因惜費而訾之，與己不能而求助者，庸有愈乎？且此議既聞，而夏巡撫唐衡州俱有助資，楊許議廢，抑又何說？度幡然更督其工，費四百金，為山中湘綺樓。

孤居田邊，過者笑之。余不得已，又自作前堂東房，樓乃有寄。然地勢迤下，自余室至樓，三下始登，樓頂適與地平，又一奇也。乙巳，風雹吹損窗檻。楊張皆棄學師倭，不顧湘矣。獨余益繕完兩樓，城樓更作回廊別室，山樓盡庋九經雕板，歲偶一居，忘誰主人。然有樓未若無樓之綺也。人以樓名。長白鄭公子遠為之圖。而城樓左右，盡子婦孫女居室，客不得復上。山樓被風災時，巡撫特檄委員會縣令來勘，即宴於樓。自是客來必宴之。春有桃花牡丹，夏有荷池，秋有紅葉遠桂，冬有松雪。若使科舉不廢，練軍不興，則學使案試，朝使督撫閱兵，皆過門停驂，籲其盛也！舊樓記有銘，被火失之。續作新樓記，亦未鐫錄。今特銘兩樓緣起及名樓之意，俾知我者有述焉。丁未中秋王闓運作於清泉東洲黃綺樓。黃綺者，彭雪琴所作以居我，因官而名之也。

（民國二十六年）

李慈銘與王闓運

李慈銘同治十一年壬申四月六日日記云：

作書致硯樵，極言作詩甘苦，以硯樵題予詩，謂：「初學溫李，繼規沈宋。」予平生實未嘗讀此四家詩也。義山七律有逼似少陵者，七絕尤為晚唐以後第一人，五律亦工，古體則全無骨力。飛卿亦有佳處，七絕尤警秀，惟其大旨在揉弄金粉，取悅閨襜。蕩子豔詞，胡為相擬？至於沈宋，唐人罪人耳。傾邪側媚，附體僉壬，心術既殊，語言何擇？故其為詩，大率沿靡六朝，依託四傑，浮華襞積，略無真詣，間有一二雕琢巧語而已。飛卿尚有〈盧家少婦〉一律，粗成章法，「近鄉情更怯」十字，微見性情；延清奸險尤甚，詩直一無可取。蓋不肖之徒，雖或有才華，皆是小慧，必不能抒揚理奧。托興風雅，其辭枝而不理，其氣促而不舉，縱有巧麗之句，必無完善之篇。硯樵溺志三唐，專務工語，故以此相品藻。予二十年前已薄視淫靡麗製，惟謂此事當以魄力氣體，補其性情，幽遠清微，傳其哀樂，又必本之以經籍，宓之以律法。不名一家，不專一代。疵其浮縟，二陸三潘亦所棄也；賞其情悟，梅村、樊榭亦所取也。至於感憤切摯之作，登臨閒適之篇，集中所存，自謂雖蘇李復生，陶謝可作，不能過也！硯樵之評，實深思之而不可解。以詩而論，世無仲尼，不當在弟於之列，而謂學溫李規沈宋乎！

又云：

前日香濤言：近日稱詩家，楚南王壬秋之幽奧與予之明秀，一時殆無倫比。然「明秀」二字足盡予詩乎？蓋予近與諸君倡和之作，皆僅取達意，不求高深，而香濤又未嘗見予集，故有是言也。若王君之詩，予見其數首，則粗有腔拍，古人糟粕尚未盡得者，其人予兩晤之，喜妄言，蓋一江湖唇吻之士，而以與予並論，則予之詩亦可知矣！香濤又嘗言：「壬秋之學六朝，不及徐青藤」，夫六朝既非幽奧，青藤亦不學六朝，則其視予詩亦並不如青藤矣。以二君之相愛，京師之才亦無如二君者，香濤尤一時傑出，而尚為此言，真賞不逢，斯文將墜，予之碌碌，不可以休乎！逸山嘗言：「以王壬秋擬李悉伯，予終不服。」都中知己。惟此君矣。此段議論，當持與曉湖語之。

又云：

學詩之道，必不能專一家，限一代，凡規規摹擬者，必其才力薄弱，中無真詣，循牆摸壁，不可尺寸離也。五古，自枚叔、蘇李、子建、仲宣、嗣宗、太沖、景純、淵明、康樂、延年、明遠。元暉、仲言、休文、文通、子壽、襄陽、摩詰、嘉州、常尉、太祝、太白、子美、蘇州、退之、子厚，以及宋之子瞻，元之雁門、道園，明之青田、君采、空同、大復，國朝之樊榭，皆獨具精詣，卓絕千秋。作詩者當汰其繁蕪，取其深蘊，隨物賦形，悉為我有。七古，子美一人，足為正宗，退之、子瞻、山谷、務觀、遺山、青丘、空同、大復，可稱八俊。梅村別調，具足風流。此外無可學也。五律，自唐訖國朝，佳手林立，更僕難數，清奇濃淡，不名一家，而要以宓實沈著為主。七律，取骨於杜，所以導揚忠愛，結正風騷，而趣悟所昭，體會所及，上自東川摩詰，下至公安松圓，皆微妙可參，取材不廢。其唐之文房、義山，元之遺山，明之大復、滄溟、弇洲、獨漉，國朝之漁洋、樊榭，詣各不同，尤為絕出。七絕，則江寧、右丞、太白、君虞、義山、飛卿、致堯、東坡、放翁、雁門、滄溟、子相、松圓、漁洋、樊榭，十五家皆絕調也。而晚唐北宋，多堪取法，不能悉指。我朝之王厲，尤風雅砦人，瓣香可奉。五絕，則王裴其最著已。平生師資學力，約略在茲，自以為施驟百家，變動萬態，而可域之以一二人，賞之以一二字哉！

真率，謝詩超豔。自是以外，皆小名家矣。山水雕繪，未若宮體，故自宋以後，散為有句無章之作，雖似極靡，而實興體，是古之式也。李唐既興，陳張復起，融合蘇李，以為五言。李、杜繼之，與王、孟競爽。有唐名家，乃有儲、高、岑、韋、孟效諸作，皆不失古法，自寫性情，才氣所溢，多在七言，歌行突過六朝，直接二曹，則宋之間、劉希夷道其法門，王維、王昌齡、高、岑開其堂奧，李頎兼乎眾妙，李、杜極其變態。閻朝隱、顧況、盧仝、劉義，推宕排闔，韓愈之所羨也。二李（賀、商隱）、溫岐、段成式雕章琢句，樊宗師之所羨也。元微之賦望雲騅，縱橫往來，神似子美，故非樂天之所及。張、王樂府，效法白、元，亦匹於新豐上陽諸篇乎。退之專尚詰詘，則近乎戲矣。宋人揚昌，其流弊也。詩法既窮，無可生新，物極必反，始興明派，專事模擬，但能近體，若作五言，不能自達。不失古格而出新意，其魏（源）、鄧（輔綸）乎。兩君並出邵陽，殆地靈也。零陵作者，三百年來，前有船山，後有魏、鄧。鄙人資之，殆兼其長。比之何李李王，譬如楚人學齊語，能為莊岳土譚耳……詩既分和勁兩派，作者隨其所近，自臻極詣。當其下筆，先在選詞，斐然成章，然後可裁……樂必依聲，詩必法古，自然之理也。欲已有作，必先有蓄。名篇佳製，手披口吟，非沉浸於中，必不能炳著於外，故余遇學詩人，從不勸進，以其功苦也。古人之詩，盡美盡善矣。典型不遠，又何加焉？但有一戒，必不可元遺山及湘綺樓。遺山初無功力，而欲成大家，取古人之詞意而雜糅之，不古不唐，不宋不元，學之必亂。余則盡法古人之美，一一而放之，熔鑄而出之；功成未至而謬擬之，必弱必雜，則不成章矣。故詩有家數，猶書有家樣，不可不知也。」正可與慈銘所論合看。闓運之所自負，亦大有目無餘子之概。若慈銘者殆非所願齒及云。

范當世在詩家中，亦一時之雋。慈銘與言謇博手札，有云：「所攜視詩，其姓名是否范當世？當世素不知其人，觀其詩，甚有才氣，然細按之，多未了語，此質美未學之病也。」亦不甚許可，特視論闓運者差勝耳。

文廷式《聞塵偶記》云：「李蒓客以就天津書院故，官御史時，於合肥不敢置一詞。觀其日記，是非亦多顛倒，甚矣，文人托身不可不慎也！然蒓客秉性狷狹，故終身要無大失，視舞文無行之王闓運，要遠過之。」論王、李人品，二者交譏，於慈銘尚有恕詞，闓運則不留餘地矣。完人本難，廷式亦多遺議也。清流集矢李鴻章，為一時風氣，慈銘在言路，不劾鴻章，故廷式病之。以「狷狹」評慈銘，蓋確。其日記以意氣之盛，時傷偏激，然論學書事，可供甄採，畢生致力，勤而有恆，闓運日記，未能與侔也。廷式嘗摘鈔慈銘日記，間加批識，並有小序云：「李蒓客日記數十冊，尚未刊。其中論時事，記掌故，考名物，皆有可採。匆匆閱過，未能甄錄，頗覺可惜。茲就其《荀學齋》一種中，略採數條，以著梗概。其日記數年輒改一名，有《越縵堂》、《孟學齋》、《桃花聖解庵》諸目。其考據詩詞等作，必將付刊，故余特略抄其記時事者。蒓客以甲午秋卒。晚年多病，雖居言職，有所欲言，而精力每不逮矣，亦可惜也！（可參閱平步青所為〈慈銘傳〉，言卒於十一月二十四日。）

廷式以「舞文無行」斥闓運，慈銘亦以「輕險」等語極詆之。其光緒五年己卯十二月初二日日記云：「閱《鄒叔績文集》……遺書前刻楚人王闓運所為傳，意求奇崛，而事蹟全不分明，支離蕪僿，亦多費解。此人盛竊時譽，脣吻激揚，好持長短，雖較趙之謙稍知讀書，詩文亦較通順，而大言詭行，輕險自炫，亦近日江湖佹客一輩中物也。日出久消，終歸朽腐，姑記吾言，以驗後來而已。」其嫉之更有如是者。之謙與慈銘同里，夙嫌，尤慈銘所惡，日記中每深致輕詆。

（民國二十六年）

李慈銘與周祖培

李慈銘嘗授讀周祖培家，祖培相待頗厚，有愛士之雅。祖培之卒，慈銘丁卯五月二十五日日記云：「秦鏡珊來，言新見邸錄，商城相國於四月間薨逝，官其子文令主事，蔭一孫舉人。相國容保位，無它可稱，而清慎自持，終不失為君子。其於鄙人，亦不足稱知己，然三年設醴，久而益敬，且時時稱道其文章，頗以國器相期；常謂其門下士曰：『汝輩甲科高第，然學問不能及李君十一。』予甲子京兆落解，為之嘆惜索日。是亦可感者矣。追念平生，為之黯慘。時居母憂在籍也。」慈銘性狷傲，不肯輕許達官以知己，而如所云，蓋亦未嘗無知己之感焉。

癸亥（同治二年）五月，慈銘以捐班郎中簽分戶部。到部未幾，奉派稽核堂印差，深以為苦，辭而未果。其是年日記中道及此事者，如六月初三日云：「得署中司務廳知會，予派稽核堂印。向例滿漢各八員，須日日進署。生最畏暑，近日炎歊尤酷，支離病甚，又無一錢可名，乃正用此時持事來，殆非人力所能致者也。」初四日云：「晨入署，詣司務廳，託其以病代告堂官，改免此差，不可得……作片致方子望，託其轉致首領司，代辭此事……晡後偶從芝翁談及署中事，大被嗤笑，蓋深以予求免差為不然也。御前仗馬，被錦勒，繫黃韁，方蹀躞得志，聞山麋野猿羈紲呼喧聲，固無不色然駭者。然芝翁之於予，自非惡意，且謂我能讀書而不能作官，尤為切中予病。」

祖培「能讀書不能作官」之語，對慈銘自是定評。又慈銘是年十一月初二日日記有云：「東坡云：『樂事可慕，苦事可畏，此是未至時心爾。及苦樂既至，以身履之，求畏慕者初不可得；況既過之後，復有何物？』此論誠為名言，然慕與畏猶有不同。慕於功名勢位，誠為妄耳；若宮室妻妾飲食之慕，則臨時固尚可樂也。畏則雖極至砧斧鼎鑊，爾時若實已無法可免，當亦心死，不復覺可畏矣。以予自論，平生所慕者書，所畏者事。書自性命所繫，一日不得此書，一日不能不慕。若言所畏，家居時或明日有小事必須出門，先日方寸即覺兀臬。今年到官後，更畏派差使。此雖四月不入署，然日惴惴恐書吏送知會來。以此類推，此心安得有一刻自在處。東坡謂比之尋聲捕影繫風趁夢，四者猶有彷彿，誠可笑也。嗚呼！人生有幾許寒暑，乃盡為此幻境消磨；吾心有幾許精神，乃禁得此細事膠擾。以後當痛定此心。如近日所最畏者，戶部請當月，天壇派陪祀耳。彼進牢戶戍絕域者，歲不知幾千人，何況入衙署宿郊壇乎？遇虎豹陷盜賊者，歲不知幾萬人，何況接同僚對吏役乎？」慕書，畏事，自道良然，故久官郎曹，而平日幾絕跡於署門，斯亦所謂能讀書不能作官耳。統觀慈銘日記，固多窮愁之語，而讀書之樂，時時可見。此種清福，正自難得。

關於文字者，慈銘是年十二月二十五日日記，述代祖培撰挽袁甲三聯事云：「前日商城屬撰漕帥袁端敏挽聯。予始撰云：『盡瘁在江淮，身去功成，千載猶思羊太傅。哀榮備彝冊，子先母老，九原遺恨李臨淮。』上聯謂端敏移疾後，以苗練復叛，奉詔辦團，旋於防所，今苗逆已平也；下聯謂端敏太夫人猶在堂也。芝翁謂：『佳則佳矣，然太華，請更易之。』因改撰云：『名揚台府，功在江淮，更喜能軍傳令嗣。史炳丹青，廟崇俎豆，只憐臨奠有高堂。』芝翁大喜曰：『此真字字親切，不特端敏一生包括，並其家世及身後優崇之典，事事都到，情致纏綿，固非君不辦此也。』因激賞不已。予所撰先後之優劣，識者自能辯之。特記於此，以示為貴人作文字之法。亦頗有致。

《曾文正公日記》影印行世之前，有湘潭王啟原所編《求闕齋日記鈔》印行，係就日記原文分問學、省克、治道、軍謀、倫理、文藝、鑒賞、品藻、頤養、遊覽十類鈔輯，摘擷編次，具有條理，亦頗便閱者。且有印影本中作空白而見於《類鈔》之處。戊辰（同治七年）正月十七日日記有云：「閱張清恪之子張懿敬公師載所輯課子隨筆，皆節鈔古人家訓名言。大約興家之道不外內外勤儉，兄弟和睦，子弟謙謹等等，敗家則反是。夜接周中堂之子文翕謝余致賻儀之信，則別字甚多，字跡惡劣不堪，大抵門客為之，主人全未寓目。聞周少君平日眼孔甚高，口好雌黃，而喪事潦草如此，殊為可歎。蓋達官之子弟，聽慣高議論，見慣大排場，往往輕慢師長，譏彈人短，所謂驕也。由驕而奢而淫而佚，以至於無惡不作，皆從驕字生出之弊，而子弟之驕，又多由於父兄為達官者，得運乘時，幸致顯宦，遂自忘其本領之低，學識之陋，自驕自滿，以致子弟效其驕而不覺。吾家子侄輩，亦多輕慢師長，譏彈人短之惡習。欲求稍有成立，必先力除此習，力戒其驕。欲禁子侄之驕，先戒吾心之自驕自滿，願終身自勉之。因周少君之荒謬不堪，既以面諭紀澤，又詳記之於此。」此節中之「周中堂之子文翕」、「周少君」，影印本均作空白，不觀《類鈔》，不知所言為誰何矣。「周中堂」即指周祖培，祖培卒於丁卯（同治六年）也。曾國藩日記中，罕對人訶責之詞，此特藉以訓誡子侄，遂不覺詞氣之峻激，本旨固不在周氏耳（《類鈔》列諸倫理類，亦以此；可與其《家書》、《家訓》中訓誡諸語合看。「欲禁子侄之驕」。句之「侄」字，「類鈔」誤作「弟」。手頭之《類鈔》係「上海朝記書莊印行」，「上海中華書局承印」之本）。使慈銘在京，關於祖培家此類文字，躬為董理，當不致如是。

慈銘回京後，為祖培撰神道碑，並代祖培子撰行述。其日記中記其經過。辛未（同治十年）九月初四日云：「撰周文勤公神道碑文，既無行狀可據，僅取文勤自癸卯至丁卯日記採綴之。」二十四日云：「為允臣代撰〈文勤公行述〉，至夜分成，約三千六百言，與碑文事同文異而較詳密，文勤遺事，搜輯靡遺，至其師弟淵源，家世衰盛，亦俱附見，謹嚴完美，不見其斡旋詰曲之端，而氣體仍極醇實，自信並世當無二人，而沉埋下僚，無過問者，恐數百年後，當有子雲、君山其人，思之而不得也。此文是代人作，例不存稿。」十一月二十日云：「夜周允臣來，送文勤碑銘行述潤筆銀八十兩。」〈祖培行述〉，慈銘極得意之作也。

（民國二十三年）

談章炳麟

章太炎（炳麟），高文碩學，蔚為近代鴻儒。比歲講學蘇州，不與政事，海內推為靈光巋然之國學大師，茲聞遽作古人，莫不悼惜不置，蓋實至名歸，非幸致也。綜其生平，立言多可不朽。雖以個性之特強，有時不免流於偏執，甚且見譏為章瘋子，然小疵難掩大醇，今日蓋棺論定，此老自足度越恒流，彪炳史冊，即其「瘋」，亦有未可及者（清光緒三十二年丙午東渡日本，在留學界及民黨歡迎會席上演說有云：「大凡非常的議論，不是神經病的人斷不能想。就能想亦不敢說。遇著堅難困苦的時候，不是精神病的人斷不能百折不回，孤行己意。所以古來有大學問成大事業的，必得有神經病，才能做到。……為這緣故，兄弟承認自己有神經病，也願諸位同志人人個個都有一兩分的神經病。近來傳說某某是有神經病，某某也是有神經病，兄弟看來，不怕有神經病，只怕富貴利祿當面現前的時候，那神經病立刻好了，這才是要不得呢！」章瘋子之自量其瘋如此，亦雋語也）。

其性孤鯁，故於時流少所許可，尤好譏訶顯者，而對於黎元洪，獨投分甚深，稱道弗衰，其歷來文電，比比可徵也。所為〈大總統黎公碑〉，尤詳著其善，而深惜其志不獲伸。文有云：「公豐肉舒行，身短，望之如千金翁，而自有純德，不由勉中，愛國懇至，不詸於強大，度越並時數公遠甚。始在海軍，已習水戰；及統陸隊十餘歲，日講方略，於行軍用兵尤精。山川厄塞，言之若成誦。絕甘分少，與士均勞逸，士無不樂為用者，會倡義諸師旅長，皆自排長兵曹起，或雜山澤耆帥，跅弛志滿，教令不行。漢陽敗後，公始綜百務。未期月，燕吳交捽，日相椎杵，終掩於袁氏。再陟極位，衛士無一人為其素練者。故於民國為首出，而亦因是不得行其學。使公得位乘權十年，邊患必不作，陸海亦曰知方矣。世之推公，徒以其資望，或乃利以紓禍，不為財用發舒地；雖就大名抱利器，無所措，與委裘奚異？悲夫！」蓋讚揚與歎惋兼致，筆健而情摯焉。又云：「炳麟數嘗侍公，識言行，其言或隱，即遍詢故參佐，故以實錄刻石，不敢誣。」只看此處之一「侍」字，章氏豈肯施諸其他曾居高位者乎！文中又有「……然持承平法過嚴，絀於撥亂，亦公所短也」等語，略中責備賢者之旨，且所以示「實錄」，固不能看作尋常貶詞也。

當民國初年章氏被袁世凱羈留於北京時，憔悴抑鬱中，曾作〈終制〉一文，以劉基自況，謂：「功狀性行足以上度，其唯青田劉文成公。既密近在五百年，又鄉里前文人，非有奇卓難知之事，如有所立，風烈過之矣。遭值昏明異路，謀議隨之，則同異復有數端。夫以巨細一端相校，猶有竊比老彭擬及晏子者，況其同者乃在性行身狀之間，其異者直遭世污隆云爾，故曰見賢思齊焉。死者如可作也，猶將與徵鄰德，聽其雅訓，以督仕人無狀之咎。今旦暮絕氣，而宅兆未有所定，其唯求文成舊塋禋地，足以容一棺者，託焉安處。」又託杜志遠代謀葬地，書謂：「劉公伯溫，為中國元勳，平生久墓，欲速營葬地，與劉公塚墓相連，以申九原之慕，亦猶張蒼水從鄂王而葬也。君既生長其鄉，願為我求一地，不論風水，但願地稍高敞，近於劉氏之兆而已。」嚮往之忱，自負之意，均可概見。其挽黎元洪聯，有「繼大明太祖而興」之句，是黎固其心目中之明太祖也。以劉伯溫遇明太祖，宜可一伸王佐之志事，而黎氏兩居總統之位，章既未為閣員以襄大政，亦未任總統府要職以參密勿，蓋氣誼雖相投，形跡則非甚親耳。

黎為臨時副總統時，章謁諸武昌，說以與袁作正式大總統之競選。黎自揣苟如此，必大遭袁忌而速禍，非明哲保身之道，亟亂以他語，與作閒談，因問及家事，謂：「君中饋久虛，非久計，宜早擇佳偶，以為內助。」章初猶以國事關心不遑及此辭，黎更力勸，章意乃決，於是經友人之介紹，與湯國黎女士（時有才女之名）訂婚，未幾即結婚於上海矣。聞二十餘年來，章湯伉儷頗篤。嘗有言其不佳者，傳聞之誤也。

濬縣孫思昉君（至誠）好學能文章，於民國二十年受業章氏之門，甚蒙器賞。順見其所撰〈餘杭先生傷辭〉云：「至誠幼侍角山、井北二先生論文有曰：『清季文士善反古，湘潭一反而至漢魏，餘杭一反而至周秦。』自是為文，往往擬湘潭餘杭以為式，署所居曰『拜炎揖秋之適』，竊私淑諸人已夙矣。後遍讀先生所為叢書，益歎其小學精邃，跨越近代，侖思洞深，直躋諸子，然猶意先生倜儻之士，不可以繩尺求也。迨辛未始獲受業為弟子，乃訝其和易平實，與宋儒為近，開朗瀟楸，在魏晉之間。孟子云：『五百年必有名世者。』蓋自明清以來，考道論德，未有如夫子者也。初馬通伯先生季子文季求先生為書致之當道，時至誠方佐張督綏靖江蘇，未即上謁，先生曰：『稍須至誠且來，定有以為謀。』文季疑其尚未相見，何以知其任此，曰：『於其文知之』。是先生知至誠，如九方皋相馬於驪黃牝牡外已。先生所以詔至誠者，於教則並重儒道，剴切人事，於政則兼用老韓，以佐百姓，於學則勤求經訓，務期有用；於文則先究義法，次辯氣體。自愧駑下，竟無以副斯。去秋謁先生姑蘇，先生娓娓數千百言，雜以詼諧，神固甚旺也。嘗曰：『奇衺怪迂之譚，至今日而極。以今文疑群經，以贗器仇正史，以甲骨黜許書，以臆說誣諸子，甚至斥神禹為蟲魚，以堯舜為虛造，此其禍固烈於秦皇焚書矣。方當以榘矱視承學之士；塗附教猱。我無是也。』然則精研故訓，獨探眇詣，發千古之絕學，樹海內之正宗，微先生我將安仰！奄忽之間，山頹梁壞，內聖外王之業，至此斬其統緒；詩曰：人之云亡，邦國殄瘁，豈不痛乎！辭曰：清樸學，數段王。逮孫俞，猶轂張。後居上，惟餘杭。窮春秋，道大光。舊物賴以復，區夏賴以匡。生不逢堯與舜讓，乃踐跡於素王。哲人亡，摧棟樑。古人來者不可望，余焉忽終古之茫茫！嗚乎哀哉！」於章氏之學術志行，頗得賅要。

孫君為書——〈謁餘杭先生紀語〉相示，錄之如左：

民國二十年夏，謁餘杭章先生滬寓，先生論文曰：「文求其工，則代不數人，人不數篇，大非易事，但求能入史斯可矣。若梁啟超輩，有一字能入史耶？」或問及吳稚暉之作，曰：「吳稚暉何足道哉！所謂苫塊昏迷語無倫次者爾！」（按章吳相失，嘗屢相詆嘲。）次論佛法云：「佛法能否轉移人心，尚待商兌，蓋語其高眇，實非眾生所能與（並謂：「嘗持此語印光，印光謂：因果之說，固愚夫愚婦所與知，不難普渡眾生，然非所語於晚近科學漸明之時也。」），語其淺近，如因果之說，往往不驗，又非智士所能信，即當時治法相宗既精且博如歐陽竟无者，猶負氣特甚，亦未能出家，習氣終難盡絕，疑此尚未足易世也。」至誠曾以書達歐陽大師，意在激成兩大師之雄辯，極論佛儒修短，當不減會稽齋頭，一議一難，莫不厭心抃舞，快何如之。歐陽大師竟以「四不答」置之。迭函相瀆，答書有「孫至誠太笨」之斥。

民國廿四年秋，謁於蘇寓，紀述如次：

論某公好奇，曰：「學說之奇衺，至今日而極，坊表後進者，惟有視以正軌，豈容教猱升木，如塗塗附？今則以今文疑群經，以贋器校正史，以甲骨黜許書，以臆說誣諸子，甚至以大禹為非人類，以堯舜為無其人，怪誕如此，莫可究詰。彼固曰有佐證在，要所謂以不徵徵其徵也不徵者已。絕學喪文，將使人忘其種姓，其禍烈於秦皇焚書矣。好奇之弊，可勝慨哉！」答問《章氏叢書》，續編未收文錄之故，曰：「近所論列，經往以時忌不便布之。而近年多為碑版文字，又跡近諛墓，故未付刊。」

又書軼事數則云：

袁世凱禁之都門時，先生憤甚，於几案旁遍書「袁世凱」三字，日必擊之數四。又嘗書「死耳」二字為橫帔贈人。民國四年書「明年祖龍死」，袁氏果以次年卒，始得釋。可云巧合。初山東某氏，曾隸民黨籍，自請監視先生，實陰相護持，事之頗謹，暇輒求為作字撰文，更以其先人傳志請。先生曰：「爾非袁世凱門下小走狗耶？」曰：「唯。」曰：「自知者明，甚善，當為爾翁作佳傳以傳之。」然先生後論及袁氏曰：「袁世凱亦自可人。當余戟手痛罵時，乃熟視若無睹。近人聞有後言，輒惡之欲其死，孰敢面短之，況痛罵耶？」

孫岳初隸民黨，後附曹錕，以事南下，因謁先生滬寓小樓。剌入，先生持杖迓之樓門。孫上，乃迎擊之，曰：「何物孫岳，亦北洋派鷹犬耳，何面目來此相見！」孫狼狽下；追擊之，罵不止云。（孫後竟倒曹）先生嚴氣正性，嫉惡尤甚，人有不善，輒面加訶斥。晚年於所不善則不見，或見亦不數語，不復謾罵，此蓋涵養日深之徵；而湯夫人從旁婉勸，亦與有力焉。

先生與人書有云：「少年氣盛，立說好異前人。由今觀之，多穿鑿失本意，大抵十可得五耳。假我數年，或可以無大過。」蓋晚年趨重平實，與前稍異，庶幾「從心不逾」者已。

曹亞伯嘗以所作《民國開創史》就正，並求書聯。先生曰：「稍緩當好為撰句以應。」曹索甚亟，曰：「無已，惟有以杜句移贈。」乃書「英雄割據雖已矣，文采風流今尚存」二語。見者歎其工切。其敏捷如此。

當其被袁世凱拘留，有上世凱一書，頗極笑罵之能事，文尤詼諧可喜，並及考文苑事則其志也。茲附綴錄之：

前上一書，未見答覆。邇者憲兵雖解，據副司令陸建章言，公以人才缺乏，必欲強留，炳麟不能受此甘言也。若有他故能議公者，豈惟一人？輿論縱不振於中士，若外人之煩言何！炳麟本以共和黨獨立來相輔助，亦儻至而相行耳，而大總統羈之不舍，既使趙秉鈞以國史相餌，又欲別為置頓。炳麟以深山大澤之夫，天性不能為人門客，游於孫公者舊交也，游於公者初定也，既而食客千人，珠履相耀。炳麟之愚，寧能與雞鳴狗盜從事耶！史館之職，蓋以直筆繩人，既為群偏所不便。方今上無奸雄，下無大佞，都邑之內，攘攘者穿窬摸金皆是也，縱作史官，亦倡優之數耳！竊聞史遷、陳壽之能謗議，而後嗣樂於覽觀者，以述漢魏二武之事也；不幸遇朱全忠、石敬瑭，雖以歐陽公之歎息，欲何觀焉！今大總統聖神文武，咸五登三，簪筆而頌功德者，蓋以千億，亦安賴於一人乎？屬有武漢人士，招往講學，北方亦有一二人聳之。愚意北方文化已衰，朝氣光融，當江漢合流之地，不欲羈滯幽燕也。必欲蔑棄約法，制人遷居，知大總統恪其憲典，必不為也。飽食終日，無所用心，以與朋輩優游謔浪，炳麟亦不能為也。苟圖其大，得屈此身以就晦冥之地，則私心所祈向者，獨考文苑一事經緯國常，著書傳世，其職在民而不在官，猶古九兩師儒之業。邇者方言國音字典文例、文學史、哲學史等，皆未編成，而教育部群吏又盲瞽未有知識，國華日消，民不知本，實願有以拯濟之。同苑須四十人（仿法國成法），書籍碑版印刷之費，數復不少，非歲得二十四萬元不就。若大總統不忘宗國，不欲國性與政治俱衰，炳麟雖狂簡，敢不從命？若縶一人以為功，委棄文化以為武，鳳翱翔於千仞，覽德輝而下之，炳麟其何愧之有！設有不幸，投諸濁流，所甘心也！書此達意，請於三日內答覆。

吳宗慈著《廬山志》，章氏有題辭一篇，警峭可誦，亦足徵其倔強之性。《章氏叢書》續編，無《文錄》一種，此類文字，見者不多，因亦錄次：

余友吳宗慈藹林，為《廬山志》十二卷，義寧陳翁序之，舉目錄詳矣，復求序於余。余曰：「內則棲逸民，外則容桑門者，古之廬山也。以巖穴處駔儈，以灌莽起華屋者，今之廬山也。中國名山數十，自五嶽及終南、青城、點蒼、峨眉，近道有黃山、括蒼，其地或僻左，或當孔道，而船航不得至。獨廬山枕大江，蕃客俗士所易窺，其變遷乃如是，固地勢然也。雖然，自今而往，山曰槎，市曰廓，欲隱於其地者，非高貲則不能已。今之情，求仕不獲，無足悲；求隱而不得其地以自竄者，毋乃天下之至哀歟！藹林，負俗之才也，曩以議員走南北幾十年，不得意而去，其後未嘗為不義屈，常居是山，期與昏狂相遠，其自重若斯之篤也。所為志笮核去華，於昔之勝跡，今之變故，詳矣。《山志》一卷，尤質實，足以備故事。且情之蹎非不可知，要之今之廬山，必與藹林所期者稍遠矣。吾乃知天之鼓物，果不與聖人同憂樂也，題其端云爾。民國二十二年九月，章炳麟。

蓋有一肚皮不合時宜之慨焉。

（民國二十五年）

章炳麟被羈北京軼事

（一）

癸丑（民國二年）秋間，章太炎（炳麟）甫度蜜月未久，應共和黨之招，由上海抵北京，遂被袁世凱羈留，至丙辰（民國五年）袁死，始得恢復自由而南旋。其間軼事有可述者。

初，共和黨與民主黨、統一黨合組為進步黨，與國民黨在國會成對峙之勢，實受袁世凱操縱（統一黨之初期，章氏本居領袖之地位，後因該黨完全為袁氏所用，乃不與聞其事）。該黨中之民社派（鄂人居多），持異議，因用共和黨之原名，自樹一幟，其黨魁則仍遙戴黎元洪（時在武昌）領之，本有歷史上之關係也。惟黨人較少，黨勢過弱，為謀黨之發展計，遂敦請章氏北上，共策進行，以其素善黎氏，且負海內大名，言議為世所重，故力邀其來。章氏亦欲有所擘畫，即應招而至。初意小住即行，不料一入都門，竟遭久羈焉（袁自二次革命之役武力奏功，方以雷霆萬鈞之勢，厲行專制，黨務本已無可為，未幾國會遭厄，更不在話下矣）。袁世凱以其持論侃侃，好為詆訶，固深忌之，且聞其嘗與謀二次革命，尤不慊於懷，對章之來，頓興「天堂有路爾不走，地獄無門自來投」之感。章氏方作寓於前門內大化石橋共和黨本部，自以為無患，而黨部門前，已軍警布列，名為保護，實行監視，使成「插翅也難逃」之形勢矣。

章氏不免大吃一驚，致書袁世凱詰問，置不理，憤鬱異常，而莫如之何也。其在京之門人錢玄同等，時往探視，見其憂恚之狀，因謀有以慰藉之。玄同之兄恂，時為總統府顧問，與政界不無關係，玄同與商此問題，擬為章謀，特設一文化機關，由政府給以相當經費，俾領其事，超然政潮之外，不失治學之本色，庶精神上有所慰藉，較勝不自由之閒居。恂本與章有舊（張之洞之延致章氏，係屬恂代為招邀，有此一段因緣），願為盡力，惟不居要津，與袁氏亦無深交，不便直接進言，乃轉託張謇（時為農商總長）言之，並先與章氏商談，章以無聊之甚，亦頗贊成。章本有設「考文苑」之主張，茲以規模較大，恐難即就，此機關名稱擬定為「弘文館」，作小規模之進行，其工作則為編字典及其他，館員人選，預定有門人錢玄同、馬裕藻、沈兼士、朱希祖等，蓋猶師生講學之性質也。當玄同等以馬車迎接章往西城石老娘胡同錢宅與恂面談此事時，軍警及偵探多人乘自行車簇擁於車之前後左右云。（其時北京乘汽車者尚少，馬車迎師，即甚恭敬。在清宣統年間，攝政王載灃，以皇父之尊，行元首之事，出行亦不過較闊之馬車而已）。

張謇既言諸袁氏，袁氏表示：「只要章太炎不出京，弘文館之設，自可照辦，此不成何等問題也。」並允撥給數千元作開辦費。其經常費每月若干，亦大致說定，惟待發表而已。事雖已有成議，而未能即日實行，延滯之間，章氏不能耐矣。

民國三年元旦，錢宅接到章之明信片一紙，若賀年片而語則異乎尋常。開首為「此何年！」三字，以下又有「吾將不復年」之句。玄同見之，以其措語不祥，慮有意外，翌日亟往省視。至共和黨本部，登章氏所寓之樓，則酒氣撲鼻，而室中闃其無人，惟章氏新書之字多幅，縱橫鋪列，幾滿一室（酒氣由於墨汁中和以燒酒，作字多幅蓋為將行應索書者之請）。案頭有致黎元洪書稿一通，告別之書也。（文云：「副總統執事：時不我與，歲且更新，烈士暮年，壯心不已，以此為公祝！炳麟羈滯幽都，飽食終日，進不能為民請命，負此國家；退不能闡揚文化，慚於後進，桓魋相迫，惟有冒死而行。三五日當大去，人壽幾何，亦或盡此，書與公訣！」時黎氏亦已到京，在總統府中，作瀛臺寓公也）。方疑訝間，聞章氏與二三友人上樓，且行且言。入室之後，與玄同略談數語，即仍與友人談，所言為明日出京之準備。玄同因問將何往，章氏正襟端坐，肅然而言曰：「長沮桀溺，耦而耕，孔子過之，使子路問！」（歇後語也，《論語》下文為「津」字）玄同曰：「將往天津耶？」曰：「然。袁世凱欺人，居心叵測，此間不可一日居，明日即先至天津，再由津南下。」曰：「弘文館事已有成議，何遽行乎？」曰：「袁世凱只能騙爾等，豈能騙我！彼豈真肯撥款以辦弘文館耶！」曰：「袁似不至吝此區區之款，惟官場辦事，向來遲緩，弘文館事之延滯，或亦其常態，盍再稍待乎？」曰：「吾意決矣，必不再留！」玄同慮其出京難成事實，而見其態度極為堅決，不便強諫。翌日，果行，軍警等隨至東車站而截留之，章惟痛罵袁氏無狀而已。旋有大鬧總統府之事。

其大鬧總統府之一幕喜劇，《紀念碑》（小說名，民國三年十一月出版，寫民國二三年間政聞，以諷刺袁世凱為主，著者署「滬隱」，或是一被解散之國會議員，筆墨頗好）第八回（〈章瘋子大鬧總統府〉）特加描寫，其文云：

……民國三年的新年節……正月初七日下午傍晚的時候，總統府新華門內，忽聽見吵嚷的聲音，隨後數十兵士，即擁著一人出來，將那一人推至馬車中，前後左右，皆有兵士團團的圍著，押至憲兵教練所去了……及細細詢問起來，才知道獲住的……是個瘋子……他老先生這一天忽然高興起來，於清晨八時徑赴總統府，請謁見總統。他身穿一領油烘烘的羊毛皮襖，腳踏著土埋了似的一對破緞靴，手擎著一把白羽扇，不住的揮來揮去；又有光華華的一件東西，叫做甚麼勳章，不在胸襟上懸著，卻在拿扇子那一隻手大指上提著……歪歪斜斜的坐在總統府招待室裡頭一張大椅子上，那一種倨傲的樣子，無論什麼人他都看不到眼裡。列位想一想，總統府是何等尊嚴的地方，凡請見總統的人，是何等禮服禮帽，必恭必敬的樣子，一嘗看見那些進總統府的官吏們，皆是躡手躡腳的，連鼻子氣兒也不敢出，往來的人雖多，一種肅靜無嘩的光景，就像沒有一個人一樣，那見過這個瘋子，這個樣兒怪物呢！不消說傳事的人一回報，袁總統自然是拒不見的了。這個瘋子真是有點古怪，越說不見他，他是偏要請見。直等到天色已晚，他不但不去，還要搬鋪蓋進來，在此處值宿，適聽見傳事的人報大總統延見向次長瑞琨，他發起怒來道：「向瑞琨一個小孩子，可以見得，難道我見不得麼？」他自言自語，越說越有氣，索性大罵起來。衛兵請他低聲些，他即怒衛兵無禮，摔碎茶碗，即向衛兵投去。其初衛兵見他提著一個光華華的東西，思量著他許有些來歷，不知道他究竟能吃幾碗乾飯，也不敢較量，只得由他去鬧。隨後不知道從什麼地方來了一個命令，如此如此，衛兵們就把他拿小雞子似的從招待室裡頭拿出來，並拿進馬車裡去，一溜煙就送到一個地方，把他入了囚籠了。他姓章號太炎，浙江餘杭人，講起舊學來，無人不佩服他，不過因他舉動離奇，一般人叫他章瘋子。自此以後，章瘋子囚犯的時代甚長，由憲兵教練處移囚至龍泉寺，又由龍泉寺移囚至徐醫生家，俱是後話。且說章瘋子被囚後，也有許多營救他的。有一人轉求袁總統最親信的張秘書，為他緩頰道：「袁總統挾有精兵十萬，何畏懼一書生，不使恢復其自由呢！」袁瞋目答道：「太炎的文筆，可橫掃千軍，亦是可怕的東西！」所以太炎被了囚，人人斷其無釋放的希望。這是深明白當道的意思的……

寫得活靈活現，雖小說與歷史不同，不無特意渲染之處，而大端固可徵信也。所云提著之勳章，指民國元年授與以革命有功勳之二位。至所謂「囚籠」、「囚犯」，是廣義的、精神的，言羈留中之失卻自由而已。充類言之，其時黎元洪以副總統居瀛臺，受袁世凱之特別優待，亦可作囚籠中之囚犯觀。時當隆寒，章身御重裘，而出門必羽扇不離手（在寓中時不然），實一特癖。《逸經》第九期，載馮君所撰《革命逸史》之〈章太炎與支那亡國紀念會〉一節，記壬寅章在東京，三月十八日以會事至警署，「長衣下袖，手搖羽扇，頗為路人所注目。」蓋此項習慣已久矣。又章氏〈宋教仁哀辭〉（民國二年春作）有云：「躬與執紼，拜持羽扇，君所好也。」亦其羽扇故事。

自移拘於外城龍泉寺，章益憤恚異常，拒絕官廳供給，惟以來京時旅費所餘治餐，所以深絕袁氏，示義不食袁粟之意也。不久，旅費用罄，遂擬絕食。事聞於袁氏，不欲蒙逼死國學大師「讀書種子」絕矣之咎，因諄屬京師員警總監吳炳湘，妥為設法勸導處置，俾不至以絕食隕生。官醫院長徐某，炳湘所親信，與商此事，乃由徐具一報告書，言章患病，龍泉寺與其病體不相宜，應遷地療養，即移居東城本司胡同徐之寓中，以便隨時調護治療，一面由徐以醫生之資格，慈善家之口吻說章。得允，於是徐遂暫作章之居停主人，絕食之舉無形轉圜矣。此為是年夏間事。

章氏既到徐寓，以片紙招門人往晤。錢玄同等應命而至，見徐為一白鬚老者，言談頗鄙俗。談次，徐指章而謂錢等曰：「你們老師是大有學問的人，不但我們佩服，就是袁大總統，亦甚為器重。如果你們老師明白大總統的好意，彼此相投，大總統定然另眼看待，決不虧負與他。可是大總統的火性也是厲害的，倘或不知好歹，一定要觸怒了他老人家，他老人家也會反臉不認人。撲通一聲（言至此，作槍擊之勢），你們老師的性命難保了！你們總要常勸勸他才好！」當時徐氏表演得聲容並茂，錢等覺無可與語，只好默然，章亦惟微哂而已（聞章對徐，初以其態度殷勤，謂是長者一流，頗假以詞色，且與談醫書尚洽，稱其醫道不錯，嗣以話多不投機，始漸不喜之云）。

在徐寓小住，本暫時辦法，善後尚需計議也。袁世凱仍堅不許其出京，至待遇方面，則願酌供在京之費用，而希望其接眷來京，作久居之計。經黎元洪斡旋其間，遂定議付以五百元之接眷費，並按月付五百元，俾作家用（其後僅月得三百元，聞有人中飽。或謂即徐所為云）。章以出京既屬絕望，乃從黎等之勸告，屬門人朱希祖赴滬代迎其妻湯國黎女士北來，一面經人代為覓房，俾移居，旋租得東城錢糧胡同房一所。

斯際之某日，徐氏僕人往請錢玄同到寓，並謂：「非章先生請，乃徐院長請也。」既至，徐出見，怒容滿面，曰：「你們老師太不講交情！」即出章氏所書致湯電稿一紙示之，蓋被其截留者（徐對章本有暗為監視之任務），文為：「北人反覆，君勿來！」因又曰：「我待你們老師有何不好，而竟罵我反覆！」錢以所謂北人並非指彼向之解釋。徐曰：「我是北人，此非罵我而何！」錢復略代解釋，遂入見章。章與談接眷事，謂：「頃更加考慮，袁氏方面，狡詐無誠意，不願徇其意而接眷，已發電止之矣。」（不知電並未發）錢加以勸慰，並謂：「師母之來與不來，可俟其斟酌辦理，師且靜候消息，暫不必再有表示也。」章頷之。

湯夫人不果來，章則遷入錢糧胡同新居矣。此房間數頗多，甚宏敞（上房七開間，廂房亦五開間），章氏一人居之，僕役及庖人等則有十餘人之眾，皆警察廳派來，以服役而兼監視者也（章氏居此，以迄民國五年恢復自由）。此房相傳為凶宅，翌年（民國四年）章氏長女㸚來京省視，自經於此，迷信者益相詫為凶宅驗焉。

以上所述，聞諸錢玄同先生為多，拉雜書之，聊備談章氏軼事者之參考（章氏頃於六月十四日卒於蘇州，玄同除與在平同門數人以「先師夢奠，慘痛何極」發電致唁外，並輓以長聯，有「纘蒼水寧人太沖薑齋之遺緒而革命」「萃莊生荀卿子長叔重之道術於一身」等語云）。

（二）

前稿述章氏民國初年被袁世凱羈留於北京時之軼事，茲更據所聞，續為記述，作前稿之補充（此次所述，亦聞諸錢玄同先生者為多）。

章氏民國三年夏末，由本司胡同遷入錢糧胡同新居（房租每月五十四元）後，眷屬未至，甚感寂寞。未幾，其門人黃季剛（侃）應北京大學教席之聘來京，所但任講授之科目，為中國文學史及詞章學，謁章之後，即請求借住章寓，蓋詞章學教材等在黃覺不甚費力，即可應付裕如，惟文學史一門，其時治者猶罕，編撰講義，為創作之性質，有詳審推求之必要，故欲與章同寓，俾常近本師，遇有疑難之處，可以隨時請教也。黃本章氏最得意之弟子，章亦願其常相晤談，以稍解鬱悶，因欣然許之。不料不數日，而黃突為警察逐出，而章氏因之復有絕食之事。

某日之深夜，黃正在黑甜鄉中，忽有警察多人，排闥直入，其勢洶洶，立促黃起，謂奉廳中命令，前來令其即時搬出此宅。黃愕然問故，警察惟言奉令辦理，催促實行而已。黃謂：「我之寓此，係章先生之好意，縱須搬出，亦當俟天明後向章先生告別再行。」警察曰：「如使章先生知之，必加阻撓，徒添許多麻煩，故汝宜即搬，不必候見章先生也。」遂不由分說，立將黃氏押出章寓。

黃氏之在章寓，往往早出晚歸，且有時寄宿他處，與章亦非每日必見面；翌日章未見黃，以不知其事，故未以為意也。二三日後，他門人有來訪候者，乘人力車進大門時，門首崗警即作勢欲止之，不顧而入。談次，章曰：「季剛數日不見矣，汝見之否？」經以實告，乃知之。正詫怪間，警察數人入，命來訪者速去，並謂以後不准再來，即引之而出。蓋章之見客自由亦被剝奪矣。章憤恚極甚，謂凌逼至此，尚有何生趣，於是復實行絕食，以祈速死。當其前清被禁上海西牢時，即曾絕食多日，因同囚之難友相勸而止。在龍泉寺時，又曾一度開始絕食。此次絕食之舉，蓋第三次也。

其在京之門人錢玄同等聞之，亟起營救，一面上書平政院申訴，一面往見警察總監吳炳湘，力請解除接見來賓之禁，俾可復食。吳以章又絕食，不便過執，乃許其門人及友朋無政治色彩者仍得入見。惟章則絕食之後，態度甚堅，錢等竭力勸解，不之從，穀食悉廢，僅尚飲茶耳。錢等相商，以滋養品（藕粉之類）少許隨時潛入茶內，藉稍補救。章氏旋即疑之，怒謂茶不乾淨，此策遂失敗。諸人徬徨無計，而章絕食垂十日矣。

章惡袁世凱及其黨類，波及北人北物。時值冬令，北京禦寒之具，多用「白爐子」（燒煤球），若洋爐煙筒之裝置，其時用者尚少。章謂北京之用煤球及「白爐子」，為野蠻人之習俗，摒不用，亦不更謀禦寒之具，惟以傲骨當嚴寒，所居房屋高大，益冷，往見者不敢脫大氅，猶時覺冷不可耐。章既絕食，臥於床，床近窗，窗有破處，尤易為寒風所侵，氣息奄奄，決意待盡，其狀甚淒慘也。而乃絕處逢生，忽有轉機。

某日傍晚，馬敘倫來慰問，略談之後，即告辭，章曰：「我為垂死之人，此後恐不再見，君可稍留，再話片刻。」時章猶勉強能作語也。馬曰：「饑甚，亟須回寓進餐。」章曰：「此間亦有廚房，可令為君備飯，即在此晚餐。」馬曰：「對絕食之人，如何能吃得下！君如必欲留我在此吃飯，最好君亦陪我略吃少許，則我即從命而在君旁進餐。」章稍作沉吟，意似謂可。馬乃曰：「君能略進飲食，甚善，惟絕食有日，不宜太驟，當先啜米湯之類，方無患。」於是章果略飲米湯；自斯遂漸復食，生命得以無恙焉。

馬氏是晚自章寓出，即以章氏復食消息語人。翌日，錢玄同往省視，知所言有證。章有一銅製歡喜佛像，作人牛相交之形，製作頗精，以六十元得之，常置案頭。錢氏此次往晤，案頭忽不見此物，因問何故藏庋。章告以女㸌昨至矣，此蓋章氏復食動機之所以萌，馬氏會逢其適耳。章氏三女，長名㸌，時已適龔寶銓，次則於前清章氏入獄時由章之長兄（錢，字椿伯，原名炳森）攜去撫養，㸌其季也，稱三小姐，時僅十餘齡，甚活潑，當絕食垂盡之頃，愛女北來，天倫至性，豈能無動？故復食得以實現也。

袁世凱每月給章五百元，為一種高等囚糧之性質。此款非直接交付，係輾轉給與，前為章氏居停主人之官醫院長徐某，以與吳炳湘有密切關係，為經手人之一，因之章乃月僅實得三百元，吳氏知而不問，章之門人錢玄同、朱希祖等，亦聞悉其故，而不便明告章氏，恐增其怒也。故章僅知為減發，而不知被人截留。徐以章氏後來不假以詞色，銜之，當聞其絕食將殆時，忽來訪問，睹其狀，以為必無生理，乃向之曰：「袁大總統每月白送你五百元，你何等舒服，竟尚不知足，無端絕食，真不知好歹！」言已，冷笑而去。彼只顧奚落章氏，不暇擇言，無意中「五百元」脫口而出。錢玄同、朱希祖遂往見吳，謂：「徐以經手人之資格，今已明向章先生說出五百元矣；若仍僅與三百元，章先生必以見欺而益憤，絕食豈能挽回乎？」經此一番交涉，此項高等囚糧，以後始得如數給與。

至黃季剛之被逼移寓暨章氏接見來客自由之被剝奪，以致惹起章氏絕食者，其動機聞頗與章氏之庖人有關，所謂小鰍生大浪也。章在錢糧胡同寓所，所用僕役人庖人等，共有十餘人之多，一僕係前由軍政執法處長陸建章所薦，曾隨侍於龍泉寺，此外則吳炳湘所間接推薦（託與章相稔者出名介紹）蓋由員警之類改充，皆負有暗中監視之責者也。庖人某，亦員警出身，技甚劣，以章於飲食素不考較，故能相安。黃季剛則不然，固留意於此者，與章共餐，頗有不能下箸之苦，屢為章言庖人須更換，後並薦一四川廚子代。章氏重違其請，遂遣之去，而改用黃薦之四川廚子。此員警而司庖者，失此優差，憤憤而去。不數日，遂有黃氏被逐等事，蓋此人回廳後有所揑報，與有力焉。

章氏嗜學而不好潔，說者謂有王介甫之風。其於飲食，不顧滋味之優劣，菜肴惟就置於最近處者取食之，餘縱有珍味，箸弗之及也。此節尤似王氏。宋人朱弁《曲洧舊聞》云：

王荊公性簡率，不事修飾奉養，衣服垢汙，飲食粗惡，一無所擇，自少時即然。蘇明允著《辨奸》，其言衣臣虜之衣，食犬彘之食，囚首喪面而談詩書，以為不近人情者，蓋謂是也。然少喜與呂惠穆、韓獻肅兄弟游。為館職時，玉汝嘗率與同浴於僧寺，潛備新衣一襲，易其敝衣，俟其浴出，俾其從者舉以衣之，而不以告。荊公服之如固有，初不以為異也。及為執政，或言其喜食獐脯者，其夫人聞而疑之曰：「公平日未嘗有擇於飲食，何忽獨嗜此！」因令問左右執事者曰：「何以知公之嗜獐脯耶？」曰：「每食不顧他物，而獐脯獨盡，是以知之。」復問：「食時，置獐脯何所？」曰：「在匕箸處。」夫人曰：「明日姑易他物近匕箸。」既而果食他物盡，而獐脯固在；而後人知其特以其近故食之，而初非有所嗜也。人見其太甚，或者多疑其偽云。

王安石與章炳麟為相距近千年之兩個大學者，其習性大相類似，可謂後先同揆。王氏被疑為偽，蓋非，正書呆子所以為書呆子耳（章氏不喜浴，王之浴於僧寺，當亦係韓氏強之）。章對於飲食既如此，菜肴上之知識，極有限，當在龍泉寺時，拒絕官方供給，自起火食，司庖者（或即陸建章所薦之僕人兼任）請示作何菜，章想得二種：一為蒸蛋糕，以雞蛋為食品之最普通者，易於想到也；一為蒸火腿，以火腿為在南中所常食，故亦思及也。二種以外，不復有第三種，於是頓頓蒸火腿蒸蛋糕矣。及居錢糧胡同，吳炳湘間接薦來之庖人某，亦仍舊貫，以此二種為常備之品（所謂蒸火腿者，實即以「清醬肉」——北平之一種醃肉，每為火腿之代用品——切片蒸之）。有客共食，始酌添他菜。每日之火食賬，則一任其浮冒開銷，以章不知物價，且不屑較計錢數也。而銀幣及鈔票，雜置抽屜內，往往聽其自取，略不稽考，以故此席遂成優差，勝於供職員警多多，一旦被章因黃言而解雇，遂懷恨在心而謀報復耳。

章被袁氏羈留在京，神經受重大刺激，其時之行為，有可怪者，蓋以發洩其憤世嫉俗之意也。自居錢糧胡同，即傳集寓中全體僕役，頒示條規，中有：

（一）僕役對本主人須稱「大人」，對來賓亦須稱以「大人」或「老爺」，均不許以「先生」相稱。

（二）逢陰曆初一、十五，須一律向本主人行大禮，以賀朔望。並謂，「如敢故違，輕則罰跪，重則罰錢」。

錢玄同曾問以何故如是好奇，且家僕對主人稱「大人」，在前清亦無此例也（清時主人縱官至極品。其所用僕輩亦只以「老爺」呼之）。章曰：「吾之為此，惟以『大人』、『老爺』均前清之稱謂，若『先生』者，吾輩革命黨創造民國，乃於南京政府規定以代『大人』、『老爺』（民元南京內務部曾下令禁稱『大人』、『老爺』，一律改稱『先生』），今北京仍為帝制餘孽所盤據，豈配有

『先生』之稱謂乎？此所以示北京猶是『大人』『老爺』之世界耳。既猶是『大人』『老爺』之世界，叩首之禮，亦固其宜。」

其長女㸚於民國四年至京省父，忽自經而死。章氏作〈亡女事略〉，其厭世之故，略有所言，然亦未具必死之確因，故以「此何為而然者耶？」作結。至敘其情事，謂：「民國四年四月，㸚如京師省視，言笑未有異也。然燕處輒言死為南面王樂，余與季女㠭常慰藉之，寶銓數引與觀樂，或遊履林囿間，始終不怡，見樹色益憮然若有亡者。九月七日夕，與寶銓、㠭談笑至乙夜就寢，明旦起視，已自經，足趾未離地，解拊其胸，大氣既絕矣。醫師數輩，皆言不可治，遂卒。」時㠭婿龔寶銓亦寓章所，㸚與妹㠭同住西廂房，龔住東廂房，據聞㠭以㸚屢欲自殺，甚有戒心（曾一次自經於樹，為㠭所救）。是夜就寢後，甫曙自醒，見㸚不在室內，即大驚，亟起而覓之，則見其自經於章所住上房之堂屋，繩懸於屋之上坎。解下，延湯爾和等救治，謂時間過久，不能再生矣。其死固頗奇也。章嘗以長八尺之宣紙，大書「速死」二字，懸於堂屋，以自示其憤恚不欲生之態。㸚自經處，適當其旁云。

（三）

前草〈章炳麟被羈北京軼事〉二篇，先後披露《逸經》第十一、十二兩期，內容蓋多聞之於錢玄同先生，更以曩所知者相印證，倉卒記述，未能周備，嗣閱《逸經》第十三期所載吳宗慈君之〈癸丙之間太炎先生言行軼錄〉、劉成禺君之〈癸丙之間太炎先生記事〉（均在劉君《洪憲紀事詩本事注》內），與不佞所記為同時間之事，記載翔贍，多可補拙稿所未及。其謂章氏應共和黨之請而入京，係為黨人某某所賣，此共和黨內部之事，不佞所未能知也。又言章氏出京，黨部同人設筵為餞，逆知出京必被阻，約縱酒狂歡以誤車表云云。此節亦不佞所未詳，當以躬與其事者之言為可信。其他與拙稿互有詳略處，可以參看。

吳君謂：「徐醫生寓錢糧胡同……居近龍泉寺，每先生怒不可遏，監守者輒急請徐至……乃得由龍泉寺移住徐宅。」此節似未甚諦。徐醫生係住本司胡同，章氏由龍泉寺遷居徐宅，後由徐宅更遷錢糧胡同，則為自租之房矣，本司、錢糧二胡同，均在內城東四牌樓間，龍泉寺則在外城之西南隅，相距實甚遠也。章氏長女㸚自經之原因，不佞不甚了了，惟吳君謂「赴徐宅，訴於先生」云云，據不佞所聞，㸚民國四年到京省覲時，章早遷居所租之房（已與徐醫生不洽），㸚亦即居此，數月後乃自經而死（章氏所作〈亡女事略〉一文亦可按）。

又《逸經》第十期所載劉君《洪憲紀事詩本事注》有云：「元洪入京，太炎改唐詩讖之曰：『……徒令上將揮神腿，終見降王走火車……』『……西望瑤池見太后（黎入京謁隆裕），南來晦氣滿民關。雲移鷺尾開軍帽，日繞猴頭識聖顏。一臥瀛台經歲暮，幾回請客勸西餐。』某恨太炎，持猴頭句說袁，陰使鄂人鄭胡等借主持共和黨名義，迎章入京，遂安置龍泉寺。」按章氏之安置龍泉寺，誠在黎元洪到京之後，而到京實在黎前，袁世凱非因此詩始誘其入京，動機蓋因其於二次革命時發表斥責袁世凱之文字也。章氏民國二年到京之日，雖驟難確憶，而記得總在秋間（錢君亦謂伊是年九月十三日到京，章已先至而居共和黨本部矣。檢察廳於章到京後，承袁旨以參加內亂起訴，傳章就訊，章以病辭，為十月間事）。至元洪由鄂入京，則時在十一二月間矣。章氏此項諧詩，憶共五首，劉君所引兩首外，更有三首，當係在京而於元洪到京後所作耳。「西望瑤池見太后」句，劉君謂「黎入京謁隆裕」，夫隆裕已於是年春間逝世，元洪入京何能相見乎？意者此句或是虛指之詞（隆裕或慈禧），如其他首中之「瀛台湖水滿時功，景帝旌旗在眼中」歟。

（民國二十五年）

太炎瑣話

章太炎（炳麟）績學雄文，傑出近代。當自清光緒季葉，即自負極高。其〈癸卯獄中自記〉云：「上天以國粹付余。自炳麟之初生，迄於今茲，三十有六歲，鳳鳥不至，河不出圖，惟余以不任宅其位，繄素王素臣之跡是踐，豈直抱殘守闕而已，又將官其財物，恢明而光大之，懷未得遂，纍於仇國，惟金火相革歟，則猶有繼述者，至於支那閎碩壯美之學，而遂斬其流緒，國故民紀，絕於余手，是則余之罪也！」意態之軒昂，抱負之偉大，想見俯視群流果於自任之概。辭氣甚亢厲，讀來卻又饒有嫵媚之致。其後民初被羈北京時，甲寅五月二十三日家書有云：「……研精學術，忝為人師，中間遭離禍亂，辛苦亦已至矣。不死於清廷購捕之時，而死於民國告成之後，又何言哉！吾死已後，中夏文化亦亡矣！」意亦猶之，均自示一身之關係特重也。

太炎此種態度，儼然「斯文在茲」之意也。其師俞蔭甫（樾），則對於「斯文在茲」四字，欲然弗敢承焉。俞氏《春在堂隨筆》卷八云：「……既得福壽磚之後，越五月，同人又於俞樓後山上得摹崖四大字，曰：『斯文在茲』，皆大驚喜，花農孟薇馳書以告余吳下，謀於西爽亭後闢一門，以通其地。余曰：『福壽二字，猶可竊以自娛。斯文在茲四字，萬難干以取戾，斯舉可不必也。』書此四字者，為趙人張奇逢，乃直隸獲鹿人也，順治五年為杭州府知府。自來言西湖金石者均不知有此四字，蓋淹沒至今而始顯者也。」誌此四字石刻之發見，而謙讓不敢自居，與太炎之態度異矣。

俞氏樸學大師，太炎從學，得力不少，後益精進，蔚成一家，規模境詣，非師門所能限，奇才閎蓄，稱霸學林，亦俞門之光也。太炎之論俞氏，如〈說林〉下有云：「吾生所見凡有五第，研精故訓而不支，博考事實而不亂，文理密察，發前修所未見，每下一義，泰山不移，若德清俞先生，定海黃以周，瑞安孫詒讓，此其上也。」列為經師之第一流。又〈俞先生傳〉，雖間言其短，仍甚致推崇。至嘗有〈謝本師〉之作，不滿俞氏，乃出一時感觸，非可一概而論。民初編訂《文錄》，此篇不收入。

太炎文章，雄勁冠時，駸駸有上追秦漢之勢，朱晦翁（熹）有云：「韓文力量不如漢文，漢文不如先秦戰國。」見《朱子語類》。又惲子居（敬）〈上曹儷笙侍郎書〉論古文有云：「文人之見，日勝一日，其力則日遜焉。」均以後世文章其力漸薄難逮古昔為言。太炎之文，能超時代而趨往古，學劭而力尤偉也。其天賦之優，洵屬度越恒流。

林琴南（紓）所為小說《畏廬筆記》（民初所作），其〈馬公琴〉一則有云：「客曰：『……由考據而入古文，如某公者，從遊不少，亦可云今日之豪傑，且吾讀其文，光怪陸離，深入漢魏之域，子雲相如不過如是。足下苟折節與交，沾其餘瀋，亦足知名於世。』生笑曰：『此真每下愈況矣。某公者，撏撦飣餖之學也。記性可云過人，然其所為文，非文也，取古子之文句一一填入本文，如尼僧水田之衣，紅綠參錯照眼，又患其字之不古，則逐一取換，易常用之字以古字，令人迷惑怪駭，不敢質問，但驚曰博，私詫其奇。夫古人為文，焉有無意境義法可稱絕作者。漢文之最宏麗者無如封禪文典引及〈劇秦美新〉，然細按之，皆有脈絡可尋。即〈三都〉、〈兩京〉之賦，中間亦有起伏接筍之筆。某氏但取其皮，不取其骨，一味狂奔，余恒擬為商舶之打貨，大包巨簏，經苦力推跌而下，貨重而艙震，又益以苦力之呼嘯，似極喧騰，實則毫無意味。於是依草附木者尊如亞聖，排斥八家，並集矢於桐城矣。此種狂吠，明之震川固遭其厄，試問弇州晚年何以屈服於震川！天下文字，因有正宗，不能以護法弟子之呐喊及報館主筆之揄揚即能為蜉蝣之撼也。』」意有所指，似即謂太炎耳。然多非中肯之談。太炎之文，雖非無可議及不可為訓處，而大體無愧卓犖大手筆，固非林氏所能及也。至意境、義法之說，章文格老氣勁，義蘊閎深，不取搖曳生姿，而意境韻致自具，特未可以桐城義法繩之而已。

林氏此論，對太炎加遺一矢，蓋含有報復性質，太炎對林夙嘗輕鄙也。其〈與人論文書〉（清末所作）有云：「並世所見，王闓運能盡雅，其次吳汝綸以下有桐城馬其昶為能盡俗（蕭穆猶未能盡俗）。下流所仰，乃在嚴復、林紓之徒。復辭氣雖飭，氣體比於制舉，若將所謂曳行作姿者也。紓視復又彌下，辭無涓選，精采雜汙，而更浸潤唐人小說之風。夫欲物其體勢，視若蔽塵，笑若齲齒，行若曲肩，自以為妍，而只益其醜也。與蒲松齡相次，自飾其辭，而只敬之，曰此真司馬遷、班固之言

（紓自云：日以左、國、史、漢、莊、騷教人，未知其所教者何語也。以數公名最高，援以自重，然曩日金人瑞輩亦非不舉此自標，蓋以猥俗評選之見而論六藝諸子之文，聽其發言，知其鄙倍矣。紓弟子記師言，援吳汝綸語以為重。汝綸既歿，其言有無不可知，觀吳汝綸所為文辭，不應與紓同其繆妄，或由性不絕人好為獎飾之言乎）。若然者，既不能雅，又不能俗，即復不能比於吳蜀六士矣。」蓋貶斥林氏如是。

至〈雅俗之辨〉，則有云：「徒論辭氣，太上則雅，其次獨貴俗耳。俗者謂土地所生習（《地官》大司徒注），婚姻喪紀舊所行也（《天官》大宰注），非猥鄙之謂。孫卿云：『有雅儒者，有俗儒者。』李斯云：『隨俗雅化。』夫以俗為縵白，雅乃繼起以施章采，致文質不相畔。世有辭言襲常，而不善故訓，不綦文理，不致隆高者，然亦自有友紀，窕儇側媚之辭，薄之則必在繩之外矣，是能俗者也。」吳蜀六士謂八家中之宋六家，歐陽、曾、王、三蘇也。太炎譏其「志不師古，乃自以當時決科獻書之文為體。」又云：「僕重汪中，未嘗薄姚鼐、張惠言，姚、張所法，上不過唐宋，然視吳蜀六士為謹（誇言稍少，此近代文所長。若憚敬之恣，龔自珍之儇，則不可同論）。僕視此雖與宋祁、司馬光等，要之文能循俗，後生以是為法，猶有壇宇，不下墮於猥言醲辭，茲所以無廢也。」是桐城之文，雖非所深許，然以為有可取而不薄之，特視林為不足依傍桐城，更無論司馬遷輩矣。

太炎此篇，更論及小說云：「小說者，列在九流十家，不可妄作。上者宋鈃著書，上說下教，其意猶與黃老相似，晚世已失其守。其次曲道、人物、風俗、學術、方技，史官所不能志，諸子所不能錄者，比於拾遺，故可尚也（宋人筆記，尚多如此，猶有江左遺意）。其下或及神怪，時有目睹，不乃得之風聽，而不刻意構畫其事，其辭坦迤，淡乎若無味，恬然若無事者，《搜神記》、《幽明錄》之倫，亦以可貴。唐人始造意為巫蠱媟嬻之言（苻秦王嘉作《拾遺記》，已造其端。嘉本道士，不足論，唐時士人乃多為之），晚世宗之，亦自以小說名，固非其實。夫蒲松齡、林紓之書得以小說署者，亦猶大全講義諸書傳於六藝儒家也。」溯小說之古體，而病晚世稱小說者非其倫，遂不許蒲、林之書以小說署，所見不免太固。古小說文字本簡質，後經演化，體裁浸多，領域甚廣，附庸蔚為大國，在文學上成一重鎮，雖優劣不一，未宜一概抹殺。蒲氏《聊齋志異》，一代名作，自有其文學價值，其中描寫，涉於猥褻，固是一疵，要其大端文字之工處，不可廢也（所著小說，並有《醒世姻緣傳》一種，亦為有價值之作，以太炎之論衡之，更不得以小說署矣）。林氏宗尚桐城，於古文致力甚勤，然非有過絕流輩之詣，特迻譯外國小說，成績足稱。（自撰之小說，則少精神，難相副）。

俞氏《春在堂隨筆》卷八云：「紀文達公嘗言：『《聊齋志異》一書，才子之筆，非著書者之筆也。』先君子亦言：『蒲留仙，才人也，其所藻繪，未脫唐宋人小說窠臼。』若紀文達《閱微草堂》五種，專為勸懲起見，敘事簡，說理透，不屑於描頭畫角，非留仙所及。余著《右台仙館筆記》，以《閱微》為法，而不襲《聊齋》筆意，秉先君子之訓也。然《聊齋》藻繪，不失為古豔，後之繼

《聊齋》而作者，則俗豔而已。甚或庸惡不堪入目，猶自詡為步武《聊齋》，何留仙之不幸也！」（紀氏評論《聊齋志異》之語，詳見其門人盛時彥所撰〈姑妄聽之〉——《閱微草堂筆記》五種之一跋）。以記事之體裁論，《聊齋志異》之作法，於義誠有未妥，然以傳奇派之小說論，則本唐人說部而加恢奇，頗多佳製，在文學上之價值，非《閱微草堂筆記》暨《右台仙館筆記》所逮。至步武《聊齋》者之不足觀，亦見蒲氏之作之難能。林氏所撰近乎「聊齋」體之筆記小說，筆墨固亦遠遜也。

太炎論文，自抒所見，不同人云亦云，可供讀太炎文者之考鏡，兼資談文者之揚榷。文家宗尚不一，見解有殊，蓋亦不必過泥耳。

梁任公（啟超）《清代學術概論》第二十八節有云：「餘杭章炳麟少受學於俞樾，治小學極謹嚴；然固浙東人也，受全祖望、章學誠影響頗深，太究心明清間掌故，排滿之信念日烈。」（章學誠雖講史學，與排滿之主張毫無關係，不應列此）又其《中國近三百年學術史》第四章〈清代學術遷變與政治之影響（下）〉有云：「章太炎（炳麟），他本是考證學出身，又是浙東人，受黃梨洲、全謝山等影響甚深。專提倡種族革命，同時也想把考證學引到新方向。」認太炎為浙東人，實誤。餘杭，固浙西也。倘係餘姚，乃浙東耳。梁氏殆以二「餘」相混而一誤再誤歟（憶嘗有人撰一書，冒為太炎作品，而署曰「餘姚章太炎著」，蓋以二縣名易相混，使有詰之者，可言此另是一餘姚章太炎所著也。因梁事而漫及之，藉發一笑）。

太炎清季鼓吹民族革命，詆斥清帝甚力。迨民國十七年，表彰《三字經》，重為修訂印行，則有異故態。嘗見此書之普遍坊本一種，其歷史部分，敘至明末亂事，接入有清代興，云：「乞援師，吳總兵。滿入關，據神京。傳十世，國號清，至宣統，大寶傾。」注謂：「明總兵吳三桂，招致滿人，長驅入關，竊據漢土，改國號曰清，共傳十主，二百六十八年」。當為民國初年所增補，不知出誰氏手筆。太炎修訂本，敘此則云：「清太祖，興遼東。金之後，受明封（注：「清為金之後。姓愛新覺羅，明代末葉崛起遼東，至太祖始稱帝。」）。至世祖，乃大同。十二世，清祚終（注：「李自成陷北京，吳三桂迎清世祖兵入關，遂代明有天下，傳至宣統，遜位民國，凡十主，二百六十八年。自太祖努爾哈赤至宣統，共為十二世。」）。對照而觀，坊本所云竊據，章本乃曰大同，其對清之態度，不與昔大相逕庭乎？蓋昔以種族革命者之立場，茲以史家之立場，所謂彼一時此一時，可不以前後相乖為詫也。太炎清季深責曾國藩，晚年則每有譽詞，恉亦近之。

拙搞前有述太炎民初被羈北京時軼事二篇（均見《逸經》），其第二（見《逸經》第十二期）述及在東四牌樓錢糧胡同寓所時對僕役頒有規條，其事頗趣，係聞之錢玄同先生。錢君談此時，謂不能盡憶，僅憶其要者。近於《都門趣話》（輯者署「大雷嘯公」，內容蓋錄自民初報紙），見有〈太炎約僕之條件〉一則云：「……一日忽與僕人約曰：「余有僕役應守規則六條，汝輩能恪遵者留，否則去：（一）每日早晚必向我請安；（二）在外見我須垂於鵠立；（三）稱我為大人，自稱曰奴僕；（四）來客統統曰老爺；（五）有人來訪，無論何事，必須回明定奪，不得徑行攔阻；（六）每逢朔望，必向我行一跪三叩首禮。僕人無如何，唯唯而已。或曰：章太炎僕役係某處派來密探，藉以窺其動靜者，章故以是侮弄之。未知確否？」有可補充前述之未備者，因更綴錄，俾資參閱（其時太炎僕役，多係便衣警探，負有暗中監視之責）。

（民國三十三年）

章太炎弟子論述師說

（一）

前談太炎，錄孫思昉君（至誠）〈謁餘杭先生紀語〉，昨承姜亮夫君（寅清）由巴黎來書，對此有所引申補充。二君同為章氏弟子，均篤於師門，風義足稱。茲錄姜君來書如次：

頃於《國聞週報》二十五期，讀大著載同門孫思昉君〈謁餘杭先生紀語〉，論某公好奇一段，有「今則以今文疑群經，以贗器校正史，以甲骨黜許書，以臆說誣諸子」云云四語，細宷文義，觀語氣輕重急徐之間，與不佞所聞於先生者，小有同異，豈弟子退而異言者歟。此四語適為不佞所曾輕嘗，而三數為先生所申誡，又為近來學人所執以為先生疾者，不敢秘其所聞，一任世俗耳食之言，厚誣先生。然先生自有千秋，亦不敢為調停之說，以取售於當世。敢舉其平日待坐所聞一二事，為閣下陳之：

（一）以今文疑群經　先生於經為古文家，此舉世之所共知，而壁壘甚嚴，亦舉世之所共知，然於今文家之嚴守家法者，亦未嘗輕蔑。憶井研廖先生既歿，有欲求先生為墓文者，不佞以此進叩，先生憫然相語曰：「季平墓誌，非我亦不能為。」而於南海立說之不純者，則頗見詆譏。至廖、康而後，先生未嘗以經今文家許人，今人亦實無一以今文家之立場疑群經者。疑群經者錢玄同君號為魁首，錢君固先生弟子也。故「今則以今文疑群經」一語，似覺輕重之間，尚可商量。憶初謁先生時，以治經請，先生言以經視經，則宜守家法，不可自亂途轍，雜揉今古。蓋不佞亦嘗請益予井研，故先生以此繩之也。大抵先生於當時之說經者，皆病其雜亂抄撮，不見矩矱，非必如早年於今文家之說一意作主觀之批評也。

（二）以贗器校正史　此與下文「以甲骨黜許書」二語大為當時學人所詬病。蓋先生早年於此固曾張其撻伐，蓋阮吳諸家之說不足以服人，而甲骨出處不明，又無其他有力佐證，當時唱之者如劉鐵雲輩，又非篤行純學之士，孫詒讓亦謹嚴無他規模，以一融通四會之學人，欲其貿然承認一種新學問，有所不能，亦有所不可，故早年之指陳吉金甲骨之弊者宜也。近年來銅器甲骨之出土者日多，研治者途術亦日精，先生於早年之說，似已不甚堅持。憶二十二年上海同福里座中，偶談及先生為某氏跋散氏盤中語。先生曾言許叔重《說文解字》亦採山川鼎彝，故金石非不可治，惟贗器太多，辯別真偽，恐非目前世人學力所能及，故以證文字大體尚可尋其緦理，以證史事終覺不安。證史不安云云，則謂先生蔑棄鼎彝，不如謂尊史過甚為能得其實。先生民族思想最切，近來國事日非，故其緬懷故國之情益甚。晚年以讀史召群弟子，而於含「剛中」思想之儒行一文，復數數為世人唱導。其救民之忱，非譁世取寵者之所能望其項背。

（三）以甲骨黜許書　先生早年之不滿於甲文，其原因已如上陳，惟以其所疑至晚年仍不得解，故對甲文之態度，較吉金為嚴肅，而尤不喜人以證古史。憶初謁先生時，先生知不佞為海寧王靜安先生弟子，即謂治小學當以許書為準。二十二年春蘇州國學會邀不佞演講，大意以甲文為中國較早之文學，雜證《八卦》後於甲文及《易》為春秋戰國時術數之學。講稿刊佈後，先生大不悅，以召同門諸君。即不佞遊大梁歸，已傳言唧唧，趨錦帆路拜謁，先生溫語喻之曰：「凡學須有益於人，不然亦當有益於事。古史誠荒渺難稽，然立說固與前人違異，亦必其可信乎？治小學為讀書一法，偶採吉金可也，泛涉甲文以默契於我心，出之以謹嚴，亦可也，必以此而證古史，其術最工眇，要近虛造，不可妄作。」繼則以「食肉不食馬肝未為不知味」為解喻。去年有歐洲之行，先生賜之食，又溫語以顧亭林、王而農相勉，復言甲骨不能相信。不佞笑以請曰：「倘有的證，足使先生信其為殷商時物，則先生亦將為之鼓吹乎？」先生笑曰：「但恐君輩終不能得的證耳。」大抵先生於甲文因其「來歷不明」而疑之，並固治學謹嚴者應有之態度，世人方以此見詬，蓋不思之甚耳。

（四）以臆說誣諸子　不佞於諸子素少究心，故侍座時亦從未以此請益，惟少歲偶讀《唯識論》後，因以喜讀先生〈齊物論釋〉及〈重釋〉，然多不甚了了，嘗一以請教，先生自謙其書為「此亦一種說法」云云，他無所聞。孫君究心諸子，平素所聞當較為多也。

總之，先生於近日學人，皆歎其根柢太淺，言經者氾濫雜抄，不明家法，究習吉金甲骨者，既好立異說，不根於載籍，而又掊擿正史，以為無益而誣史，為治學者所當謹擇而已。細擇先生晚年言學之趣向，大約有二，一欲救世以剛中之氣，一欲教人以實用之學，其歸在於不忘宗邦之危。剛中則誇誣奇觚皆在當砭之列，實用則怪誕詭譎皆在宜排之數。變更舊常，不軌於典籍，或有危於宗邦者，皆為心所甚憂。此其大校也。不佞所聞如是，所關雖不甚大，然亦學術上之一重公案。孫君所記，語意有待於疏說處，故為補說如是，尚乞附尾大著，刊之《週報》，使世人勿誤解孫君之言，則幸甚矣。途中未以書自隨，故但能舉此以為驗。俟歸國後，當為閣下一再詳之。

適晤孫君，因以相示，孫君於姜君宗旨，甚表欽佩，旋來書更舉師說，以資參驗，亦同門切磋之雅也。故並錄左：

承示姜君餘杭先生緒論各節，與弟所述小有異同。弟侍餘杭先生或後於姜君，似以姜君之言為近是。姜君擁護師門，懼為耳食之言所厚誣，且不為調停之說以阿時，殊深敬佩。茲復將先生自書之言或他人所錄曾經鑒定者，迻錄於次，以供參驗，可乎？

（一）以今文疑群經　先生去秋作《制言》發刊詞宣言有曰：「今國學之所以不振三：一曰毗陵之學，反對古文傳記也。二曰南海康氏之徒，以史學為帳簿也。三曰新學之徒，以一切舊籍為不足觀也。有是三者，禍幾於秦皇焚書矣。」又先生〈漢學論上〉有曰：「清時之言漢學，明故訓，甄制度，使三禮辨秩，群經文曲得大通，為功固不細。三禮而外，條法不治者尚過半，而末流適以漢學自弊，則言《公羊》與說彝器款識者為之也。循《公羊》之說，周可以黜，魯可以王，時制可以詭更，事狀可以顛倒。以《春秋》為史耶，則沈約、魏收所不為；堅指以為經耶，則吳廣之帛書，張角之五斗米道也。清世言《公羊》已亂視聽，今《公羊》之學雖廢，其餘毒遺蠚猶在。人人以舊史為不足信，而國之本實蹶矣。」按康南海《新學偽經考》出，則群經之可讀者鮮矣；崔適《史記探源》出，則史之可讀者鮮矣。近之以堯舜神禹為虛造者，實自康、崔諸為今文學者啟之，宜先生之為此言也。

（二）以贗器譬正史　說詳先生星期講演會記錄第四期〈論經史實錄不應無故懷疑〉（二十四年五月刊行），有曰：「今人以為史跡渺茫，求之於史，不如求之於器。器物有，即可證其必有，無則無從證其有無。余謂此拾歐洲考古學者之唾餘也。凡荒僻小國，素無史乘，歐洲人欲求之，不得不乞靈於古器。如史乘明白者，何必尋此迂道哉？即如西域三十六國，向無史乘，倘今人得其器物，則可資以為證耳。其次已有史乘，而記載偶疏，有器物在，亦可補其未備。如列傳中世系籍貫歷官之類，史或疏略，碑版在，即可藉以補苴，然此究係小節，無關國家大體。且史乘所載，不下萬餘人，豈能人人盡為之考。研求歷史，須論大體，豈暇逐瑣屑之末務？況器物不能離史而自明，如器有秦漢二字，知秦漢二字之意義者，獨非史乘所詔示耶？如無史乘，亦無從知秦漢二字為何語也。即如陝西出土之秦漢瓦當，知陝西為秦漢建都之地，乃史乘之力，據史乘然後知瓦當為秦漢之物，否則又何從知之？且離去史乘，每朝之歷年即不可知，徒信器物，僅如斷爛朝報，何從貫穿？以故以史乘證器物則可，以器物疑史乘則不可；以器物作讀史之輔佐品則可，以器物作訂史之主要物則不可。如據之而疑信史，乃最愚之事也。不但此也，器物之最要者，為鐘鼎、貨幣、碑版，然鐘鼎偽造者多，貨幣亦有私鑄偽造二者，碑版雖少，今亦有偽作者矣。《韓非子・說林》：齊伐魯，求讒鼎，魯以其贗往，是古代亦有偽造之鐘鼎也。又《禮記・祭統》，衛孔悝之鼎銘曰，六月丁亥，公假於太廟。據《左氏哀十六年傳》，六月，衛侯飲孔悝酒於平陽，醉而逐之，夜半而遣之。《孔氏正義》謂即此六月中，先命之，後即逐之。此語最為無賴。夫鑄鼎刻銘，事非易易，何能以旬日遽成？以《左傳》所載為信，則孔悝之鼎贗而已矣。今人欲以古器訂古史，第一須有精到之眼光，能鑒別真偽不爽毫釐，方足以語此。無如歷代講鐘鼎者，以偽作真者多，甲以為真，乙以為偽，乙以為真，丙以為偽，彼此互相譏佐，請立為碑。文帝曰：「欲求名，一卷史傳足矣，何用碑為？」此語當時謂為通人之論。如依今人之目光言之，則此語真不達之至矣。何則？碑可恃，史不可恃也。然則碑版非徒可以諛墓，幾可生死人而肉白骨矣！且也錢幣造自政府，銅器鑄由貴族，碑版之立，於漢亦須功曹、孝廉以上，而在齊民者絕少，使今有古代齊民之石臼在，亦無從知其屬於何人，如此而謂周秦漢三代，除政府貴族功曹、孝廉而外，齊民無幾也，非笑柄而何？鐘鼎、貨幣、碑版三事之外，有無文字，而從古相傳，為某人之物者，世亦不乏。如晉之武庫，藏孔子履，其上並無孔子字樣，高祖劍未知有銘與否，王莽頭當然頭上不致刻字。此三物者，武庫失火，同時被焚，以其失傳，謂孔子、高祖、王莽均屬渺茫，可乎？設或不焚，王莽之頭，亦無從知其確為王莽之頭也。履也，劍也，亦無從知其屬於誰何也，何也？劍與履不能自言也。又有文字本不可知，而後人堅言其為某某字者，如《西京雜記》載夏侯嬰求葬地，下有石槨，銘曰：佳城鬱鬱，三千年見白日，吁嗟滕公居此室。《嘯堂集古錄》載之，字作墨團，汗漫如朵朵菊花。當時人妄言此為某字，彼為某字，夫銘之真偽不可知，即以為真，又何從知其甲為某字，乙為某字哉？今人信龜甲者又其類也。由此言之，求之鐘鼎、貨幣、碑版、而鐘鼎、貨幣、碑版本身已有不可信者，況即使可信，亦非人人俱有，在古器者皆不甚著名之士，而齊民又大率無有，有文字者如此，無文字者更無從證明，如此欲以器物訂史，亦多見其愚而已矣。夫歐人見亡國無史，不得已而求之器物，固不足怪；吾華明明有史，且

《周易》乎。其文字約略與金文相似，蓋造之者亦撫摹鐘鼎而異其鉤畫耳。夫鐘鼎文字，尚有半數可認，亦如二王之草書箋帖，十有六七可識，餘則難以盡知，不妨闕疑存信；彼龜甲文者，果可信耶否耶？」又先生在正風文學院講研究國學之門徑（卓方記錄）曰：「又有一事，須為之防，則歧路是也……某君在中國好談佛經，至日本則專造贋鼎，謂為某代古物，謂為某人真跡，以欺日本人，既又回國騙中國人。譬如龜甲，在《史記》〈龜策列傳〉中，記載甚明。龜非常用之物，必卜時始啟之，卜後即藏之。如每卜一事，必刻一次，如周代世用此龜，則一次刻後，二次三次以至多次，又刻在何處？甲骨總云出在河南，是否殷墟亦難確定，而龜甲之文與大篆說文不同，試問如何能識？孫詒讓努力欲識之，已受其紿。今人識現在之字，尚須查字典，甲骨文有何書可查。前清好談籀篆，此種風氣，自鐘鼎開之。宋歐陽修始好鐘鼎，作《集古錄》。宋人研究鐘鼎，以某字似某字即斷為某字。清人視為不妥，遂以此字為象形、此字為會意而解釋之。顧必先識此字然後可以知其為象形、會意、指事，若並不識此字，又安能明其所象者何形，所指者何事，所會者何意也？畫一為日，而世之圓者何限，畫一——代天與地，而可代者無窮。茲以天字為喻，解為至高無上，從一大。必先識而後可解曰至高無上從一大，設不識天字，而指一牛字曰，一元大武，此天字也。可乎否乎？然造字之初，或竟寫作牛形，未始不可，則又將如何如何作解矣。故清人以六書解字，殆等於測字者類耳。般去現在三千餘年，《漢書．藝文志》記孔子曰：吾猶及史之闕文也。

姜君多見通人，於今文龜甲之學，均嘗究心，而尤拳拳師門，其立言較至誠所述為圓，庶幾所謂光光相網而無礙者歟。以同門之雅，承切磋之誼，因更為佐證，以廣其義如此，未知姜君以為何如。

（民國三十三年）

（二）

章炳麟在學問上之造詣，實有不磨之價值，士論目以「國學大師」，蓋無愧焉。其言論及見解，深可重視。前錄姜亮夫、孫思昉兩君來書，為〈太炎弟子論述師說〉，以餉讀者，俾作研究章學之助。茲又得姜君由巴黎來書，於師說續有闡述，意甚殷拳，特再迻錄如下，公諸當世：

前書倉卒，不意有「相網無礙」之譽，愧甚愧甚。孫君舉餘杭先生自書及親自鑒定之言以為信鑒，較不佞為翔實。紬繹文義，幸鄙說之無大違離，於本願已足；不欲更有他說。惟近來讀此文者，頗有誤不佞為有所折衷。此四語之深淺，本不足為餘杭損益；然與前書初衷頗易，欲為誤者一解，用再為申說，即雜引孫君所引各文為喻。

一代學人，自有其一貫之學術思想，此吾人所當知者。先生學術之中心思想，在求「救世之急」，《菿漢微言》之所以作也。而其方法在教人不忘其本。不忘本故尊史，《春秋》史之科條畢具者也，故宗春秋。然今文家亦言拯民，亦未嘗不言尊史，則史以何者為可徵信？《公》、《穀》多雜陰陽怪迂之說，說人世惟左氏為最平實，而司馬、班、陳皆衍其學，為數千年史宗。故凡先生微義，在於尊史，而左氏傳為之埱始，以其不為怪迂之說也。此十年前讀先生書一得之愚，雖證驗未具，而自信不誣也。此義既明，用以宲量茲四語，則前書所陳，不待申言而明矣。茲再謰謱析之如左：

一　以今文疑群經　今文家一般之現象，在雜揉陰陽五行家奇異之說。《易》《詩》不關史事，（此舉大者言）《尚書》所事多在字句間，獨三傳異說最為奇詭，而《公》、《穀》雜揉為尤甚，以人事推之迂怪，所關蓋不僅於禮樂制度之間。故自東京以來，三傳之爭最烈，「三統」「三世」之說，已令人迷惘，而「素王為漢制法」之語，實等俗世《推背圖》、《燒餅歌》之流，大為不經，故先生之闢今文，亦以說《公》、《穀》者為最（於《公羊》之說，則主棄董何而存其真。此於侍坐時屢屢言之）。而《尚書》次之，三家詩之異，蓋已不甚過問，（此亦就量言）是則先生之闢今文者，蓋闢其怪迂不近人情之說；非闢全部之今文，如南海之必以一切古文經為劉歆一人所偽也。此即孫君所引先生論漢學一段，已大可作吾說之證。「吳廣、張角」之言，其微義詎不令人沉痛哉！故「以今文疑群經」之語，不佞所欲申說者，以為不可以辭害義。必欲明以章之，則或可申其義曰：「今則以今文怪迂之說疑古史。」重在怪迂，一語之真義，往往當貫其學說之全部。世或將以此詞面之言概先生，而耳食不觀全書者，將以此致疑矣。

至思昉君按語：「南海《新學偽經考》出」云云一段，為另一問題，更望閱者勿以與餘杭先生之說相牽合，則幸矣。

二　以贗器校正史　先生既尊史而又有所徵信，自不容妄疑信史。本此一貫之主張，則以吉金文訂古史，蓋已違異，大可商量。（此不僅於尊史如先生者所以為不可，即海寧王靜安先生，博涉群書，貫穿金石，其所論列，亦甚精謹，但讀《觀堂集林》者，無不能見之也）。先生所甚慮者，恐放者為之，而忘棄舊史撏撦作祟也。然於吉金本身，亦相當承認其價值，一則曰：「以器物作讀史之輔佐品則可，以器物作訂史之主要物則不可。」再則曰：「今人欲以古器物訂古史，第一須有精到之眼光，能鑒別真偽，不爽毫釐，方足以語此。」又曰：「鐘鼎偽造者多。」（皆見孫君前文）其言之平實近人，雖強佼亦無可辯，孫君所引之證，較不佞前書所言為尤溫婉矣！大抵世人於先生學行，有一種誤解，少年有激論，中年有激行（即如孫君所記廷辱袁項城等類），而世又傳雅謔之號，因以想像其學為戈矛森列，不意其為溫婉平易，不偽不飾之學者也。

三　以甲文點許書　經古文家多究心小學，故兩漢經古文家幾無一非小學家。先生於小學，沉雄勁偉，貫穿音義，有三百年來過人之處，然於字形則不甚究心。甲文之要，則專在於形體，其事遂大相左。且甲文形體又與秦篆殊，亦因與漢人所重訂之經典文字殊。此事既與尊史之見不相膕合（以其必改史以就甲文故），又與己所持之音義一貫之見相扞格，而徵之載籍，又「無足信賴」，故先生辭之，語無游詞，則致疑於龜甲獸骨之存在，蓋必有之結果。孫君所引兩文，皆足以證前書「先生疑慮，晚年仍不得解」之語，惟鄙說有「泛涉甲文，以默契於我心，而出之以謹嚴」云云，似稍不合。或因不佞於甲文有偏愛，先生知其集習不能解，故因其器而施之教歟？

四以臆說誣諸子 此事前書既無所陳，茲亦無可辯說。

總之，先生除甲文外，其他三事，皆決無偏執之意。意有急舒，言有畛界，此不佞所為斷斷爭辯者也。

上來所陳，皆本於先生之意以立言，是非自當有歸於至當者。不佞於先生之學，欣佩無既。然尚有一言不能不為世人告者；先生治學之歆向vers與今世學人不相合，此亦不容為諱。近世治學之歆向，在於求「真」；而先生生治學之歆向，在於求「用」於救民。苟異詞以明之，則求真者在無我而依他起信；求用者在為我而求其益損。求用者在不離故常（離故常則不可用故）；而求真者或且毀其根株。此中並無絕對之是非。此意不明，則論先生者必不免不誣妄，而擁護之者，亦未必得其本真。此前書所以綜合先生之學，標二旨曰：「救世以剛中之氣，教人以實用之學」也。此義既明，則一切毀譽，皆當是是非非，各歸予致當矣。

不佞嘗謂近有四學人，其學說皆可為過去數千年及未來時日作樞紐者，則先生為經小學之纛，井研為經今文之殿，海寧開考古之學，新會啟新史之途。不幸十年來先後辭世，使天禍中國，從此而斬，則四先生其將為華夏學術之殿；若黃裔不喪，則四先生蓋必為後世之宗師矣。俟歸國後，擬合四先生為四君學譜一書，下愚如不佞，不知其能有成否也。信筆布意，不覺其長矣。

（民國二十五年）

（三）

茲更接孫思昉君由天津來兩書，有所討論，並錄於俾參閱焉：

書一：

承視姜君書，弟之所知己盡前楮，惟願言之懷，猶有緒餘，足以瀆聽者。昔韓昌黎有言：孔子之道大而能博，門弟子不能遍觀而盡識也，故學焉而皆得其性之所近，其後離散分處諸侯之國，又各以其所能授弟子，原遠而末益分。蓋人人之思維，離主觀幾無客觀，故見仁見智，未易強同。姜君固兼宗並研廖氏、海寧王氏之學者也，餘杭先生之說適與兩氏相反，姜君立言自不能無所依違。他不具論，至謂近世治學之歆向在於求真，先生治學之歆向在於求用，異乎吾所聞矣。先生與王鶴鳴書（見《文錄》二）曰：「足下云，儒術在致用，故古文不如今文，朱陸不如顏李。僕以九流著於周秦，凡為學者，非獨八儒而已。經師授受，又與儒家異術。商瞿高行鐸椒之流，嘗事王侯，名不嚾顯著如孟荀魯連也。《春秋》斷獄，《禹貢》治河，三百五篇當諫書，無過以典訓緣師，不即曲學干祿者為之。漢之循吏，吳公張釋之、朱邑黃霸，少鷙如韓延壽，皆以刀筆長民，百姓戴德。仲舒乃為張湯增益苛碎，嘗仕江都，民無能稱，侔於千駟，此則經術致用，不如法吏明矣。周官九兩，曰儒以道得民。鄭君曰：儒諸侯保氏，有六藝以教民者，今顏李所治六藝云何？射御猶昔，禮樂即已疏陋。其言書數，非六書九章也。點畫乘除以為盡矣，販夫販婦以是鉤校計簿，何藝之可說。僕謂學者將以求是，有用與否，固不暇計。求六藝者究其一端，足以盡形壽，兼則倍是。泛博以為用，此謂九能之事，不可言學。近且翁同龢、潘祖蔭之徒，學不覃思，徒捃摭《公羊》以為奇觚，金石刻畫，厚自光寵，然尚不足言致用。康有為善附會，媚以撥亂之說，又外竊顏李為名高，海內始彬彬向風，其實自欺。誠欲致用，不如掾史識形名者多矣。學者在辨名實，知情偽，雖致用不尚，雖無用不足卑。古之學者學為君也，今之學者學為匠也。為君者南面之術，觀世文質而已。為匠者必有規矩繩墨，模形惟肖，審諦如帝，用彌天地，而不求是則絕之。韓非說炳燭尚賢，治則治矣，非其書意。僕謂學者宜以自省。」是先生之學固以求是自揭矣。未聞先生晚年定論有違前說也。

書二：

鄙作〈餘杭先生傷詞〉有「勤求經訓，務期有用」之語，與先生自述學貴求是不貴致用之說若有殊，其中尚待釋疑。蓋夫子自道之言與因材施教之說異。學以求是為第一義諦，而致用已落第二義諦矣。〈傷詞〉追述遺訓，與其復弟函中語相類。其言曰：「若言精求經訓，非自《說文》、《爾雅》入手不可。足下疲於吏事，恐不能專意為此，但明練經文，略記注義，亦自有用。」足表學人之治學與俗吏之嚮學迥不可同日語。然求是與致用云者，特各有所重輕而已，實則言其異，則所謂一致而百慮，言其同，又所謂殊途而同歸者矣。先生之言學，側重求是，而亦不廢致用。綜觀先生致王鶴鳴及至誠書，其意之重輕所在，讀者可自得之也。

（四）

復接姜君由巴黎來書討論如下：

孫君第二次辯論，已見《週報》三期。近以一小小譯事，書案紛遝，日不暇給，而孫君申辯已非舊時論點，故不欲再有所論列。頃間再翻《週報》，似覺仍有不能已於言者，再拉雜為閣下陳之。

前書「求真」「求用於救民」之言，本為舉世之紛紛者發，得孫君一揭，此義益彰，不勝欣快；然果無申釋，則不僅不足以解世人之惑，即孫君亦未必能相諒矣。

凡有所成就之學者，必有其道之「全」，然發言盈庭，不能無因時因地而有所搖演謝短，故吾人之論是者，當先得其「全」，得其全，則是非正反真寓之語，卮言曼衍之辭，皆各有其歸向，亦各有其相得之諦。自休寧戴君以來，其言足以抗代而確有其「全」者，餘杭先生其人也。弟所見餘杭先生之「全」，即第一、二兩書末段所申之辭，而第一、二兩書又皆為此「全」而分解條析者也，即無一語不為此「全」辯。孫君於弟前書條辯分析之言，既已無說，而獨標舉此義，於弟立論之基，似尚有未晰，而引用證據，似又是先生為某一部分說法之言（辯見後），有所搖演謝短者，孫君豈僅見其分而未見其全歟？

且即以孫君標舉之義而論。（弟言「求用於救民」，孫君裁為「求用」似已非本義，今且不細論）所謂「求用」與「求真」，其實並非對立之兩事。弟言求用於救民，然未嘗言先生「不求真」，惟先生求真之態度，與今世學人異。今之學者為真以求真，而先生則為用以求真。苟以俗設喻，則先生有一付救民之心，而以此必籠照一切學術，世人則只有嚮往之學術，而不顧其他。此為推心之論。再以學設喻，舉大者言，可以莊子「內聖外王」之說為解。先生蓋以求為外王之思而修內聖之道者也。更以儒言為喻，則益覺明白，即大學格致修齊之義，今人求學，為格物而格物，致知而致知，前書所謂依他起信者也。先生則意在為修齊而格致，不關修齊以上者不必格致，既格既致，即是求真，故不反對求真，亦且擁護求真，弟亦不言先生不求真。其實舉中國數千年來儒者一貫之精神而言（甚至於老莊），便無不是以求用為歆向，凡稍涉哲學之門者，皆能道之。孫君所聞與弟有異，故以此兩事為對立，僅為先生爭一「真」字，而又於第二書中（《週報》十四卷第三期中第二書也）「務期有用」一語回惶自護為第一義諦、第二義諦之言，其實苟即鄙說而裁之，正不必以為有異也。至謂「而言其異則所謂一致而百慮，言其同又所謂殊途而同歸」云云，則為文家虛調，而遠於辯章學術之義矣。

更退一步言，以孫君所引先生與王鶴鳴書而論，此先生以古文家之資格，為經古文作擁護者，誠有「學者將以求是，有用與否不暇計也」之言，（按「是」與「真」不必相等，茲姑就常識論之）。然此特為經生發，為擁護經古文之經生發，為制敵發，所謂搖演謝短之說也。果必以此而謂不求用專求真，是最真之學莫過於「有規矩繩墨，審諦如帝」，而最疏者莫過於「觀世質文而已」（三語皆與王書中語），孫君又將何辭以為解？弟手中無先生書，不能自為其說多引佐證，即就此次孫君兩文中所引之言而論，已足大成吾說。如三十六期引論經史……不應……疑一文，於以碑版補正史列傳之缺一事，而曰：「此猶係小節，無關國家大體。」又曰：「研究歷史須論大體，豈暇逐瑣屑之末務？」此豈純任一「真」字而可辯章者哉？又曰：「我能知兩萬萬人姓名，事固非易，要亦何用？」則明標用字矣。

此次討論之點，已非前兩書論旨，弟本不欲再答，以災《週報》篇幅，然此事確又為前兩書論點之碣礎，且亦即兩人立言所以異之礩，故不能不一言。近日事亂如麻，而此行來歐，篋中無線裝書，《餘杭叢書》不僅續編不能得，即正編亦遍覓不得，故不能所引證；俟歸國後當更為文申之，而此次辯論亦請暫止此。

孫君閱及此書，亦又來書論之，仍並錄於次：

承視姜君第三書，本可不再置辨，無庸如鄭人爭年以後息為勝也。然有不能已於言者。餘杭先生自明其學為求是而識致用，已若揭日月矣，姜君反謂其學為致用而非求是，以先生之說為制敵而發，目以搖演謝短，惡，是何言也！先生之學，以經學為主，而說經以古文為主，譬諸制敵，此乃其大本營所在，而非游擊隊，儻為之拔趙幟立漢幟，將無以自植坫壇；舍此而言其全，更非弟之所敢知也。至以「規矩繩墨，審諦如帝，觀世文質」為言，紬繹原書，不難解悟。蓋先生以求是為君，猶莊周所謂無用之用（即間接之用），致用為匠，猶莊周所謂有用之用（即直接之用）。前引《易》一致百慮之說，即恐其混求是致用之分野，乃以其同而求其異。姜君能使之名實違反，二者易位，以先生所謂求是者即所謂致用耶？吾知遠於辯章者有攸歸矣（即後誤引能知兩萬人姓名之說為言，亦因不辨兩者分野故耳）。總之說先生之學，必徵諸先生之書，不則如韓非所識鬼魅易畫，遠於求是已。候姜君歸國，共取先生之書再相質難可也。

姜君來書，並有「歸期約在七月中，入故都當能一訪高齋，以傾平日渴慕之情」等語，不佞亦甚願相晤一談，藉獲教益；屆時擬介紹兩君晤面，以同門之雅，從容揚榷切也劘。

（民國二十六年）

左宗棠與梁啟超

湘陰左宗棠與新會梁啟超二人對舉，似頗兀突。余以其均為清代舉人中之傑出者，早有大志，對於仕宦，則左氏志在為督撫，梁氏志在為國務大臣，後各得遂其願。此點頗為相似，故並述之。

左氏為壬辰（道光十二年）舉人，會試三次不第，即棄舉業而專治經世之學，知交群推，有名於時。咸豐間軍事起，久居湖南巡撫幕府，用兵籌餉諸務，實主持之（入幕之始，由於湘撫張亮基之敦約，即甚見倚重。張旋署湖廣總督，左偕往，未幾調撫山東，始辭歸。會駱秉章撫湘，又敦聘入幕，倚任尤專，久於其事，左師爺之名大著）。始保同知銜知縣，繼保同知直隸州知州（仍居幕賓地位，不以官自待也）。咸豐四年甲寅，督師曾國藩克復岳州，擬為左氏請獎知府並花翎。左氏答劉蓉書言志，力辭此獎，書云：「吾非山人，亦非經綸之手，自前年至今，兩次竊預保奏，過其所期。來示謂滌公擬以藍頂花翎尊武侯，大非相處之道。長沙、瀏陽、湘潭，兄頗有勞，受之尚可無怍。至此次克復岳州，則相距三百餘里，未嘗有一日汗馬之勞，又未嘗偶參帷幄義議，何以處己，何以服人？方望溪與友論出處：『天不欲廢吾道，自有堂堂正正登進之階，何必假史局以起？』此言良是。吾欲做官，則同知直隸州亦官矣，必知府而後為官耶？且鄙人二十年來，所嘗留心自信必可稱職者，惟知縣一官。同知較知縣，則貴而無位，高而無民，實非素願。知府則近民而民不之親，近官而官不之畏，官職愈大，責任愈重，而報稱為難，不可為也。此上惟督撫握一省大權，殊可展布，此又非一蹴所能得者。以藍頂尊武侯而奪其綸巾，以花翎尊武侯而褫其羽扇，既不當武侯之意，而令此武侯為世訕笑，進退均無所可。滌公質厚，必不解出此，大約必潤之從中慫恿，兩諸葛又從而媒孽之，遂有此論。潤之喜任術，善牢籠，吾向謂其不及我者以此，今竟以此加諸我，尤非所堪，兩諸葛懵然為其顛倒，一何可笑！幸此議中輟，可以不提，否則必乞詳為滌公陳之。吾自此不敢即萌退志，俟大局戡定，再議安置此身之策。若真以藍頂加於綸巾之上者，吾當披髮入山，誓不復出矣！」語甚懇切，卻又極詼諧。由不肯受無功之幸保，說到不願為（亦可云不屑為）同知及知府，又因之說到督撫權大之可為，意志可知。至言為知縣必可稱職，知縣為親民之官，官卑而職要（直隸州知州除領縣外有直轄之疆域，其為親民之官，與知縣及散州知州同），在可為之列，惟此不過就前保官秩所歷之階，作一回顧，實陪襯之筆耳（知府四品，公服之帽例用青金石頂珠，所謂暗藍頂也，於是有「藍頂加於綸巾之上」等趣語。左好以諸葛自況，亦每戲以諸葛稱人，書中言及曾胡而外，並言兩諸葛，所指為誰，俟考。劉蓉在曾幕見重，或即其一歟。後左氏出湘撫幕，駱秉章督師入川，延劉居幕府，言聽計從，卒肅清川亂，並擒獲石達開，劉亦頗有諸葛之風者，官至陝撫）。其言督撫非一蹴所能得，料此願之不易償也。乃後竟由浙江巡撫而閩浙總督、陝甘總督，以大學士入朝為軍機大臣後，又出督兩江，且錫爵由一等伯晉二等侯，為清代赫赫名臣，素志得償，而侯相之尊，更過乎所望矣（有清故事：漢員進士出身者始得入閣。左以單人破格膺揆席，實為異數，故李鴻章謂之破天荒相公）。

梁氏為己丑（光緒十五年）舉人，屢應會試未捷。當戊戌（光緒二十四年）政變，以因康黨被名捕，逋亡國外，以言論稱雄，仍為政治活動。辛亥（宣統三年）上海報紙有詆之者，梁氏致書其主筆自辯，有云：「公等又日日造謠，謂吾運動開黨禁，輦致巨金以賂政府，甚且言其曾親自入京，往某處謁某人，若一一目睹者然。似此記事，則作報者亦何患無新聞哉？吾請開心見誠與公等一言。謂吾不欲開黨禁耶，此違心之言也，吾固日夜望之。以私情言，則不親祖宗丘墓者十餘年，堂上有老親，不得一定省，遊子思歸，情安能免？以公義言，則吾固日日思有所以自效於祖國也，吾固確自信為現在中國不可少之一人也。雖復時人莫之許，而吾固以此自居而不疑。而吾以所以自處者，又非能如革命黨之從事秘密也，恒以張旗鼓以與天下共見。故吾信吾足跡若能履中國之土，則於中國前途必有一部分裨益。謂吾不欲開黨禁，此違心之論也。雖然，屈己以求政府，而謂吾為之乎？凡有求於人者恒畏人，吾之言論固日日與天下共見也，曾是乞憐於其人者而乃日日罵其人不遺餘力乎？手段與目的相反若是雖至愚不為也。吾嘗有一不慚之大言在此，曰：「吾之能歸國與否，此自關四萬萬人之福命，非人力所能強致也。」吾知公等聞吾此言，必嗤之以鼻，然人苦不自知，吾亦無如吾何也。故吾常以為天如不死此四萬萬人而應墮永劫者，則吾先化為異域之灰塵，固其宜也。是故近年以來，中國有心人，或為吾摯交，或與吾不相識者，常思汲汲運動開黨禁，彼固自認為一種義務，吾無從止之，然竊憐其不知命也。而公等乃日日以欲得一官相誚。吾數年來早有一宣言在此矣：『若梁某某者，除卻做國務大臣外，終身決不做一官者也。然苟非能實行吾政見，則亦終身決不做國務大臣者也。』夫以逋亡之身，日夕槁餓，而作此壯語，寧不可笑？雖然，舉國笑我，我不為動也。雖以此供公等無數諧謔之資料，吾不恤也。數年以後，無論中國亡與不亡，舉國行當思我耳。而公等乃以欲得官相猜，何所見之不廣若是？鵷鸞翔寥廓，鴟銜腐鼠而視之曰嚇，吾今乃睹子之志矣。」自明決不運動開黨禁而求官，一方面則云做官必做國務大臣，餘非所屑，且國務大臣必須能實行其政見始做之，若做之則必能自效於國家，為國民造福，一己之出處，四萬萬人之運命實繫焉。自待之重，語氣之豪，可謂壯哉！未幾武昌事起，舉國震動，清室授袁世凱內閣總理大臣，組織內閣，以袁之推薦，任梁為法部副大臣（號曰次官，在部中地位類似今之次長），時黨禁已先開矣。梁氏未肯回國就職，固以自忖時會非宜，亦可云副大臣之地位尚未符其國務大臣之志願也。迨入民國，乃先後為熊（希齡）內閣之司法總長及段（祺瑞）內閣之財政總長，在國務員之列。以級秩論，可謂已達到其未歸國前之宣言矣（辛亥四月，清室以預備實行立憲之理由，變更政府官制，裁舊內閣及軍機處，設新式之內閣，為責任內閣之雛形，以總理大臣為領袖，佐以協理大臣二人，各部尚書一律改為大臣，與總理均為國務大臣，即梁氏所言非此不做者也。迨袁氏組閣，復裁協理大臣，國務大臣惟總理大臣及各部大臣矣。民國初年，號為行內閣制時，責任內閣曰國務院，設國務總理及各部總長，均為國務員，猶之清末之國務大臣也）。惟兩次任國務員，皆失意而下臺，無甚成績可稱。以事業論，固未副當年之自負，所嘗為人注意者，特為熊內閣草大政方針，作言而未行之曇花一現而已。黃遠生民國二年九月十一日通信《記新內閣》言及梁氏之加入熊內閣有云：「熊氏之被電推為總理也，力辭甚堅，有雖仲尼復生無可為之語……其以大義相責而促成之者實梁任公。及議院通過後，熊氏復姍姍其來，任公復屢電催之，故熊氏到京後之第一目標，反在任公。其先本以教育部屬之，任公堅辭決絕，任公之左右尤代任公堅辭決絕。熊氏乃大不懌，故第一次談判時，熊實不歡而散。至第二次談判，熊乃出其最峻厲之詞鋒與任公交涉矣，謂：『屢次皆公促我來，屬我犧牲，而公乃自潔，足見熊希齡三字不抵梁啟超名字之尊。』又詰任公以：『公既不出，則張季直、汪伯棠皆牽連不出，熊內閣勢將小產，此時進步黨持何等態度？又如公等均不出，熊內閣純以官僚組織成之，輿論必不滿意，此時進步黨又將持何等態度？故為進步黨計，公亦不可不出。』其詞懇切，任公無以難之也。至此時已改換任公為司法部矣。」黃與梁素頗接近，如所云，是其時梁氏雖勸熊組閣，而自身之出處，猶持遲回審顧之態度，未嘗不慮任此而不克有為足為盛名之累也。卒以環境關係，竟「試他一試」，一試而失敗後，恢復其言論生活，自言願終身為一學者式之政論家，不復混入實際之政途矣。未幾見獵心喜，又入段內閣為財政總長，再試而再失敗焉。蓋其人不愧為政論家之權威者，筆挾情感，善於宣傳，每發一議，頭頭是道，其文字魔力，影響甚巨（晚年關於學術之作，亦多可稱），而政事之才，實極缺乏，故畢生之所成就，終屬在彼不在此耳。若左宗棠之如願而為督撫，

有慨焉。選舉廢而科目興，士之為此學者，其始亦干祿耳，然未嘗無懷奇負異者出其中，科名之能得士歟，亦士之舍科名末由也。惟朝廷有重士之心，主試者不忍負其一日之長，則興教勸學，其效將有可睹，於世道人心非小補也。」一徐左遇合，良有過於尋常座主門生者，宜左氏惓惓於師門者甚至也。而其最被欣賞之文，題目若與左氏異日事業隱相關合者，殆抱負所在，故言之有物，不同人云亦云歟。「選舉廢而科目興」一段，持論亦頗軒爽。人才之出於科舉，正以舍是末由耳。考官例得搜遺，惟往往習於省事，僅閱同考官所薦之卷，餘置不問。宣宗恐各省同考官屈抑人才，壬辰五月降諭云：「三載賓興，為掄才大典，各直省主試經朕特加簡任，宜如何滌慮洗心，認真校閱，務求為國得人。順天同考官及會試同考官，俱係翰詹科道部屬。該員等甲第本高，又經朕親加校試，尚無荒謬之人充選，所以得人較盛。各直省同考官，則年老舉人居多，勢不能振作精神悉心閱卷，即有近科進士，亦不免經手簿書錢穀，文理日就荒蕪。各省督撫照例考試簾官，仍恐視為具文。全恃主試搜閱落卷，庶可嚴去取而拔真才。士子握槧懷鉛，三年大比，一經屈抑，又須三年考試，或竟有終身淪棄者，豈不可惜？該主試俱係科甲出身，試回思未第之先，芸窗誦讀，與多士何異？若止就薦卷照常挑選，而於落卷漠不關情，設身處地，於心何忍？嗣後各直省督撫務將簾官認真考校，不得以年老荒謬之員濫行充數，其典試各員，必須將闈中試卷全行校閱，不得僅就薦卷取中，方為不負委任……特申誥誡。倘各直省正副考官草率從事，一經朕別有訪聞，即將該主試嚴懲不貸。」一左氏所云「特詔考官搜遺卷」「朝廷有重士之意」，即謂此，亦科舉掌故也。聞同考官某已於左卷加「欠通順」字樣之批條，經徐氏力與爭持，始換批補薦。又文學家吳敏樹，與左同榜獲雋，亦搜遺所得六人之一。

梁啟超乙未（光緒二十一年）會試，副考官李文田極賞其卷，已議取中矣，卒為正考官徐桐所厄，以致擯棄，李氏於落卷批「還君明珠雙淚垂」之句，以志慨惜，傳為文字因緣佳話。胡思敬《國聞備乘》紀其事云：「科場會試，四總裁按中額多寡，平均其數，各定取捨，畸零則定為公額，數百年相沿，遂成故事。乙未會試，徐桐為正總裁，啟秀、李文田、唐景崇副之。文田講西北輿地學，刺取自注《西遊記》中語發策，舉場莫知所自出，惟梁啟超條對甚詳。文田得啟超卷，不知誰何，欲拔之而額已滿，乃邀景崇共詣桐，求以公額處之。桐閱經藝，謹守御纂，凡牽引古義者皆擯黜不錄，啟超二場書經藝發明孔注，多異說，桐惡之，遂靳公額不予。文田不敢爭，景崇因自請撤去一卷，以啟超補之，議已成矣。五鼓漏盡，桐致書景崇，言頃所見粵東卷，文字甚背繩尺，必非佳士，不可取，且文田袒庇同鄉，不避嫌，詞甚厲。景崇以書示文田，文田默然，遂取啟超卷批其尾云：『還君明珠雙淚垂，恨不相逢未嫁時。』啟超後創設《時務報》，乃痛詆科舉。是科康有為卷亦文田所拔，廷試後不得館選，漸萌異志。」據余所聞，李批梁卷，僅「還君明珠雙淚垂」七字，未引下句也。梁領得落卷後見李批而感知己，謁之。李聞其議論，乃大不喜，語人以此人必亂天下。梁主本師康有為（時名祖詒）之學說，宜不相投。又相傳徐桐之堅持擯梁，係誤以為康氏卷。梁代師被抑，而康竟掇高魁焉（中第五名）。時康名已著，其文字議論為舊派人物所惡，斥以狂妄。（胡謂康「萌異志」者，係指戊戌之事，所撰《壬戌履霜錄》詆為謀逆也）。左謂在壬辰湘試同舉中齒最少，時年二十一也。梁則十七歲即中舉，更為早發，適與左子孝威中舉之年齡同（孝威為同治元年壬戌單人。後亦未成進士）。

（民國三十二年）

談柯劭忞

（一）

近代北方學者，柯劭忞亦有名人物也。劭忞山東膠縣人，幼讀甚慧，十六歲為生員，嗣於同治九年庚午，中本省丁卯庚午併科舉人。年二十一（榜年十七，蓋少報四歲），六上公車被擯。至光緒十二年丙戌始成進士，入翰林，散館授職編修，二十七年辛丑簡充湖南學政，還京後歷官國子監司業、翰林院撰文、侍講。三十二年丙午，奉派赴日本考察學務，歸任貴州提學使，旋開缺在學部丞參上行走，官至典禮院學士。曾充資政院議員，大學堂經科監督，署總監督。當辛亥（宣統三年）革命起，奉命充山東宣慰使兼督辦山東團練大臣。鼎革而後，設清史館，由趙爾巽主之，延任修史之役。爾巽卒，代理館長。蓋《清史稿》之成，與有力焉。卒於民國二十二年，壽八十有四。此其略歷也。治學甚勤，所著書以《新元史》為最偉大，名聞遐邇。

劭忞所以成其學，家庭之關係匪鮮，蓋良好之基礎賴斯也。濰縣陳恒慶，其丙戌同年友，且有戚誼，以工部主事官至給事中，外放知府，回籍後於民國初年撰《歸里清譚》（又名《諫書稀庵筆記》）中述及劭忞事有云：

柯太史鳳蓀，詩古文淵源家學，別有心傳，故兄弟皆成進士，太史文名馳天下。封翁佩韋，雖未得科名，經史之學，具有根柢。太夫人長霞，為掖縣李長白之女，詩學三唐，稿中〈亂後憶書〉一律，京師傳誦殆遍。詩云：「插架五千卷，竟教一炬亡。斯民同浩劫，此意敢言傷？業廢憑兒懶，窗閒覺日長。吟詩憐弱女，空復說三唐。」太史原籍膠州，因捻匪之亂，避居濰邑。李長白後人亦居濰邑，由李季侯豐綸始遷也。季侯為予癸酉同年，太史為予丙戌同年。甲戌會試後，柯李皆下第，同赴河南禹州投親，已入豫境，離禹城僅九十里，坐車行至深溝，其地兩面懸崖，中為大道，雨後山水陡下，季侯淹斃，同死者車夫三四人，騾馬十餘頭。鳳蓀踞車蓋之上，浪沖車倒行，其後懸崖崩塌，車乃止，乃呼救，崖上人縋而上之，竟得生。此行也，得生者鳳蓀一人，亦云幸矣！太史自言：「得生固幸；水退後，一面雇人尋屍，一面雇人赴禹州署送信，夜間屍體在野，一人守之，與群犬酣戰，殆竭盡生平之力矣！」太史元配于氏，為予表妹；繼配為吳摯甫先生之女。過門後，囑太史帶往寺內前室靈前行禮，見太史所作輓言懸於壁間，嗤其語句多疵，則夫人學問，又加太史一等矣。

可謂一門風雅，劭忞蔚為學人，豈無故哉？聞劭忞幼嫻吟詠，七歲時即有「燕子不來春已晚，空庭落盡紫丁香」之句，固徵早慧，亦深得力於母教耳。至遇險獨存，寫來情景可怖，所謂會有天幸也。好談命運者，殆將援為「大難不死，必有後福」之左驗乎！

盛昱，其庚午同年也，為肅親王永錫之曾孫，協辦大學士戶部工部尚書敬徵之孫，工部侍郎恒恩之子，家世貴盛，生長華膴，光緒間以丁丑（三年）翰林官至國子監祭酒，文采風流，焜耀一時，家有園亭花木之勝，好客，所交類為知名之士，「坐上客長滿，樽中酒不空」，「談笑有鴻儒，往來無白丁」，雅有昔賢風概，京朝勝流，蓋無人不道盛伯羲焉。劭忞與為雅故，每參高會，其詩文亦頗獲其切劘之益也。盛昱引疾罷官後，卒於光緒二十五年己亥，劭忞於三十一年乙巳序其《鬱華閣遺集》云：

宗室伯羲先生既卒，門人搜集其古今體詩，得百二十八首，附以詞十三闋，都為四卷。先生度金石書籍之室曰鬱華閣，故名之曰《鬱華閣遺集》。先生博聞強識，其考訂經史及中外地輿之學，皆精覈過人，尤以練習本朝故事為當世所推重。吾友臨清徐坊嘗謂劭忞曰：「吾輩聆伯羲談掌故，大至朝章國憲，小至一名一物之細，皆能詳其沿襲改變之本末，而因以推見前後治亂之跡。若撮其所言，錄為一書，恐二百年來無此著述矣。」劭忞竊歎為知言。昔桐城姚郎中分學問之途有三，曰詞章、考據、義理，以劭忞之愚論之，特晚近承學之士派別如此耳，謂學問之途苞於三術，斯不可也。古之儒者，博綜乎先王之制作而深明乎當時之損益，其學如山淵之富，故無所不知，其言如蓍龜之決，故無所不驗，如魯之臧文仲，晉之叔向，鄭之子產，所謂閎覽博物之君子是也，豈若斗筲之夫，斷斷然守一先生之說，殫精竭力以自畫於空疏無用之途哉？先生之學，未知視古之儒者為何如，然近世閎博之君子，未有能及先生者也。先生自通籍至國子祭酒，居官十有四年，忠規讜論，中外歎仰，然不能盡行其志，謝病家居，又十年乃卒，卒之明年而京師之「亂」作；使先生尚在，則當時耆艾重臣，敬信先生而聽其言，必不至崇「妖亂」而召戎寇，以貽宗社阽危之患也。「人之云亡，邦國殄瘁」，嗚呼恫已！劭忞與先生交最久，先生有詩，劭忞必索而觀之。先生詩不自收拾，多散佚，故劭忞所見有出於集外者，然無從檢覓矣。先生之卒也，劭忞既為文哭之，今讀其遺詩，又為之序，以識吾悲，且以見先生之學，其善詩為餘事焉。

盛推其掌故之學，蓋盛昱甚以此見重儕輩也。此序文字頗工，為劭忞之佳構，而見者不多，故就《鬱華閣遺集》所載錄之（劭忞《蓼園文集》，藏於家，未知最近有刻本否）。至謂使盛昱尚在，必無庚子之禍，則未免言之過易。倚義和拳以「扶清滅洋」，孝欽后主持於上，頑固之王大臣逢迎而贊襄之，不惜駢戮異議諸臣以立威，而謂區區一無權之盛昱足挽狂瀾乎？

盛昱與劭忞先後為國子監堂官，劭忞甲辰（光緒三十年）官國子監司業，去盛昱庚寅（光緒十六年）之罷祭酒，十餘年矣。宜賓陳代卿，咸豐十一年辛酉舉人，久官山東州縣，劭忞為其膠州任所得士，嘗於劭忞官國子司業時，作北京之遊，即寓劭忞所，其《節慎齋文存》卷下，有〈北遊小記〉一篇，云：

光緒甲辰六月初二，余由津門乘火車入都，……居停主人為柯鳳蓀少司成，余權膠州時所得士也。時方十四齡，文采斐然，知為遠到器，由詞館而洊升京堂，四十餘年，見余猶執弟子禮不倦，其血性有過人者，鳳蓀樸學，不隨風氣為轉移；著有《新元史》，嘗得歐洲秘藏歷史，為中士所無。余在京見其初稿，以為奇書必傳，未知何時告成，俾余全睹為快也。

蓋《新元史》之作，為劭忞畢生惟一之大事業，據云積三十年之精力，始克告成，迨此書完全蕆事，享中外大名，代卿不及見之矣。

劭忞於丙戌同年翰林中，夙善徐世昌，晚年尤相親。世昌為總統時，設詩社於總統府，號曰晚晴，劭忞為社友中最承禮遇者（世昌所為詩，每就正於劭忞）。劭忞詩集曰《蓼園詩鈔》，卷五有〈徐總統畫江湖垂釣冊子〉一首云：

箬笠蓑衣一釣竿，白蘋洲渚寫荒寒。
不知漁父住何處，七十二沽煙水寬。

清適可誦。同卷稍後有〈輓奉新張忠武公〉云：

白首論兵氣益振，功名何必畫麒麟？
不憐擴廓奇男子，百戰終全牖下身！
連雲甲第化煙埃，想見將軍血戰回。
嗚咽菖蒲河裡水，十年流盡劫餘灰。

為輓張勳之作。玩「百戰終全牖下身」之句，蓋深嗟其死於牖下，未戰死於丁巳（民國六年）復辟之役耳。劭忞工於詩，弗能多錄，錄斯二者（一淡一濃），略見一斑。

世昌在總統任，下令對《新元史》加以稱揚，列為正史，所以示注重文化之意，兼為同年老友助一臂之力也。世昌以總統獲法國文學博士學位，劭忞亦緣《新元史》見重東瀛，得日本文學博士，丙戌翰林同時遂有兩外國博士，時論榮之；惟世昌係因政治關係，其事有間。（後來日本設東方文化事業總委員會，聘劭忞充委員長，亦徵重視，以中國人得日本博士者甚少，耆宿中僅劭忞一人也）。

傅芸子君講學日本京都帝國大學，余以東京帝國大學博士論文審查會當時對《新元史》所作審查報告推論得失頗詳，因函請以關於此事聞諸日友者相告，近承函示：

（一）聞諸倉石武四郎教授：當日審查《新元史》，此邦史學名宿箭內亙博士（東京帝大教授）甚為致力。博士為倉石君高等學校之師，倉石君一日往謁，適值博士為審查《新元史》之工作，皇皇巨著，堆積室中。博士云：「以此書言之，其價值可在博士之上，亦可在博士之下，即此一編，頗難斷定。又，原書之異於舊元史者，未比較言之，須為之一一查對，以作成報告，故工作頗覺麻煩云。」

（二）據聞東京帝大方面，最初尚無授予鳳老博士學位之意；此事係由當日駐華公使小幡酉吉之提議而成。

（三）青木正兒博士云：鳳老既得博士後，對於日本之有博士學位者，無不重視。當日有某博士嘗往謁，鳳老歡迎甚至，禮貌有加，實則此君固虛擁此頭銜者也。

雖僅鱗爪，亦頗有致。

劭忞之老友張曼石（景延），於劭忞之卒，輓以長聯云：

通家三代，公適長我十齡，憶從束髮受書，兄事略同師事，竊曾見丹鉛瘁力，簪紱趨庭，入躋承明著作之班，出以庠序培材為務，聲譽騰乎瀛海，功名付諸兒孫，國變後但閉門吟嘯自娛，要勿負平生志耳。青史重完人，想奕世直筆褒題，任置忠義儒林文苑遺逸中，纖悉都無愧色。

遠客半年，悔不早歸數日，一自下車聞耗，驚心彌復傷心，最難忘飲餞內堂，縱談陳跡，遍及弱歲釣遊所至，屢歎故交存在幾希，情詞倍極纏綿，體態未嘗衰恭，瀕行時尚扶杖般勤相送，誰知即永訣期耶？白頭懷舊侶，當此際靈礦展拜，獨於鄉鄰耆老學子孤寒外，淒涼別有餘悲。

語甚沉摯，以累代通家，交非恒泛也。此聯由安君筠莊鈔示，並知曼石先生現居舊都，因思造詣一談，叩以柯氏軼事，先致一書道意，得復書云：「聞聲相思久矣，老病頽侵，無能修謁，順承惠畢，知將枉駕蓬門，歡慰之至。惟日來痰嗽氣弱，殊難久談，容俟少瘥，再為函約可乎？」曼翁高年違豫，暫不便相思，致妨頤養；他日晤談後，當更有述。

（民國二十六年）

（二）

關於柯鳳蓀（劭忞），前略有所述。近與其老友章丘張曼石先生（景延，曾為漢軍旗籍，復籍章丘）。晤談，於其軼事更有所知，爰續為敘述，以作前稿之補充。柯氏之大父易堂，曾與曼石之大父榮堂同官於閩，罷官後，曼石之父夢蘭受業其門，其後夢蘭又延柯父佩韋課子，為曼石之師，柯氏自少年即與曼石相善，曼石輓聯謂「通家三代」，以此。夢蘭官於豫，歷知安陽、遂平、鹿邑諸縣，柯氏每隨侍其父於縣署，力學攻苦，異常勤奮，見者咸加歎異。

當柯氏在籍進學後省父於安陽縣署也，其父挈之謁居停暨各幕友。翌日，柯氏如廁，值廁所有修葺之處，帳房幕友某往視，柯見之，不憶昨已見過，且施禮矣，復向之作揖致敬。某方與工人語，未之措意。柯乃大恚，其父睹其憤憤之態，異而詢其故，具以狀對，於被人看不起之辱，言之有餘怒焉。父笑曰：「本來是爾多事。昨日爾已對彼作過揖矣，今日何必又作？爾不過一後生小子，被人看不起，亦甚尋常；使爾能中舉中進士者，何人敢看爾不起乎！」柯聆訓大為感動，誓努力前程，以雪此恥，故孜孜矻矻，幾有廢寢忘餐之勢。有志者事竟成，卒掇巍科，入詞林，為讀書人吐氣。其父欣然謂之曰：「爾當深謝某氏；非由彼之一激，爾未必能成名也！」

以用功太過之故，柯氏少年多病，在鹿邑縣署時，嘗身兼咯血、夢遺、關格、怔忡四大症，甚為憔悴，識者多憂其不壽，而晚年身體康強，享八十餘之高齡，為當日所料不到者。柯氏兼通醫理，亦即由少年多病而留意岐黃之故。又聞其父一日晨起，入其室，見煙氣彌漫，蓋時當冬令，柯氏坐近爐火，衣袖誤被燃著，而柯方執卷諷誦，神與古會，毫不知覺也。其父於其勤學甚嘉之，而亦未嘗不以書呆戒之云。（柯氏書淫之癖，據聞實頗有父風，其父固亦酷嗜書卷而因之若有幾分呆氣者）。

前稿述柯氏與李季侯（豐綸）由京至豫，途中遇險，李氏淹斃一節，引陳恒慶《歸里清譚》所載。茲聞曼翁所談，於情事尤詳。李氏字吉侯，為柯之母舅，其外舅宮子猷時官河南禹州（今禹縣）知州，李以嬌客管帳房事務，入京會試，與柯同下第，作伴回豫，柯俟送李到禹縣後，再自回遂平。當行至新鄭打尖，旅店主人謂曰：「天色驟變，將有大雨，前途有深溝，遇雨恐遭大險，今日宜宿此，明日看天色再行為妥。」李不聽，而又不急行，以有芙蓉之癖，過癮既畢，始從容就道。行至兩面皆山之深溝，大雨傾盆而至，山水齊下，遂罹禍難。李、柯同乘一車，當此危急之際，柯聞李驚呼曰：「有性命之憂矣！」（指此數字即當時李出諸口者，蓋平日作慣文字，臨危猶於無意中掉文也）迨柯顧視，即失李所在，蓋已作波臣矣。時車已入水，水且挾車而行，柯升踞車蓋之上，得免沖入水中。幸雨止，附近村莊有土人李長年者，十餘齡之少年也，聞呼救之聲而至，率人從崖上縋救，柯乃獲慶更生。其車夫人等均得救，騾馬亦均尚未斃，獨李吉侯無蹤，禹州署得訊後所遣之人翌日始得其屍於數里外之某處。此次禍難，死者僅李吉侯一人。使李從旅店主人之言，可不死；立時速行，亦可不死；其卒與禍會，以隕其生，知其事者或謂蓋屬前定焉。又，當李氏由旅店登程，車甫行數步，李忽作應答之聲，柯訝而問之，李曰：「適聞有人呼我也。」其實當時並無人相呼。事後柯氏與人談及，亦以為異。此皆曼石親聞諸柯氏者（李長年為柯之救命恩人，知柯為名孝廉，甚為欽敬，因拜為義父，此亦患難中一段佳話）。

柯氏既脫險，歸至遂平，叩見其父後，見案頭有某書一部，亟取而閱覽，於遭險之事，一語不遑提及也。其父檢點其行裝等，睹水漬之痕，詢之，而柯氏方聚精會神以閱書，其味醰醰然，未暇即對。其父旋於其攜回之書箱中，見有《蘿月山房詩集》一冊，李吉侯所作也，因問及李氏，柯對曰：「死矣。」而仍手不釋卷，神不他屬。父怒，奪其書而擲諸地，訶之曰：「爾舅身故，是何等事，乃竟不一言，書呆子之呆，一至於此耶！」復詢其詳，始備言途中遇禍之經過焉。柯氏沉酣典籍，近於入魔，其事固多可笑，而後來之克為有名學者，未嘗不得力於此種書淫之精神耳。「用志不紛，乃凝於神」，其是之謂歟。

此次險事而外，柯氏又嘗遇一險。在鹿邑時，侍父並偕曼石兄弟三人（均柯父門人）由縣署往張老莊看牡丹，分乘騾車三輛（柯父與曼石一輛，柯氏與曼石之弟一輛，曼石之兄暨僕人一輛），路經渦河寨（其地為鹿邑名勝之一，所謂「渦水風帆」也），出寨門即下坡而過橋，地勢陡峻，柯氏所乘車，以車夫指揮失宜，車忽由坡斜下，不當橋而當河，河水頗深，下必無幸，以地勢關係，騾行迅疾，車夫不能止之，其危險可想。當斯之時，突見一人，奔至騾前，以手控銜，騾立止，柯與曼石之弟遂得無恙（此人為一挑糞者，不受謝，匆匆即去）。渦河寨之險與新鄭道上之險，情事雖有小大之不同，而性命亦在呼吸之間矣。

曼石之父夢蘭交卸鹿邑篆務赴省垣，眷屬僑寓商丘，柯父以年老辭館休養，夢蘭即欲以柯氏為曼石兄弟之師，柯父以累世通家之誼，輩行早定，不可忽改，遂使柯氏仍以平交之稱謂，與曼石兄弟共治課業，切磋而兼指導，並為批改文字，此曼石輓聯所以云「兄事略同師事」也。

時柯氏兼治算學，係由《知不足齋叢書》中檢出舊算學書數種，加以研習，亦時與曼石等講論，並仿製古算學儀器，蓋致力甚勤也。初嘗以不解天元（即今之代數）之術，恒示悶悶，而鑽研弗懈。一日晨起，語曼石曰：「吾將通天元矣，昨晚夢梅定九相訪也。」午餐之際，忽喜躍而起，高聲曰：「我懂得了！」因即為曼石等言天元之術，如何如何，口講指畫，興高采烈。其事頗類所謂「思之思之，鬼神通之」者，斯亦足見其治學專摯之一斑矣。

柯氏晚年在舊都與曼石時相過從，每自歎衰老，而精神固尚矍鑠，步履亦尚清健也。民國二十二年春間相晤，柯氏與縱談舊事，感慨系之，並勸其將平生所為詩，整理編次，付諸剞劂，而以作序自任。曼石欣然諾之，會因事赴豫，即攜稿以行，在豫編次就緒。此歸舊都，驚聞柯氏卒三日矣，人琴之痛，不同泛泛，故輓聯有「遠客半年，悔不早歸數日，一自下車聞耗，驚心彌復傷心」等語也。是年夏，柯氏以胃部舊病復發，入德國醫院調養粗痊，歸寓後，以幼子昌汾赴曲阜孔氏就姻，攜新婦歸來，在報子街聚賢堂開賀宴賓，柯以病後精神猶不佳，未親往，令子輩招待而已。宴後，其友多人復至其太僕寺街寓所當面道喜，柯氏不得不親與周旋。竟緣過勞復病，再入醫院，診治無效，遂以不起云。

其大父易堂之軼事，亦有可述，茲附誌之。易堂道咸間宦於閩，以才調自喜，疏狂傲物。夏間出門，赤足乘轎，行至街衢，加兩足於扶手板上。值某官之轎，迎面而來；某官素短視，見其足之高拱，以為向己拱手為禮也，亟拱手答禮。此事傳為笑柄，某官深憾之。未幾，易堂在噶嗎蘭同知任被參奪職，據聞即與此事有關。其被參之考語，有「詩酒風流」字樣，同摺被參者中，有一人之考語曰「煙霞痼疾」云云，以係癮君子也，二人之考語，並傳於時。易堂罷官後，在閩課徒自給，落莫以終。彌留之日，賦詩告訣云：

魂將離處著精神，生死關頭認得真。
此去定知無後悔，再來應不昧前因。
可憐到底為窮鬼，卻喜從今見故人。
聞道昭明猶孳報，願臨阿鼻與相親！

襟懷若揭，情致卓然，才人吐屬，如見其人矣。夢蘭有〈哭業師柯易堂夫子八律〉，亦情文交至之作，警句如「掛冠歸去惜餘年，詩酒生涯即散仙。傲骨更誰憐白髮，豪情直欲問青天。」「老去江湖猶作客，年來心事半書空。滿天風雨人何在？千里家山夢未通（夫子罷官後，柯欲還鄉，不果）。」均摯切動人。

清詩人前乎易堂而亦以詩酒字樣見列彈章者，有黃莘田（任）。陳其元《庸閒齋筆記》卷五云：「永福黃莘田（任），官廣東四會縣知縣，放情詩酒。大吏以『飲酒賦詩，不理民事』劾之，莘田聞之忻然，解組日即將『飲酒賦詩，不理民事，奉旨革職』，十二字自旌其舟而歸。」可與易堂事合看，特易堂未遂還鄉之願耳。

（民國二十六年）

談陳三立

散原老人義寧陳伯嚴（三立），雅望清標，耆年宿學，蕭然物外，不染塵氛，溯其生平，蓋以貴公子而為真名士，雖嘗登甲榜，官京曹，而早非仕宦中人，詩文所詣均精，亦足俯視群流。茲就所知，試談其略。

光緒八年壬午，陳寶琛典試江西，散原為所得士，深邀鑒賞，師弟之誼頗篤，晚年情感尤摯。八十生日，寶琛贈詩云：「平生相許後凋松，投老匡山第幾峰？見早至今思曲突，夢清特地省聞鐘。真源忠孝吾猶敬，余事詩文世所宗。五十年來彭蠡月，可能重照兩龍鍾？」想見白頭師弟之風義。詩之首句，本事即在壬午闈中。洪鈞（同治戊辰狀元，寶琛同年友也）時以江西學政充鄉試監臨，與寶琛論取士之法，謂宜取才華英發之士，以符「春風桃李」之旨。寶琛則謂宜以「歲寒松柏」為尚，遂以「歲寒然後知松柏之後凋」命題，入彀者多知名士，散原與焉。「平生相許後凋松」，五十年往事重提也（此詩初稿，本以「相期無負後凋松」之句切壬午之遇合，曾為陳蒼虬誦之，後經改定寫贈）。民國二十三年，散原北上，省其師。師年八十七，弟年八十二，皤然二老，聚首舊都，共話疇囊，蓋歡然亦復黯然云。翌年，寶琛卒，散原輓以詩云：「一擲耆賢與世違，猥成後死更何依！傾談侍坐空留夢，啟聖回天俟見幾。終出精魂親斗極，早彰風節動宮闈。平生餘事仍難及，冠古詩篇欲表微。」語極工煉沉著，於寶琛生平暨本人關係，均道得出，可與寶琛贈詩合看。並輓以聯云：「沆瀣之契，依慕之私，幸及殘年賞小聚。」「運會所遭，輔導所繫，務攄素抱見孤忠。」亦甚摯切。

壬午鄉舉後，旋於丙戌會試中式，是年未應殿試，己丑成進士，以主事分吏部行走。時有吏部書吏某冠服來賀，散原誤以為搢紳一流，以賓禮接見；書吏亦昂然自居於敵體。繼知其為部胥，乃大怒，厲聲揮之出。書吏慚沮而去，猶以「不得庶常，何必怪我！」為言，蓋強顏自飾之詞，散原豈以未入翰林而遷怒乎？部吏弄權，勢成積重，吏部尤甚，茲竟貿然與本部司員抗禮，實大悖體制，散原折其僭妄，弗予假借，亦頗見風骨。散原非無經世之志，而在部覺浮沉郎署，難有展布，未幾遂翛然引去，侍親任所。其父右銘翁（寶箴）在湖南巡撫任，勵精圖治，舉行新政，丁酉戊戌間，湘省政績爛然，冠於各省，散原之趨庭贊畫，固與有力。

當是時，散原共譚壯飛（嗣同，湖北巡撫繼洵子）、陶拙存（葆廉，陝甘總督模子）、吳彥復（保初，故廣東水師提督長慶子）以四公子見稱於世，皆學識為一時之俊者，而陳譚二公子之名尤著（丁叔疋惠康，故福建巡撫日昌子，時亦有名，四公子之稱，或以丁易陶，原非固定也）。

戊戌政變，德宗被囚，孝欽臨朝，京內外諸臣視謂新黨者，獲咎有差。右銘翁革職永不敘用，散原亦坐「招引奸邪」一併革職。所謂奸邪，指梁啟超輩也。散原〈峭廬記〉有云：「初吾父為湖南巡撫，痛竄敗無以為國，方深觀三代教育理人之原，頗採泰西富強所已效相表裡者，仿行其法。會天子慨然更化，力新政，吾父圖之益自喜，竟用此得罪。」言之有餘喟已。方德宗之銳意維新，頗為流俗所詫，及政變，輕薄者為聯以嘲陳、徐兩家，以「徐徐云爾」「陳陳相因」。「禮部侍郎，兵部侍郎」對「徐氏父子，陳氏父子」，時先二伯父子靜公亦父子獲咎也（先二伯父在禮部侍郎任革職下獄，先從兄研甫在湖南學政任革職永不敘用。所謂兵部侍郎，指巡撫例加兵部侍郎銜）。

自是雖憂國之念未泯，而不再與聞政事，惟以文章行誼，為世推重。光緒三十年，詔戊戌以黨案獲咎者，除康、梁外，悉予開復原銜。疆吏有欲薦請起用者，堅謝之。嘗一度為南潯鐵路總理，特以鄉望見推，未幾即辭去。入民國後，卓然介立，聲譽益隆，海內想望丰采，有矜式群倫之慨焉。

其為詩，工力甚深，神清致遠，名滿天下，後學所宗。陳衍《石遺室詩話》卷一有云：

> 伯嚴論詩，最惡俗惡熟，嘗評某也紗帽氣，某也館閣氣。余謂亦不儘然。即如張廣雅（之洞）詩，人多譏其念念不忘在督部，（時督武昌）。其實則何過哉？此正廣雅長處。如……數詩，皆可謂綿邈尺素，滂沛寸心，《廣雅堂集》中之最工者，然東來溫嶠，西上陶桓，牛渚江波，武昌官柳，文武也，旃旌也，鼓角也，汀州冠蓋也，以及峴首之碑，新亭之淚，江鄉之夢，青瑣湛輩之同浮沉，秋色寒煙之窮塞主，事事皆節鎮故事，亦復是廣雅口氣，所謂詩中有人在也。伯嚴不甚喜廣雅詩，故語以持平之論；伯嚴亦以為然。衍為張之洞幕客，有

知遇之感；其以「詩中有人在」為之洞「紗帽氣」辯解，論頗通達。之洞高位饒宦情，人與散原大異其趣，詩亦不妨與散原大異其趣也。而散原格律之嚴，亦於斯可略睹矣。

吾兄彬彬嘗謂：散原老人之詩，標格清俊。新派、海派固不通唱和，即在京式諸吟侶中，亦似落落寡合，每見離群孤往。昔年北政府盛時，閩贛派詩團優遊於江亭後海，或沽上之中原酒樓，往來頻數，酬唱無虛；陳則駐景南天，筦筦匡廬鍾阜間，冥索狂探，自饒真賞。及戊辰首會遷移，故都荒落，詩人泰半南去，此叟忽爾北來，省其師陳弢庵，得「殘年小聚」之歡。壬子間楊昀谷贈詩：「四海無家對影孤，餘生猶幸有江湖。」足為詩人寫照。曩者春明勝流雲集，則蘇贛間有江湖；今日南中裙屐雨稠，則舊城為江湖。頗聞北徙之故，乃不勝要津風雅之追求。有介挈登堂者，有排闥徑入者，江干車馬，蓬戶喧闐，悉奉斗山，願聞玄秘。解圍乏術，乃思依瓊島作桃源。此中委曲，殆非世俗所能喻，而其支離突兀，掉臂遊行，迥異常人，尤可欽焉。綜覽散原精舍詩，所最推許者，當屬通州范當世肯堂，集中投贈獨繁而摯。一作云：「公知吾意亦何有，道在人群更不喧。」又曰：「萬古酒杯猶照世，兩人鬢影自搖天。」此「使君與操」之勝慨也。於范作〈甲午天津中秋玩月〉，歎為「蘇黃而下無此奇」，報以「得有斯人力復古，公然高詠氣橫秋」，恰與范之兀傲健舉相稱。彼皆「為詩而詩，人格與詩格，大致不遠，自足睥睨一世矣。」所論可質識者。

其文亦清醇雅健，格嚴氣遒，頗守桐城派之戒律，而能自抒所得，弗為桐城派所囿，蔚成散原之文。所為〈龍壁山房文集敘〉有云：

竊以文章之不敝，亦不敝於其心之所至而已。涵諸古而不誣，徵諸己而不餒。其一時興廢盛衰之間，類曹好曹惡，異同攻尚之習，競以為勝，非君子之所汲汲也。桐城家之言興，相獎以束於一途，固以嚴天下之辨矣，而墨守之過，狃於意局，或無以饜高材者之心，然而其所自建立，究其指要準古先之言，皆足達其心之淑懿，條貫於事物，倡一世於物則樂易之途，以互殫其能，而不為奇邪詭辨，淫志而破道，階於浮誇之尤。傳曰：言有宗，出辭氣斯遠鄙倍，蓋庶幾有取焉。

蓋自道為文之宗旨如是，其才思功候更足相副，宜一篇既出，率為並時文家所稱服也。新城王晉卿（樹楠，今春卒於北平，壽八十六），與散原年輩相若（丙戌同年）。所為文亦有盛名，或以「南陳北王」並稱。王氏著作頗多，特以文家境詣論，似猶略遜於散原耳。

散原性極誠篤，善獎掖後進，而於漫欲藉以標榜或大言過實者，亦能立辨。聞居南京時，一日有民元曾開府邊圉之某氏來，哆言其記誦之博。散原問平日治何書最勤最熟。某氏答曰：「致力甚勤者，殆不勝枚舉；即如四史，人多苦其卷帙浩繁，而我能背誦不遺一字也。」散原曰：「是誠不易。適為一文，欲引用我官書，苦不甚憶，君既精熟如此，請為我誦之，省翻檢之勞多矣。」某氏瞠目赧顏而退。此事頗趣，亦大言過實之良規也。

屬稿甫竟，接孫思昉君來書，中有述及聞諸佛學家歐陽竟无（漸）關於散原者一節，謂：「聞歐陽大師談：陳散原先生，性淵默，寡言笑，高年而步履甚健，登山臨水，終日不疲。民國二十年，曾遊匡廬龍潭，散原賞其幽邃。大師請選石為書散潭刻之，以易今名，散原謝未遑也。大師有詩紀遊曰：『予六十年不識匡廬，散原已北，改轅而南，相逢而笑，遂遊黃龍，悲鴻、次彭、登恪諸君俱在，盛事一時，詩紀之：『剩有婆娑一散原，天工鬼使湊征轅。黃龍見後解真見，摩詰言窮是至言。如我畜夫論喋喋，感公長者意渾渾。黃花翠竹都饒笑，秀北能南兩勿諼。』讀詩想見二老風流云。」

（民國二十五年）

談廖樹蘅

（一）

寧鄉廖蓀畡（樹蘅）起諸生，為湘中宿儒，學行為一時勝流所引重，工詩文，事功則見諸常寧水口山礦務，績效大彰，世所豔稱。卒於癸亥（民國十二年），壽八十有四。其次子基　或撰行狀，所敘有云：

> 歲乙未，義寧陳公寶箴撫湘，明年大興礦政。先是陳公備兵辰沅，延府君課其次子三畏，其長子三立與府君尤善，故陳公父子知府君深，遂委辦常寧水口山礦務。礦場在萬山中，地狹隘，商人開採久，千瘡百孔，積潦甚深，交夏至即當停採。府君傍皇籌度，得開明礲一法，將朽壤揭去，開一大口，上哆下斂，使積潦歸於一泓，用田家龍骨車戽之，水易盡，然後隧

> 地深入。規畫既定，削牘上陳。已報允，詎興工兩月，主省局者悉反前議，謂古今中外無此辦法，函牘交馳，百端誚讓，府君不為動。……至十月乃獲大礦，明礲成效卓著，泰東西人來視礦者，咸……極言土法之善，水口山之名，已喧騰中外矣。戊戌，府君部選宜章訓導，巡撫俞公廉三以水口山不能易人，遂調署清泉，兼顧礦場……會朝廷召試經濟特科，俞公及柯督學劭忞各疏舉府君名以應，府君以年老辭未赴。歲癸卯，俞公移晉撫，繼之者趙公爾巽，初履任，即調府君主省局，水口山委先兄基植接辦。先兄悉遵府君成畫，前後十六年，都費銀一百一十九萬兩，而加設西法廠實占十之四五焉，獲利在六百萬兩外。府君既入省局，將積弊徹底廓清，常謂治礦如經商，當保官本，圖漸進，毋務恢張。在事八年，官商大和，利無旁溢。巡撫岑公春蓂以府君有功湘礦，特奏保舉……再疏請，以分部主事得賞三品銜二等商勳。府君辦礦雖久，然未經手一錢。當開工時，作文誓山神，有「洗手奉公，勉存朝氣。有渝此盟，明神殛之」等語；而言者不察，謂有私財數十萬，府君亦勿與辯也……改革後，幅巾還山，不一與聞世事。

其績業可於此得其大凡。

廖氏外孫梅伯紀君既寄示所鈔行狀等，並錄王闓運所為〈壽廖七十序〉見畀，坊本《湘綺樓文集》未及收者也。文云：

近世論士必曰熱心，而劉峴莊尚書獨自號冷隱，若冰炭之不相合也。非熱不足以濟人，非冷不足以應世。士君子懷才抱道，要必有發見之時，乃後不為虛聲，不然者，巖穴枯槁而自以為冷，聲華喧赫而自以為熱，其可嗤也均矣。當東南鼎沸之時，天下披靡，而獨有湘鄉曾侯倡為求人才分國憂之言，於是左、胡和之，雖走卒下吏，一藝之長，得以自達。闓運弱冠亦與其議論，湖外人才搜訪遍矣，寧鄉近邑，廖氏名族，有蓀畡先生者，與劉克庵兄弟游，稱名諸生，竟寂然不相聞。其後湘軍愈昌，謂將分旄，而周提督得稱大將，專閫固原，乃始禮接之，邀遊列營，歷覽關原，賦詩而還。陳巡撫故宦湘中，頗與唱酬，名聲乃稍稍聞於省城。未幾而海外耀兵，疆臣失職，徵調惶擾，陳君自鄂臬調藩畿輔，江湖波蕩，而先生挈扁舟，越重湖，遊虎丘而還，其於世蓋脩然矣，可謂冷矣。俄而陳君撫湘，康、梁得志，亟用熱心之言，舉國若狂。湘人被知用者皆旋踵放棄，獨常寧礦利大效，海外騰書以為巨廠；部尚書移文湘撫稱廖氏私產，即先生為陳撫所開闢也。方其受事時，與巡撫約，一不得掣肘，薦一人，授一策，即請退矣，故其舉事皆自經畫，以成此偉績。無尺寸之柄，而御數千萬人，外排眾議，內檢罅漏，為湖南所恃以立國，陳撫所賴以雪謗。身雜丁役之間，躬畚鍤之事，食不兼味，居不重幕，亦啞然自笑，不自知其何所求也。人之目之者，皆以擁厚資，握全權，一語不合，則以求去要必勝。省局嘗欲駕馭之，排擠之，而卒不能。徐視其容色，聽其言論，若不知有開礦之利，而遑恤人言乎？闓運長先生八歲，相見時年逾六十矣，未暇問其設施，但觀其詩文春容高華，無寒儉之音，不與冷官相稱。未幾果以學官改部司，主省局，天下言礦政者交推之，而亦垂垂老矣。今年正滿七十，同事諸君皆欲稱觴致詞，而以余知先生最深，屬為文張之。予以為先生性冷而心熱，蓄道德能文章而不見用，偶見之於纖小之事，已冠當時、名海內，使其柄大政、課功效，必能擴充之無疑也。士無所挾持，誠虛生耳，雖膺高爵享厚祿何益？先生家固小康，以勤儉治之，男婦各有所職，六丈夫子，俱有才能，恂恂雍雍，門庭儒雅，尤余所嘆羨。嘗戲語之云：「君毋自誇能教，此福非他人所及也。生平得接賢人君子眾矣，先生得天獨厚，而不自表襮，特假礦以發之。今七十既老，當古人致政之年，宜及斯時謝事閒居，飲酒賦詩，傳子課孫，以福澤長曾元，而何汲汲遠遊，避客遁世之為？」先生笑曰：「吾前者西征東遊，子未聞一言，今獨欲吾具衣冠，延賀客，僕僕亟拜，以為子酒肉計，子言謬也。姑待吾歸而論之。」然闓運竊自喜相見晚而相知深，吾文果足用也，遂書以為壽。

文饒趣味，亦頗足徵。廖嘗居其同里提督周達武幕府，序所謂周提督也（達武《武軍紀略》一書，自述蜀黔戰事，文字頗工，即廖氏代撰。）。王氏為不贊成戊戌新政者，故於陳寶箴有不滿之詞。廖氏《珠泉草廬文錄》，弁以王氏所為序，同為坊本王集所無，並錄於下：

《珠泉草廬詩文》，余皆得而讀之。詩裔皇中宮音，嘗決其非鄉曲窮愁文士。文因小見大，務為有用之作，不甚雕繪，頗取韓退之氣盛言宜之說，沛然而來，忽然而止，於今所謂古文家者，皆有合焉。余之得奉教也，由陳右銘。右銘罷官旅湘，為余亟稱廖君能文詞；及其撫湘，乃倚以主礦政。余竊意文人不耐雜，不虞君之肯為用也。既而右銘罷去，礦利大興，海內皆推廖君所主為第一，直省無敢比者，無有稱其文詩者矣。獨張子虞、柯鳳笙前後督湘學，稍知其能詩。余雖勉與君唱和，於古文義法未之窺也。昔歸熙甫論王元美，以為庸妄鉅子，余之不見屏而猥承相與論文，豈非幸歟？退之非薄六朝，余不敢擅論八家，蓋人各有能有不能，而余之論君文，曾不敢謂當君意也。丙午小寒日，王闓運題。

又有閻鎮珩所為序云：

前明茅氏八家之選，議者或疑其未公，近世益之為十家，然李之學優於孫，而其才實非子厚匹也。明嘉隆諸子，貌為秦漢，當時已不厭人心，惟震川自比介甫、子固，至今猶師法之不已，然未有齒及王李者，蓋文章貴真不貴偽，王李之效秦漢，偽也，震川之為八家，真也，惟真則可久，其偽者特蜉蝣之旦暮而已。與震川同時有摹效史遷者，震川為文譏之，比於東里效西施之顰。夫人才之高下不同，古今之時變亦異，必欲舍我而效人，如邯鄲學步，直匍匐而歸耳。善夫曹子桓之言曰，文章者人之精神。形軀有時而敝，精神終古不泯，學者誠知文章為吾之精神，則必實道其胸中之所得，使真氣沛然，不可抑遏，如是雖欲無久於世得乎？廖君蓀畡，積其所為文成一巨冊，間使人走遺予，且俾商論。予讀之，真氣充溢，絕不為俗儒摩擬之習，至其狀寫景物，尤出之以自然。廖君其深於古者歟。然吾聞文章之體莫尚乎簡潔而精嚴，望溪標舉義法二字，原出於《史記》年表序，百餘年來，人人誦言義法，然為之而能簡潔精嚴者蓋亦少矣。姬傳之才，不逮八家遠甚，惟其善於修飾，工於洶洗，故古光油然，為世所寶重。廖君誠能於此求之，其必有進乎今之所得者矣。丙午小陽月，石門閻鎮珩序。

王序涉及義法及八家之類，似即針對閻序而發者。

（民國二十六年）

（二）

廖氏有自訂年譜，稿藏於家，未經刊印。曩承其外孫梅君節錄見寄，雖未獲其全，得此亦大足供覽。茲迻錄於左，以公諸世：

光緒二年丙子三十七歲。　七月，長沙錄科列第一名。九月落解歸。義寧陳公右銘由鎮筸道解任回省主營務，約明年司其箋牘，兼教讀。新主紀元，州縣例舉孝廉方正，知縣唐公步瀛擬以樹蘅應之。自知不稱力辭，唐公亦不另舉。

光緒三年丁丑三十八歲。　是歲館陳氏閒園，在長沙局關祠右。學生三人，陳公次子三畏，兄子三恪，侄婿黃黼丞。時公以內艱辭去戎政，無箋奏之煩，專主課徒。公營葬平江。公子三立，字伯嚴，同居園舍。五月，隆無譽觀易與湘鄉王文鼎來家。無譽有嵇紹之痛，遁跡梅山二十年。此次為怨家牽涉，擬遊關隴避之。予引之閒園，與寧州父子相見。寧州賞其詩，為之序行，所謂《罘罳山人集》也。臨別贈詩。七月，因事暫歸，伯嚴賦詩兩首。十一月二十五日，雪。夢至山，下有寺院，與一同行者立山上，賦詩一首。醒時殘燈未燼，亟起錄之。初寧州公喜談礦，著有〈饋貧〉一策，予讀之未敢以為然也，及公撫湘，丙申正月以常寧水口山銀場見委，則山中景物，與夢中所見無異。事兆於二十年前。以予不樂談礦，偏以相屬，亦若蒼蒼者故以此相靳。凡事前定，豈非然哉？

光緒四年戊寅三十九歲。是歲館閒園。三月，豐城毛慶蕃實君來湘，同寓園廬。四月，伯嚴邀同實君作麓山遊，作遊記一首。六日復與兩君遊衡山，寓祝聖寺，聽默安人談禪。七月回長沙，作〈遊衡山記〉。臘月，伯嚴送其弟就婚永州。解館歸。

光緒五年己卯四十歲。是歲唐公步瀛官益陽知縣，具書招司教讀，兼閱課卷。三月赴館。作書寄伯嚴云：「與子之別，八易弦朏，日月不居，思之成痛。雖音書往復，不廢存問，而風雨蕭寥，終傷遐阻。離索已來，鄙吝彌甚。方干射策，一第猶慳，闒澤傭書，半菽不飽。嘉平旋里，方擬抱漢陰之甕，耕谷口之田。眄庭柯以怡顏，擁圖書以適性。上奉老母，左顧儒人。竊此餘閒，以蘇勞軸，而樂山明府謬採虛聲，遠貽書幣，必欲牽率頑鈍，供其指臂。重違其意，欲罷不能，始以今日達於署園。山桃方華，覆壓芳樹，池水解冰，照我塵容，而牙琴罷張，柯笛輟響，顧念昔者，味同嚼蠟。安得與吾子舉酒命酹，一續墜歡也！僕生三十九年矣，昧道懵學，有靦面目，惟無恥之恥，麤知奉教於子輿，不德之德，雅願觀型於太上，即長此終古，亦無悶焉。自非親昵，不敢宣言，鮑子知我，如何如何？尊公名業，群流仰鏡，民之秉彝，好是懿德，明德之後，必有達人，時時讀書，盛勖光采。」四月，聞罘罳山人沒於縣人喻太守光容寧靈官舍，已逾歲矣。至是得其寄予與伯嚴詩，蓋絕筆也。讀之不勝哀惋。詩云：「秋風又到天心閣，鄉思遙連地肺山。九日黃花開漸淡，經年白雁去無還。奇文欣賞荒涼夜，才子聲名顧及閒。早晚曰歸猶未得，離亭衰柳共躋攀。」山人在寧靈有《西征前後集》，《寧靈消食錄》，光容均為付刊，派人護其喪回湘。後予丐湘潭王先生壬父撰傳其詩集、則予與義寧父子所校刊也。

光緒七年辛巳四十二歲。七月，陳公右銘赴河北道任，至省送行。

光緒九年癸未四十四歲。是歲三月，劉君樸堂邀赴杭州，訪義寧陳廉訪不果。

光緒十年甲申四十五歲。周軍門達武請撰其蜀黔兩省戰事，辭之不獲，勉諾之。

光緒十一年乙酉四十六歲。是歲家居。三月葺西園茅廬，濬池種樹。陳考功三立撰〈珠泉草廬記〉。四月將甘泉賫來《武字營軍牘編志略》二卷，託名周君自撰，徇其意也。八月，挈基植秋試，假寓福源巷。右銘廉訪自武林免官來湘，偕羅愊四太守來寓。本居四書文題「而盡力乎溝洫」，予文取資《溝洫志》、《河渠書》，右公極賞之。

光緒十二年丙戌四十七歲。四月，陳生三畏暴亡，寓通泰街蛻園，父兄均不在。余臨其喪，一哀出涕。九月，《武軍志》成。右銘廉訪笑謂何必借名領軍，徒使周老五得名。然人莫不知出寧鄉廖秀才手也，尤以弁言為工，謂雅似古微堂文。

光緒十三年丁亥四十八歲。是歲館羅氏。時義寧公父子居蛻園，相距甚近。羅順循、曾般庵、杜元穆、王伯亮、陳伯濤、文道希常來陳宅，文酒之會，幾無虛日，每會必馳函相召。

光緒十五年己丑五十歲。三月寓書伯嚴考功。託為罘罳山人世兄蓼蒸謀事，回報已交新化鄒代鈞錄入測繪學堂。

光緒十九年癸巳五十四歲。是歲居玉潭書院。二月巡撫吳大澂巡閱過縣，書《小雅》「鶴鳴於九皋」兩章手卷，後書「癸巳暮春書奉笙陔明經以致思慕之忱。」公工小篆，此幀尤極斯邈之能。先詢知縣鄭之梁，擬造廬相訪。之梁以鄉居隔城遠，始以篆軸交鄭轉付。余與公千百年也。時吾縣喻光後仙喬奉檄主辦此山之礦。水口脈絡，由龍王山來，產礦之所曰余家田，土人呼平壟曰町畦亦名町裡，縱橫不過數十丈，後左右略有小阜，前有小港，直達溪河，無所謂山也。歷年山氓都向町裡開挖，千瘡百孔，積潦渟淤，已成病塊。左阜曰銅鼓墻，右曰錫坑。亦間有開礲口者，特不如町之多。環町草棚鱗次，以百千計，大都借拾遺礦為名，窩娼聚賭，販賣鴉片，生事召鬧，靡所不為。居既稠雜，氣候堙結，夏秋之交，疾疫繁興，火警亦頻。遍諭棚戶，予以搬遷之費，令於山口另行搭蓋，並清查戶口，編造保甲，須發門牌，設立墻造長，以時稽查。惟廢洞交午，町地受戕已深，不將朽壤揭去，必如山氓辦法，春夏便當停採。因思長沙以下，煆灰採煤，均有明礲暗礲兩種。暗礲者如本山現行之法，掘洞支木深入地底是也。明礲則敞開大口，刨去疏惡之土，略同山農開挖塘池，聚四山之潦於一泓。舍竹筒車笨窒之制，改用農家龍骨車，一條可抵竹車六條之用。水潦既盡，另於槽底隧地深入。而墻坑兩山之水既有所歸，更可多開礲路，是為事一而兩得。籌度既定，削牘上陳。時官礦總局提調用事，牘上報允，且多嘉獎之語，不知因何見忤，悉翻前議，竟舍暗就明，古今中外無此辦法，為之必無成。督過之嚴，幾同罵座。余始知官習之難除，先請之不能蒙貸也。既已興工，欲罷不能，上書爭之，仍不納。直待鄒君代鈞奉院委來山，目擊情形，極力贊成，始免紛紜。計自八月見礦，九月巹出，十月則所獲更多。事既粗有眉目，重以礦氣蒸蝕，水土惡劣，無日不病，遂以十月赴省面辭。比奉撫院批云：「該紳開辦水口山，用心良苦，收效亦最速，且於地方民情，亦甚愜洽。平時久負賢能之望，臨事益徵名實之符，佩慰何已。該紳學識優長，性情誠篤，方將發攄素蘊，宏濟艱難，礦務特其見端耳。本部院不自忖量，創為此舉，所望二三君子共相贊助，以底於成，何得遽思高蹈，翱翔雲霄之表乎？尚共勉竟前功，以副勤望。所請應毋庸議。」是日陳公大宴官士於庭，笑問樹蘅曰：「批語何如？」余曰：「米汁雖甘，然偃鼠腹小，恐不能吸盡西江也。」座客與公皆大笑。余時猶懷去心，友人張琳、楊鼎勳均勸其不必固辭，遂仍回銀場。

光緒二十三年丁酉五十八歲。 是歲正月在松柏。初二日曉起，兒子基棫猝問天禧是何年代，語以宋真宗遼末帝皆以此紀年，汝何以及此。具云：「頃夢至市南古樟下有宅，極宏麗，門署延室二字。右有跋云：保此令名，以全其德。惟彼汶汶，不受污蔑，不豐不儉，是為先生之宅。噫，微斯人孰能若此！末署天禧四年謙叟。」考遼天禧只一年，宋真宗五次建元，天禧屬第四次，凡五年。此云四年，其為真宗時可知。而夢境迷離，末由推測，姑錄於籍，以紀其異。二月，棫回家。市商議建神廟於樟下，以余稍諳修造，請繪屋圖。計長十三丈，橫八丈，凡為屋二十間，有室有門，有樓有廈，凡如廟制罔不備。四月破土開基，則地下故有石址，與圖繪靡分寸之不合，眾咸訝焉。明年棫復來，覽之驚異，以謂夢中所見，與此無殊，惟南北異向耳。吾嘗以此索解於人，不可得。又十年，為丁未歲。湘潭王闓運壬甫來觀水口山銀場，夜宿松柏，聞此一段因緣，謂寇平仲謫道州，在天禧四年，當日建宅，蓋以館萊公也。回衡州，手書延室二大字，並原跋，撰文記之。夫夢幻境也，幻極而真機露焉。余一生悲愉欣戚，皆先有夢兆，如丁丑十一月二十五日閒園夢中所擬七言長句其一也（原詩刊集中）。今基棫之夢尤奇，豈非事皆前定足以淡人世計較之心哉？二月，巡撫陳公閱邊，由永州便道來山視礦。適余就山築屋成，縣尹龍起濤即於局所置頓，廚傳極腆，陳公一茶而去。三月，以晶瑩礦石五枚上之巡撫陳公，媵之以詩（詩刊集中）。

光緒二十四年戊戌五十九歲。　是歲在水口山銀場。二月赴省弔陳中丞夫人之喪。縣人周漢，惡外邦見淩，著書詆之。臬使黃遵憲言於巡撫陳公，將其二品銜道員咨革，下獄。余為緩頰，公意已移。漢字鐵真，人稱為鐵道人，性倔強，不願出獄。道人以此蒙禍，誠屬無謂，然當道怒此灌夫，亦未必成絕大交涉也。施者受者，所見各殊，無從解紛。五月得選授宜章訓導之信。八月陳中丞因事去位，承其任者為山陰俞公廉三。十月赴省辭礦差，公未允，遂乞假還山度歲，場事暫交兒子基植照料。

光緒二十五年己亥六十歲。　是歲俞公以宜章隔常寧遠，不能兼顧礦場，咨調清泉訓導。清泉缺較優美，余辭焉。公不可，曰：「與君無私，無庸辭也。」晤前任梅君鋆，亦曰：「此席誼當屬君。」吾之蒞此也，曾於夢中得句云：「湖海句留十二年。」吾由湖南海防例入粟得此職，今恰一紀，寧非數乎？余遂以四月挈眷履任。自是一年強半居官，命兒子植分管銀場事。學署在小西門外，與衡陽學同在一隅。右為先聖廟，衡清未分治時所立也。再右為西湖書院、西湖觀、文昌閣、衡清書院。崇楹巨棟，綿亙湖壖，荷田十頃，連成一泓。湖水清泚，以在西郭外，遂蒙西湖之稱。視杭之明聖，具體而微。學署之右，有濂溪祠，為茂叔外家鄭向故宅。方志載元公寓此最久。余題學署楹柱云：「此間亦號西湖，十里煙波千柳樹；遺構猶鄰茂叔，一庭芳草萬荷花。」又客座聯云：「午榻夢初圓，小雨涼生烏帽影。」「水風香不斷，白蓮花是藕絲魂。」時湘潭王先生壬甫主講船山書院，余弱冠即聞聲思慕，至此始接笑談。先生謂聯語不類校官所擬，且不似湖南人吐屬。贈詩云：「林屋比鄰高露山，卻因遠士識孱顏。卅年詩句吟邊馬，一笑閒官似白鷴。尊酒未遑尋竹石，荒崖且為闢榛菅。喜君暫出酬知己，但煉金砂莫閉關。」後書：「蓀畡先生與予鄰近，而初未相見，數於陳右銘處聞之。陳來撫湘，以礦務為累，以蓀畡一礦有效，承命索詩，輒成奉贊。」云云。

光緒二十六年庚子六十一歲。　是歲在清泉學署。郡人經商衡州者三十餘戶，議設會館瀟湘門外，請湘潭王先生壬甫與予主任其事。購買某氏廢祠，撤故營，新增其式，廓中庭，設李瞿兩真人神牌，以其皆長沙人也。十二月，巡撫俞公廉三赴礦場閱視。時採出之礦運鄂售與洋棧者，入銀以百餘萬計，場上猶皚素山積。公諭省局於餘利項下提銀五千兩充本山之賞。總局區分此款，以四分之三作常寧通縣積穀書院之用，並分及該縣散職佐弁與漢口、松柏兩處委員，其及銀場者甚少。事為巡撫所聞，以為不應濫及場外人，懒樹蘅將數核減。余上書辭焉。

光緒二十七年辛丑六十二歲。　是歲在清泉學任。正月，奉院令下省。衡州因教案停學政試五年，擬衡、清附長沙考試。中丞召商一是，虛懷詢問，屬勤攻其短，有賢者風矣。

光緒二十八年壬寅六十三歲。　是歲在清泉學任。三月，柯學使劭忞按部永州。時衡州停考，僅留一宿，索余近作，謬相推許，謂近體湘綺不能過。用紈扇寫所作七律三首見贈，詩甚佳，錄之左方。詩云：「嵽嵲霜崖抱郡樓，旗竿晚掣朔風遒。地分二陝桃林近，水迸三門竹箭流。望氣應知行在所，論都再見帝王州。潼關近得平安報，父老迎鑾涕淚收。」（〈陝州作〉）「殿前折檻尚嶙峋，欲挽滔滔又乞身。百二山河秦得地，五千甲盾越無人。論都事大關宗祏，抗疏名高動縉紳。見說曹羈三諫去，不堪西望屬車塵。」（〈送夏伯定乞假歸〉）「羸贔春寒析酒酲，長安二月雪填城。青山海上無田里，自道天涯有弟兄。道遠衣裘常恨薄，名高官職不嫌輕。東坡底事悲清穎，十月匆匆已送行。」（〈家兄敬儒入覲行在將歸，以詩送之〉）四月，挈兒子杰棟回長沙應學院試。七月畢考，歸珠泉草廬。八月朔，赴衡州，杰兒隨行。一日抵湘潭，取道南嶽，至祝聖寺，訪默安上人。日尚早，上人堅留宿，遍約福嚴上封諸方丈人席，以檀施見稱。余愕然。具道戊寅六月余與陳三立、毛慶蕃同來宿寺中，殿宇岌岌將頹，時主修嶽廟者為李方伯元度，賴余介義寧陳公一言，求廟工竣後分盈羨重新此寺，堅致視前有加，山上同參，無日不感發蹤之力，相與尸祝也。事隔卅年，回首前塵，如煙如夢，非諸辨才說出因緣，幾忘之矣。作詩二首贈默公。撫院俞保舉經濟特科，凡六人。三品銜內閣中書瀏陽歐陽中鵠，署山西寧遠縣通判江寧舉人吳廷燮，宜章縣訓導寧鄉廖樹蘅，舉人湘譚梁煥奎，山陰副貢生傅以潛，湘潭縣廩貢生王代功。樹蘅考語：「學問淵博，踐履篤實，性情爽直，條理井然。經史而外，中西政藝講求有素。調署清泉縣訓導，委令就近辦理常寧水口礦務，已著成效。」臣於前年赴衡州閱兵，親往查看，見該山橫亙十餘里，廠屋櫛比，丁夫數千，悉以兵法部勒，井然不紊，足徵威足御眾，力能任事。其時學院柯特疏加保。隨由排封催赴省領諮。有毋得匏繫一官辜負破格求才之意云。自顧疲鈍，不能應召，具啟辭之。

光緒三十二年丙午六十七歲。 是歲在長沙礦局。正月初九日王湘綺先生自省城來，邀作為山遊。十一日啟行，宿橫市。十二日黃材早尖，申刻抵密印寺（寺門楹聯云：「雷雨護龍湫，洗缽安禪，昨夜夢伽藍微笑；松花迷鹿徑，鳴鐘入定，何人知節度重來？」）十三日方丈寄雲陪觀優缽曇花泉。春晴水涸，非復飛花濺雪之觀。未刻下山，宿橫市。十四日渡溈水，經灘山鋪，穿麥田，未刻至灰湯關廟。飯後偕湘綺觀湯泉，夜宿廟中。十五日早起，與湘綺分袂，回雲湖橋，計百里。予以午後歸家。連日湘綺皆有詩索和，余不工步韻，勉應之（詩刊集中）。笠雲上人和韻云：「瘦骨曾從訪月山，巉如蜀道喜追扳。淨瓶早歲成高躅，吟硯何年對碧鬟。世外桃花雲罨靄，夢中飛瀑水迴環。吁嗟末路艱難日，誰為降龍置缽間。」「問法求尋湘水西，沿流歸夢不曾迷。俯參白足千年跡，記踏丹崖萬仞梯。埋骨塔高存古寺，回心橋在枕寒溪。鼻頭牽出為山牯，往事從君得再提。」湘綺見余和韻，笑曰：「誠如柯鳳蓀云近體無以過君。」及見上人作，馳函相告曰：「和尚壓倒廖王矣。」石門閻鏡蓉鎮珩，以所著《北嶽山房文集》其門下陶履謙致贈，旋來相訪，暢論文章風會得失，甚有意識。惜其目眵難久視，步履亦艱，不能常晤談。隨以歷年所為散文乞序。明日至寓所遐齡庵報步，已脫稿矣（文刊集首）。

光緒三十三年丁未六十八歲。是歲巡警道賴承裕屬擬上岑撫院請釋周漢出獄稟稿云：「敬稟者：已革二品銜陝西候補道周漢，湖南寧鄉人，光緒某年為傳刻單片詆毀外人，經督憲張委員來湘，毀其板片，奏請革職。不料二十四年外間仍有訕詈泰西人揭帖，署名周孔徒。時景福析居有年，復合爨，並讓產之半與之，鄉里稱焉。父新端，以廉正見重縣令，咸豐時檄使治一方之事，亭決可否，一秉至公。樹蘅生而英邁豁朗，自幼讀書，即厭薄科舉，毅然思有以自立。為文勁氣鬱勃，曲折當事理，尤留心邑故，所述多表彰文獻之作。詩則芬芳悱惻，脩然意遠。服膺宋張宣公告孝宗曉事者難得之言，及近代顧亭林所述孔子「博學於文，行己有恥」二語，以此自勉，亦以勖人。主講玉潭書院時，仿桐城姚鼐，義理、考據、詞章，分門課士，學風丕變。家既中落，益務自刻勵，未嘗以貧困干人。光緒丁丑，義寧陳寶箴官湘中，聞樹蘅名，招之課子。寶箴深器重之。乙未寶箴復巡撫湖南，大興礦務，委樹蘅主常寧水口山。山與龍王山接壤，其地甚狹，多積潦。土人用暗礲開採，春水氾濫，妨工作。樹蘅創開明礲法，決一大口，上哆下斂，令水歸一壑，用田家龍骨車戽之。議上，眾大譁，寶箴令以便宜從事，遂毅然行之，未數月，效大著。樹蘅先以訓導注選，未幾授宜章訓導。寶箴檄移署清泉，兼治礦務。在事八年，贏利六百萬。會詔開經濟特科，巡撫俞廉三、提學柯劭忞舉樹蘅以應，辭未赴試。趙爾巽繼為湘撫，調樹蘅綰總局，湘礦益大振。最後巡撫岑春蓂奏敘前勞，乃以主事分部加三品銜給二等商勳。改革後，退老於家。縣中日月多故，其憂傷憔悴之旨悉寓之於詩，未嘗一問世事，聞者歎其高致。平生孝友睦姻任恤之行，稱於宗族鄉黨者甚眾。卒年八十有四。子六。長基植，字璧耘，附貢生……後乃佐其父治礦水口山。趨公之暇，按時讀經文，精錄禮經成帙，皆於工次成之。樹蘅綰總局，大府以基植能，令繼其任，保訓導，給四等商勳。在事亦八年，以國變歸。先樹蘅數年卒。……」家世生平，略具於斯。其以宜章訓導調署清泉訓導，傳言巡撫陳寶箴檄，據譜實俞廉三在湘撫任內事也。（檄由藩司下，為通例，特此由巡撫主張耳。）又傳謂「巡撫岑春蓂奏敘前勞。乃以主事分部加三品銜給二等商勳」。若主事由保案而得者。其實調主省局之後，以訓導官卑，乃援例入貲為分部主事（並加四品銜）。倘崇體制，與保案無關。（按：其《珠泉草廬詩後集》卷一詩題中有云：「癸卯，趙公爾巽繼任，檄余管省局事。……丙午，大府以校官難統治全礦，命捐分部主事加四品銜，非余意也。」）農工商部奏定商勳之制，廖氏辦礦著效，以有功實業經奏保而得二等商勳三品銜之獎（其子基植亦得四等商勳，應予五品頂戴，此亦一時制度也）。又據《行狀》（次子基棫述），所著書已刊行者曰《珠泉草廬文集》二卷，《詩鈔》四卷，《詩後集》二卷，《菱源銀場錄》二卷，《武軍紀略》二卷，《祠志續編》三卷，未刊行者《讀史錄》二卷，《文後集》一卷，《雜著》一卷，《書牘》十卷，《筆記》二十二卷，《駢文》一卷，《自訂年譜》二卷。《菱源銀場錄》，吾所見惟署卷一之一冊，為水口山辦礦之公牘，而別有《菱源銀場詩錄》一冊，為詠礦事者，並刊列友好之贈詩，未知是否即以詩錄作卷二也。

關於廖氏之主事與三品銜，又按桐城姚永樸〈三品銜分部主事寧鄉廖君墓誌銘〉所敘云：「最後由宜章訓導敘前勞以主事分部加三品銜」，亦混兩事為一。姚文敘事著「據狀」字樣，廖氏次子基棫所撰〈行狀〉乃謂：「巡撫岑公春煊以府君有功湘礦特奏保舉，……再疏請，以分部主事得賞三品銜二等商勳。雖省略主事所由來一層，而言以分部主事得賞，何嘗如姚氏所云乎（「以分部主事」與

「以主事分部」不同）？姚氏之為古文，淵源家學，講求義法，有名於時。此作文字亦頗清適，而於此實不免疏舛焉。廖氏父子商勳之獎，關乎當時制度，姚氏略而不書，殆以其名不古雅，然亦為不應漏略者（古文家敘事，往往省所不應省，而謂之雅潔，實為非宜）。

（民國三十二年）

談隆觀易

隆山人名觀易，字無譽，別號臥侯，寧鄉畸士，詩才清妙，交廖樹蘅，因並與陳三立及其父寶箴相識，均愛重之。寶箴為刊其《罘罳草堂詩集》，弁以序云：

寧鄉隆君無譽，詩人也。其里中友笙陔〔蓀畡〕廖君，既館於予，乃數為予言無譽人之詩。無譽伏處窮山中，無名聲於時，一卷嘯吟，冥思孤往，憔悴而專一。其為詩垂三十年，屢變其體，所得詩逾六七千首，今存者亦千首有奇。然無譽嘗一遊秦中而歸，故今詩言邊事者為多焉。今年九月，無譽復有秦隴出塞之行，假道長沙，過宿笙陔齋中，予得與相見，接其論議，讀所撰著文字，根柢鬱茂，其經世之志，略見於斯矣。既而取閱其《罘罳草堂詩卷》，則逢源杜與韓，語言之妙類大蘇，而似歸宿於吾鄉山谷老人，世之號為能詩者未易而有也。無譽自言，向讀朱文公《中庸注》至「靜深而有本」之語，恍然悟詩教之宗，故其詩淡簡以溫，志深味隱，充充乎若不可窮。往嘗論今之為詩者，大抵氣矜而辭費，否則病為貌襲焉，而竊喜子瞻稱山谷「御風騎氣以與造物者遊」之言，謂為得其詩之真，而頗怪世少知之而為之者，蓋鄉先輩聲響歇絕，殆千數百年於茲矣。讀無譽詩，其庶幾遇之也。無譽將行，予與笙陔以其詩無副本，慮亡闕於道裡之險難，相與尼留其稿，而略為擇錄若干首，付之剞劂，兼以質無譽塞外云。光緒三年嘉平月，義寧陳寶箴。

是編營始丁丑之冬，尋以人事牽迫，輒舍去，今年春夏，以手民劣惡，別錄為編，選良董成，歷月凡五，用既厥工，未幾而無譽之訃至，蓋無譽已於戊寅冬十月病歿甘肅之寧夏官幕矣。嗚乎，以無譽之才之學之年，而不獲竟其志業，以大白諸世。而遂以客死，豈非其命邪！抑無譽敝精力於吟詠聲病之間，而因以戕其生邪！獨恨懶漫侵尋，未克寄無譽是編，商略取置，使一及見之，然亦不謂無譽之遽止於此也！撫校遺編，為之雪涕。己卯夏五月，寶箴附識。

三立與王闓運各為作傳，其文如下：

三立〈隆觀易傳〉

隆觀易，字無譽，長沙寧鄉人也。幼奇慧，年十三以詩謁湘鄉曾文正公，由是數從曾公遊，遂通經史百家之書。父蒞虎為里豪所中，隱於獄。蒞虎故才士，亦曾公所引重也。觀易乃陰乾曾公，豪聞而懼，私念蓺虎交厚曾公，皋當出，即出當殺我，遂賄獄座斃蓺虎。觀易哀憤，窮日夜謀殺豪，以死無恨。未幾豪病死，於是觀易謝絕人世，斂精力嘔血為詩歌。斗室空山，憔悴枯槁，其志深故其道隱，其怨長故其詞約而多端。同治中，縣人喻光容者官甘肅狄道州，招觀易。光容起自兵間，為牧守，顧雅好儒學，與觀易相得甚歡，為留二年而歸。當是時，相國左公次第定回疆，規善後，觀易客遊其間，就所知陳書相國言邊事。相國高才素嫚，又觀易鄉里後進，而相國更事久，益兒子畜之，得觀易書，笑曰：「隆氏子亦上書言事耶！」然觀易所言實良策，後相國所施設，竟多與觀易合云。觀易既歸，益放其意為詩，自比蘇軾、陳師道。光緒三年，複就光容於寧靈，至數月卒，年四十一。觀易少負氣跅弛，喜言大略，議論踔厲縱橫，機牙四應，無不人人絀伏。後更摧挫抑斂，恂恂如處子。人有稱譽，則惶恐引避；有毀之者，必謝過，曰：「死罪！誠如公言。」終不復辯。卒後，湖湘間頗重視觀易詩，後生學徒，多效其體，觀易之名寖昌矣。所著書曰《禹貢水經考》、《經義知新錄》、《六百日通》、《西征續觚》、《西征續集》、《寧靈消食錄》、《罘罳草堂詩文》，凡若干卷。贊曰：業業隆生，狂狷之間。固窮無惡，獵藝斯專。觀俗秦阪，詠志湘川。風猶孔碩，留規後賢。

闓運〈隆觀易小傳〉

隆觀易，字無譽，寧鄉人也。父任俠，為里豪所仇。觀易年十餘，避走衡陽，易姓名，居蓮湖書院，從生童誦讀，穎異劬學，詩文幽苦。衡陽歐陽生時為館師，察異之，詰其自來，具愬其冤。生女夫曾國藩適以侍郎治兵衡州，移文寧鄉，悉反其事，捕繫其父所怨家數十人，欲窮治其獄。時駱秉章為巡撫，以國藩侵官權，固不樂，里豪乃遍愬其縣吏士，因左宗棠告巡撫，逕下檄用便宜斬其父，事又大反。觀易甫歸，遇奇變，即又竄走出山谷間。有廖翁者，知其冤，客舍之，資其衣食。觀易學亦日進。既逃死不敢出，唯與二三相知不涉世事者以詩寫其憂，不襲於古，由發抒其憤，所遭際然也。歲久，事益解，而怨家猶盛，不敢入城市者二三十年。縣人文武達者皆無因與相識，後乃識廖樹蘅。樹蘅奇其才，哀其遇，稍稍言於官士間。義寧陳寶箴，好奇士也，得見觀易，特以為詩人之窮者，又隱厄不自拔耳。然尤喜其詩，為之刊行，間以示人，人亦未之問也。觀易既久抑不得奮，思遊關隴從軍絕塞以自振。光緒初過寶箴寓邸，辭而行，行未至嘉峪，道卒，年四十一。妻某氏，困約時所娶也，有子某，貧不能自存。樹蘅合其友數人經紀之，出其詩以示王闓運。

王闓運曰：白軍興以來，搜求振拔文武之材多矣，曾侯尤好文，一介之士，一語之善，未嘗不知賞也。余居家亦汲汲於遺才，自謂無遺焉矣，乃初不知有隆生；知之矣，不知其厄窮之由。夫文章易見耳，當吾之身，百里之內，而使斯人顛倒侘傺以終，可不悲乎！

廖樹蘅曰：湘綺此文，較駢枝室尤佳，波瀾格局略同，高老過之，學以年進也。論詞得史公之遺，令人往復不盡，臥侯不死矣！

其人其詩，於一序二傳，可知其概。闓運所敘，與三立間有異同。觀易父之死，陳傳謂里豪賄獄卒斃之，王傳則云駱秉章下檄斬之，其事不侔矣（樹蘅子基棫，於《寧鄉縣誌》傳觀易，此節謂：「觀易……乞援曾公，諾之。仇聞而懼，觀易未及反，而萩虎已先斃矣。」傳末附敘其子云：「子志毅，諸生，未幾亦卒。」）王傳（坊本《湘綺樓文集》未載）樹蘅特加稱歎；文固佳，然論詞與壽樹蘅七十序之「當東南鼎沸之時，天下波靡，而獨有湘鄉曾侯為求人才分國憂之言，於是左、胡和之，雖走卒下吏，一藝之長，得以自達。闓運弱冠與其議論，湖外人才搜訪遍矣，寧鄉近邑，廖氏名族，有蓀畡先生者，與劉克庵兄弟游，稱名諸生，竟寂然不相聞。」略詞意近複，似均不無矜氣（壽廖之作，時期似在傳隆之後）。

（民國二十六年）

談吳士鑒

錢唐吳絅齋（士鑒）近卒於里，清季詞臣中著淹雅之譽者也。光緒己丑舉人，壬辰榜眼，以翰林院編修直南書房，官至侍讀，歷充癸巳、甲午順天鄉試，戊戌會試同考官，江西學政，資政院議員。著述頗富，尤致力於史（著有《晉書斠注》等）。其壬辰會試之獲售，蓋幾失而得之，卷在同考官第六房吳鴻甲手，頭場已屏而不薦，迨閱第三場對策，乃歎其淵博精切，深得奧窔，始行補薦，竟獲中式。時先研甫兄亦與分校（第十五房），闈中知其事也。揭曉後，鴻甲語人：「絅齋頭場文，覆視亦甚工，不知初閱何以懵懂一時也。」鄉會試專重頭場（《四書》文），久成慣例。頭場不薦，二《五經文》三（對策）場縱有佳文，房考亦多漫不經意，難望見長。同光間潘祖蔭、翁同龢為大臣中講學問者，屢掌文衡，矯空疏之習，每主試，必屬房考留意經策，於策尤重條對明晰，以贍實學而勸博覽。是科同龢為正考官（祁世長、霍穆歡、李端棻副之），絅齋以第三場文特工得雋以此。考同龢日記，是年三月十五日云：「策題：《論語古注》，《新舊唐書》，《荀子》，《東三省形勢》，《農政》。」聞絅齋第三題文是為同龢所賞云。

先研甫兄與絅齋交甚厚，其詩，辛卯有〈和吳公簪〉云：

後起英流近有無，少文情願屈張敷。
文章氣誼鶯求友，學問淵源彗畫塗。
藏室相將探柱下，選樓何必墜江都。
無端引入西州感，接響謨觴謂可須。

結語謂潘尚書。

〈次吳公簪韻一首〉云：

年輩平亭亦復佳，論交杵臼素心諧。
通經早陋桓榮說，譚藝如親彗地儕。
愧我詅癡終俗學，羨君作健有高懷。
糾唐刊漢無窮事，此事還須戒揹埋！

〈偶成四絕索吳公簪和〉云：

文通掞藻筆花吐，高密研經帶草舒。
欲向誰家丐膏馥，白支窗下一踟躕。

議家聚訟總支離，坐務懵然詎有知？
盡攬天光歸眼底，可能不被古人欺？

宗英閒世每相望，索隱書成補子長。
孝穆鴻篇楚金傳，豈宜便作魯靈光？

文章自昔論流別，我溯宗風愛六朝。
讀史綴成文筆考，起衰一語太浮囂。

壬辰有〈仲夏貽吳公簪，公簪先以紙屬書，即書此歸之〉云：

吾郡有先正，偉哉孫與洪。放眼觀謨觴，合志猶巨邛。
媢學不知倦，孟晉相磨礱。當時投贈篇，謂與元白同。
修途奮長轡，身約道自豐。纂著各逾尺，林苑光熊熊。
湛盧燭牛鬥，聯步登南宮。丁未及庚戌，五色雲呈空。
信夫和氏寶，三獻終無窮。春華而秋實，稽古榮厥躬。
羽琌山人言，科亦因人崇。矯矯延陵子，嶄然頭然雄。
綺年奉庭誥，誦書猶撥麷。鉛察五官技，時或箋魚蟲。
糾謬復刊誤，磊落懷宗英。遺篇網典午，著錄觀其通。
綴文擅均體，色如漢時紅。傾蓋歡平生，英石初叩桐。
所居數廛隔，晰夕相過從。滯義得詮解，曠焉發我蒙。
間以唱酬樂，飛章走詩筒。昂藏逸天驥，儀曜占逵鴻。
金門授筆劄，孤羆出深叢。長安千丈塵，馬蹄疾於虹。
襲跡翔紫霄，風矩開良弓。未壯掇高第，姚聲邁終童。
顧餘不舞鶴，內鏡漸悾悾。延對誤蠅點，失次成籠東。
浮榮亦何介？出門忻有功。雖異七年長，石交契深衷。
敬以一言贈，努力彈飛沖。觀水必觀海。陟山必陟嵩。

益攬天祿儲，便腹還求充。宏裁蘭台令。樸學丁孝公。
師曠亦有言，盛年日方中。積德比於玉，砥行方諸銅。
蔚為廟堂器，名實俱寵嵸。平津與卷施，倘克追乾隆。
長謠塵清聽，獻樂操土風。細書不嫌痱，義在他山攻。

想見友朋唱酬切磋之雅，而於所學亦可略睹焉。

絅齋詩，庚寅有〈酬徐緩愔〉云：

幽州萬士幾人佳？把臂先知夙好諧。
清鑒每從高構定，微謳願與薛譚儕。
西京師法陳經義，北極風雲拓壯懷。
莽蕩平原一馮弔，台荒燕草久沉埋。
卷施才調百年無，振筆看君盛藻敷。
蛙紫煩囂今貫俗，文章流別古分途。
群言要使歸函雅，十載何當共煉都。
為抱冰弦彈瑟瑟，游魚六馬漫相須。

辛卯有〈縵愔小劇詩以詢之〉云：

徐生江海姿，筆鋒騁遒健。高哦揚天葩，新篇輒盈寸。
俗音洗於遮，繁條割藟蔓。金精匪貴多，魁紀一斑見。
我時從之語，輕師覬挑戰。鼓瘖復強撾，旗靡冀仍建。
多君善誘敵，欲使傾心獻。異器處甘酒，殊筐居調飯。
良譚高晷移，一豁塵襟悶。竭來君敞門，為苦頭風眩。
思深摧肝脾，毋乃耽吟倦。流覯千金方，靜檢服石論。
醫理與藥淪，然反自不變。持養貴得宜，勿使榮衛困。
我亦病煩鬱，歐溫致懷溷。上藥渺石芝，下藥再三撰。
神氣不能王，六藉未搜編。鴻筆思前賢，篤藝畏時彥。
但期葆歲寒，窺道破頑頓。高名非所希，千載亦風電。

可合看。

己未（民國八年）絅齋序先研甫兄《涵齋遺稿》云：

光緒戊子、己丑間，海宇無事，朝廷右文。一二名公巨卿，主持風會。凡以科目進者，多閎通淵瞻之才。論者謂嘉慶己未而後，得人以己丑為最。余以是年冬公車入都，始識徐君縵愔，繼獲交江君建霞。二君以己丑入詞館。縵愔治經史詞章，建霞精目錄金石之學，皆得其鄉先生劭叔宀、顧澗蘋之遺緒。三人者，月必數見，見則鉤釽辨析，移晷忘倦，而縵愔之群從藝甫、瑩甫與其姊婿言謇博，又皆潛心竺學，如驂之靳。壬辰余獲館選，於二君為後輩。文字觴詠之會，始無虛日。甲午東事起，縵愔劬心時變，與余縱覽迻譯之書，博考裨瀛之事，頗有志於用世。會建霞視湘中，廣開風氣，遷舊之儒，咸詆諆之，而余與縵愔曾不以此稍挫其志。丁丑縵愔入湘，繼建霞之任，於此始與縵愔別。國門執手，百感蒼涼，蓋已知朝局之必有變也。明年政變勃興，縵愔落職，建霞亦牽連罷斥。縵愔奔母喪還都，相見嗚悒，仍以致用相期。無何，庚子亂作，余間關赴秦，旋至南昌，即聞縵愔之訃，哭不成聲，作詩吊之（按：其詩云：「修門楝梃首相知，別後江湖杳夢思。太歲龍蛇天地黯，文人鵩鳥古今悲。偉高訣別誰為友？陽羨無田尚有兒。後死非才徒負負，欲呼閶闔望迷離。」）三兩年間，建霞、謇博先後下世。而朝野蜩螗，國事隳壞，馴致有辛亥之變。瑩甫憔悴怫鬱，亦以不起。回憶當年雄睨高談，履綦相錯，其豪邁雋爽之氣，如在目前，獨余猶獨活人間，百無一效，藝甫則試吏汴中，湛冥廿載，亦可想見其意氣之消沮矣。縵愔有子曰肖研，能讀父書，搜輯遺詩，錄為一卷，余又以遺文一首歸之。芝焚蘭瘁，馨烈猶存。縵愔生平交遊學術，略具於斯。因述余兩人交誼之終始，弁諸簡端。縵愔之詩，清麗遒逸，能函雅故，與乾嘉學人相近（下略）。

情文相生，言之有物，不徒足見兩人交誼也。絅齋辛卯有〈簡徐蓺甫即送還宜興〉詩云：

清時納履盛高賓，欲訪槐街跡已陳。[1]
我輩耽吟猶有癖，矮箋禿筆鬥清新。
由來杞梓推南族，豈獨何家大小山。
疑義就君如折獄，金根伏獵不須刪。
豹台說禮今誰嗣，湖海填詞舊有圖。
百載宗風能繼起，佇看間氣躍鯤誤。

1 君居上斜街，即查初白顧俠君諸先生倡和之地。

善卷洞外碧雲披，想見圖成瑞應時。

欲剔苔封摹舊篆，與君同訪國山碑。

王伯恭《蜷廬隨筆》云：「庚寅五月，余應學正學錄試，吳子修太史亦為其子士鑒買卷入場。榜發，士鑒落第。亡弟仲高適在京，謂余曰：『是兒若中進士，決可問鼎。』蓋士鑒為仲高之表內侄，固深知之也。壬辰士鑒果得榜眼及第，仲高亡已二年矣。士鑒旋入南書房，屢得試差，子修亦恒掌文衡。父子同時為名翰林，洵為嘉話。子修尤為福人也。」蓋絅齋未捷會試之前，人已以鼎甲期之矣。子修先生（慶坻）先於丙戌入翰林，相距僅六年（投職編修，相距僅三年）。

上文述及其壬辰會試獲售之幾失而得，順見其子秉澂、承湜等所為〈行狀〉，記其鄉會及殿試時事云：

戊子鄉試，以先王父官詞林，入官卷。典試錢樨菴閣學桂森甚賞二三場經策，以額滿見遺，深致惋惜。時先王父修《杭州府志・藝文志・儒林・文苑傳》未成而入都，府君並續成之。己丑鄉試，中第四十四名。典試為順德李仲約侍郎文田、衡山陳伯商編修鼎。撤棘時，先七叔祖寶堅先中三十四名。監臨崧鎮青中丞駿謂：「官卷只兩名，乃中在一家！」命取試卷磨勘，無瑕可指。陳編修以卷出己手，不敢與爭。李侍郎乃言，「浙江官卷，二三場無如此之博雅者，且功令彌封，憑文取士，更無官卷不准中在一家之例。」故府君述及此事，常有平生第一知己之感。冬間奉先王母挈眷入都，謁李仲約侍郎，始告以治輿地之學。次年覆試，取列一等第一名。閱卷大臣為番禺許筠庵督部應騤，嘉定廖仲山尚書壽恒，瑞安黃漱蘭侍郎體芳。府君至是聲譽益起，日下知名之士，咸願折節與交。會試報罷後，益專心輿地之學，盡閱張烏齋、何願船、徐星伯諸家之書。又於暇時講求金石，遍搜廠肆，得拓本益多。考證地理官制，積有跋尾若干通，是為《九鐘精舍金石跋尾》之創始。壬辰會試，中第三十七名，出吳唱初編修房。總裁為常熟翁叔平師相同龢，壽陽祁子禾尚書世長，宗室霍慎齋閣學穆歡，貴筑李苾園尚書端棻。吳編修閱第一場制藝，初未呈薦，及見二三場，已三月杪，以示袁忠節。忠節曰：「此人必非自田間來者，吾知其人，以浙卷不敢言。」因舉三場條對東三省輿地甚翔實，遍告同考諸君，相率踵吳編修室，詢此卷薦否。後經監試謝南川侍御雋杭慫恿，始於四月朔呈諸翁相。時浙卷二十四名已定，翁相以府君卷為通才，不忍抑置，最後始撤去一卷，以府君補之。嘗語同官曰：「吳某某實吾門之馬鄭也！」及殿試，策問四道，第一道為西藏地理，府君卷獨條晰無遺。讀卷大臣為錢塘汪柳門侍郎鳴鑾。故事，讀卷八人，依閣部官階先後為位次，各就其所讀卷分定甲乙。待標識定畢，乃由首席大臣取前列十卷進呈御覽，然諸大臣手中各有第一，初不相謀，仍依憲綱之次序為甲第之高下，及臚唱，府君以第二人及第，則又翁相國力主之也（按：讀卷八人次序為額勒和布、恩承、翁同龢、李鴻藻、啟秀、薛允升、汪鳴鑾、陳學棻）。

所敘會試情事，可與拙稿印證。至其著作，〈行狀〉云：「生平著述，有《補晉書經籍志》四卷，《晉書斠注》一百三十卷，《九鐘精舍金石跋尾》甲乙編各一卷，《敦煌唐寫本經典釋文校語》二卷，《异吉軒經眼錄》一卷，《含嘉室詩集》八卷，《文集》四卷，《商周彝器釋例》、一卷，《西洋歷史講義》若干卷。惟《文集》及《經眼錄》、《彝器釋例》、《西史講義》尚未刊行，餘者悉已付梓。《晉書斠注》尤為府君極意經營之作，蓋此書撰自甲辰，復得吳興劉丈翰怡承幹之助，成於甲子，刻於丁卯，經歷二十餘年，而從事蒐討，則遠在癸巳、甲午間也。」其《西洋歷史講義》為進呈之作。〈行狀〉云：「宣統元年……奉命輪班撰呈各國歷史講義。初次進呈，召見於養心殿東室。翌日明諭褒獎，謂：『所進講義，尚屬可觀。』其時進講者凡十四人，每日二人輪班，各進一篇，七日一周。府君所撰西史講義，皆親自屬稿，於歷次交涉之失敗及強國憑陵之前事，痛切言之。」關於纂修《清史》，〈行狀〉云：「甲寅夏，清史館長趙次珊丈爾巽聘府君為纂修。時館事草創，亟待府君商訂體例，搜集材料。觕就侍，奉先王父召歸。既而趙次丈以列傳事有所商榷，手書敦促，並厚致薪糈及聘金，府君皆卻不受。終以史事重要，重來京邸，擔任總纂，未觀厥成，復以先王父母年高多恙，仍回緒里養。」吳氏撰有《纂修清史商例》，見民國五年出版之《中國學報》。

（民國二十二年）

談陳夔龍

陳夔龍筱石，勝清之顯宦，民國之遺老也。當辛亥革命之起，方在直隸總督任，頗力為清室保境，國體變更，引疾去職，遂為上海租界之寓公，度其優遊之歲月，今年八十一矣。其離任時，有〈乞病獲請賦此留別〉詩云：

茫茫難問夢中天，草草勞人暫息肩。
賜履忝居群牧長，掛冠猶及國門前。
倉皇鋌走中原鹿，哀怨空聞蜀道鵑。
七十二沽春水綠[1]，煙波一曲好停船。

1 卸篆日適值立春

慚愧蒼生留雨霖，十年旄節主恩深。
竭來大陸浮雲幻，忍見虞淵白日沉！
誰為兩間留正氣？劇憐一病負初心。
河橋多少新栽柳，雪後婆娑感不禁。

多謝群公臥轍勞，早從市上識荊高。
能創霸業先延隗，蕭愧無規賴有曹。
秦地十城求趙璧，吳淞一水試並刀。
眼前無限滄桑恨，此地尋源或種桃。

艱難回首又庚辛，祖帳今多去國臣。
華屋頓添知己淚，布衣猶是秀才身。
百年養士寧無報，一柱擎天別有人。
寄語幽燕諸父老，彩幡仍報漢宮春。

又其《水流雲在圖記》下冊〈津沽留別〉一則云：

辛亥六月，余病瘍苦劇，臥治官書，心竊苦之，累疏乞請開缺，未邀俞允。迨八月而武昌變起，各省回應，土崩瓦解，馴至不可收拾，豈天心之易醉，抑人謀之不臧。直隸為北門重鎮，屏蔽京師，籌餉徵兵，關係最為緊要。余以病軀尸位，智力幾窮，誓以一身報國；幸文武共濟和衷，紳民咸知大義，屢瀕危險，卒慶安全，誠非初願所及，而余病莫能興矣。嘉平望後，蒙恩賞假三個月安心調理，十八日交卸督篆，稍息仔肩……回憶信睦尊俎，騁懷風月，時為變遷，抑鬱其誰共語耶！

又其《夢蕉亭雜記》卷二有云：

直隸一省，於全國分崩離析之秋，卒能烽火不驚，誠屬徼天之幸。直至遜詔將下，余適乞病獲請，得以完全疆宇還之朝廷，痛定思痛，有餘恫焉。

均見遺臣之口吻，而其自明為故主保境之勞，亦情見乎詞也。民國成立以後，勝清舊臣，願比殷頑，以遺老自待者，窮乏憔悴者不少，夔龍則以久膺封疆膴仕，宦囊較豐，故生計頗為饒裕。樓名花近，友聯逸社（社友余肇康和夔龍感舊詩所謂「桃源尚是人間世，花近樓高且縱觀」也）。聲伎遣

忠初不允奏，嗣以端邸與余有意見，恐蹈危機，因奏飭王培佑回本任。太后謂：『陳夔龍署事以來，百廢俱舉，且經手承辦要件甚多，何能聽其交卸？』文忠謂：『陳夔龍奉辦各要件，已有端倪，既有本任人員，似應令其到任歷練，俾免曠職。』太后始允。既而曰：『陳夔龍辦事得力，無端令其交卸，未免面子太下不去。』文忠謂：『誠如上言。查王培佑現署太僕寺卿，亦係三品大員，可否即令陳夔龍署理？』旨曰可。余遂於七月十二日卸府尹任。迨二十一日北京不守，兩宮西狩，余無守土之責，獲免清議，惟有慚汗而已！」當危疑險棘之時，賴榮祿之力，得卸艱巨之任而居閒職。深自幸也，而榮祿對夔龍之愛護，亦足見一斑。所謂端邸與有意見，指端王載漪曾封奏請誅十五人，首李鴻章，次王文韶，而殿以卸龍，經榮祿面奏其謬，得解，事亦詳《雜記》此節）。外兵入京，兩宮出走，派大學士崑岡等為留京辦事大臣，夔龍與焉，又拜順天府尹之命（署理，旋即真除）。慶王奕劻、大學士李鴻章奉命為議和全權大臣，奕劻隨扈，由懷來縣折回，先鴻章到京，奏派夔龍偕侍郎那桐隨同辦理，故《辛丑和約》之訂立，夔龍亦參與其間。《水流雲在圖記》上冊〈嚴城決策〉一則云：「庚子、辛丑間，余以京兆尹兼留京辦事大臣，並隨辦和議。時九門以內，敵軍駐守，九門以外，拳勢猶張，鎮撫之宜，萬端棘手。議款一日不定，則聯軍一日不撤，憂宗社之震驚，憫生民之塗炭，中宵起舞，悲憤填膺，亭秋謂余曰：『各國處連雞之勢，欲償款而非在侵略明矣，盍將所偵敵情密以上聞，使九重深知其艱，庶諸公得伸其志；不然，築室道謀，紛紛無益也。』余亟以白兩全權大臣，僉韙其說，屬即創草，達於行在，由是天心厭禍，各國亦如約締盟，誠非始願所及。故壽亭秋五十詩云：『十丈紅塵照直廬，連雞九國快驅除。艱難行在餘清淚，辛苦危城伴索居。客邸幸安同幕燕，敵情先察見淵魚。留台馳奏和戎策，燒燭深宵代檢書。』蓋紀實也。」（亭秋為其妻許氏之字。如所云，夔龍於此，甚得內助之力焉。夔龍初娶於周，再娶於丁，又繼娶於許。辛亥武昌起義後，袁世凱謀再起，奕劻輩援之，授意夔龍奏保，夔龍不允，據聞亦從許言）辛丑回鑾，先期派夔龍與左都御史張百熙等充承修蹕路大臣（時夔龍已簡授河南布政使，尚留府尹任。此項工程，正陽門城樓未即修復，後夔龍在漕督任內捐銀一萬兩倡修之）。未幾擢署漕運總督，乃為開府大吏矣。迎鑾途次，拜命真除。癸卯（光緒二十九年）移河南巡撫（翌年甲辰，充會試知貢舉。此差外吏例不能充，茲以借闈開封，得以巡撫充之，深以為榮）。丙午（光緒三十二年）調撫江蘇。翌年丁未擢授四川總督，請假回籍省墓。未即之任，翌年戊申調督湖廣。翌年己酉（宣統元年）復調督直隸，至辛亥革命去職，其略史如是。

光緒丙戌進士，官總督者三人，為同榜中最紅者。丁未三月徐世昌以民政部尚書外簡新設之東三省總督，七月楊士驤以山東巡撫升署直隸總督（翌年真除），夔龍以江蘇巡撫升補四川總督，同在一年（此總督指地方總督，漕運雖亦總督，地位與巡撫相等），蓋同年進士而為同年總督矣（士驤卒於直隸總督任，世昌清末官至大學士內閣協理大臣）。三人之中，徐楊均翰林，夔龍則部曹，而顯達最早，當其為漕督時，士驤不過通永道，世昌猶翰林院編修耳。士驤之得補道缺，據夔龍所述，實賴其提挈。《夢蕉亭雜記》卷二云：

丙戌同年楊蓮甫制軍，向官京師，所居相距寫遠，不常把晤，僅於春秋期會，尊酒言歡。君以編修改官直隸道員，庚子隨李文忠公來京議款。余時官京尹，襄辦和議，與君時相過從，患難論交，情非恒泛。歲杪通永道出缺，藩司玉山方伯言之李文忠，請以君奏補。張幼樵學士時在幕府，亦為君說項，文忠終以君到直資格太淺，未經允諾。猶記小除夕日君匆遽造余，詳述前事，以余係府尹，此項奏件例會銜，並述周張二君語，謂非余力向文忠陳說，難冀有成，且時甚促。一過新年，正月初五文忠壽辰，保定署臬司某君來京祝釐，資格較深，恐文忠意有所屬，語次情形極為迫切。余以同年至好，又係分內應辦之事，允於除日往見文忠。詎到時文忠正會晤德公使……迨德使去後，文忠擬暫休息，余揆此情勢，恐難進言，而蓮甫守催不已，只好姑為關說。文忠謂：「蓮甫雖係翰林出身，第官直日淺，此缺尚有儘先應補之人，長官亦須稍存公道。」余謂：「公言誠是。直省候補人員雖多，但從公於患難中者目前僅蓮甫一人，勞績亦不可沒。公昨謂行在諸公均蒙優敘，然則從公於賢良寺者不應得優敘乎？」公笑曰：「我已知蓮甫託君前來說話，君與彼為同年，又係大京兆，例須會銜，我若奏補他員，恐君不肯畫諾矣！請如君議。」余亦笑對曰：「某所言實係力崇公道，並非專顧私交。」此時窗外環而聽者多人，知事已諧，玉山方伯趨而前曰：「稿已辦就，請即書奏。」余亦列銜書奏訖，與方伯退入蓮甫室。適吏部尚書嘉定徐頌閣先生在坐，聞之，謂余曰：「蓮甫得缺太便宜，但須說明如何應酬我，否則交部議奏時我必議駁！」余笑曰：「公喜食福全館，蓮甫治具尤精，多備盛筵飫公，余亦得叨坐末，何如？」均各大笑。詎知蓮甫官符如火，奏到竟邀特允，不交部議，尚書挾持一飯而不可得。厥後余撫汴，蓮甫任直臬，擬保升豫蕃，為余臂助，項城阻之。不數年，蓮甫已繼項城為直督，而余督直反在其後，功名遲速，庸有定乎？蓮甫歸道山，未經國變，可謂全福。公子輩承其餘蔭，各自成立，長者尤恭謹，克世其家，故人有子，為之欣喜不置。

通永道兼為直隸總督暨順天府尹所屬，故夔龍以府尹之資格，為請於李鴻章（大學士領直督）。士驤之官直督，先於夔龍，夔龍歎其功名之速，以直督兼北洋大臣，為各督之領袖。夔龍留別詩所謂「賜履忝居群牧長」（自設東三省總督，列銜曾在直督之前，惟直督為畿輔重臣，事實上猶居「群牧長」之地位）。「故人有子」，言之若有餘美，蓋夔龍無子，頗引為缺憾耳（世昌亦無子）。至對於世昌，則以滿清遺臣之立場，對其為民國之國務卿且居大總統之位，深表不滿。辛酉十二月下旬（民國十一年一二月間）所為詩有句云：「龍頭休浪執，腹尾會平分。」用華歆與邴原管寧之典，以示異趣。自注云：「同年生有曾廁清班，膺膴仕，迄今仍靦踞高位者，余與堯衢則當日之兩曹郎也。」一時世昌在大總統任，所指顯然矣（堯衢為長沙余肇康字，亦其丙戌同年，以部曹官至江西按察使，因教案罷。起為法部參議，又緣事黜免。入民國後，僑民海上，以遺老與夔龍唱和於逸社）。然如己未

（民國八年）詩題有〈寄謝齊照岩中丞杭州〉、〈並懷沈冕士中丞山東〉等語，齊耀珊、沈銘昌清季均僅至監司，不能有中丞之稱，蓋以浙江省長、山東省長准浙江巡撫、山東巡撫而稱之，是對民國總統下之高位亦未嘗漠視。

世昌之壬午（光緒八年）舉人，士驤為乙酉（光緒十一年）舉人，夔龍則乙亥（光緒元年）即已中舉，時年甫十九，其進學在壬申（同治十一年），年十六。民國年二十一年，又屆壬申，於舊例有重游泮水之典。賦詩（用趙翼〈重遊泮宮〉詩韻）云：

其一

五夜書燈映柳塘，弱齡初采泮芹香。
道人再作遊仙夢，老衲重登選佛場。
發篋莫尋陳蠹簡[2]，壓箱猶剩舊螢囊[3]。
園橋此日如觀禮，誰識當年瘦沈郎[4]！

---

2 童時書院課卷，曾請弢庵太傅題句，旋復失去。
3 往日上學書包，由先妣親製，迄今尚存。
4 趙詩末韻，他本押長字，當是初刊本。

其二

龍門百尺溯前遊，溫嶠甘居第二流[5]。
齒亞洪喬宜把臂[6]，才輸穎士願低頭[7]。
漫勞門左爭題鳳[8]，差免牆東學儈牛[9]。
幸拾一衿聊慰母，焚膏猶記夜窗幽。

其三

風景河山舉目殊，江關蕭瑟負終繻。
凡才敢詡空群馬，晚景翻憐過隙駒。
白髮慵搔非故我，藍袍重著感今吾[10]。
舉幡又見新人貴，老謝鹽車悔識途。

---

5 榜發名列第二。

6 余年十六入庠，齒最少，同歲同榜有殷君誥。

7 榜首蕭君射斗，後中甲戌進士。

8 與伯兄少石、仲兄幼石先後得科第。

9 先光祿公棄養，余始八齡。家貧，有勸學賈者，先妣姜大夫人未允，力延師課讀。

10 黔俗，新秀才釋菜日，例著藍衫拜客。

其四

數仞牆高許再循，檢場燈火最相親。
桐宮獻藝狂書草[11]，藜閣觀光利用賓[12]。
舊揭浮簽留示客[13]，同題團榜慨無人[14]。
假年還向天公乞，桂籍秋風杏苑春[15]。

原唱及和作刊為《壁水春長集》，以獲賞匾額曰：「壁水春長」也。其鄉舉在光緒乙亥，時年十九，至今乃甲子一周，因是恩科，循舊例准上屆正科（同治癸酉）。以民國二十二年癸酉為重宴鹿鳴之期，是年又有詩：

11 試題「於桐」二字，極枯窘，同試有閣筆者。
12 學使劉藜閣檢討青照，極荷青睞。
13 蔣勵堂相國有《賦童試浮簽詩》，廣徵題詠。
14 考錄先發團榜。
15 明年重宴鹿鳴，重宴恩榮之期則在十年後矣。

其一

白髮依然舉子忙，耄荒慚對五經房[16]。
甫看蓂莢新年綠，回憶槐花舊日黃。
棘院又來前度客，蘋筵重上至公堂。
孔懷頓觸令原慟，不共吹笙並鼓簧[17]。

其二

當年恩榜慶龍飛，奉使雙星曜鎖闈。
畢卓通才便腹笥[18]，張華博物副腰圍[19]。
濃圈墨筆兼藍筆[20]，暗點朱衣賦翠衣[21]。

16 定制，房考入闈，各分一經。
17 先兄少石先生癸酉孝廉，惜已仙逝。
18 正考畢東屏師保厘，蘄水人，庚申翰林。
19 副考張蘭軒師清華，番禺人，乙丑翰林。
20 考房謝小遽師紹曾，南康籍，貴州揀發知縣，壬子舉人。
21 試場詩題：「山色朝晴翠染衣。」

豈有文章驚海內[22]，科名草綠報春暉[23]。

其三

園橋碧水愛春長[24]，又逐秋風戰士場。
年比看羊蘇典屬[25]，才輸倚馬左文襄[26]。
月宮在昔香飄桂，雲海而今劫扶桑。
高會儻延三益友，他題請試互評量[27]。

其四

宦跡東西印雪鴻[28]，龍門跋浪鯉魚風。

22 用成句。試場首題：「煥乎其有文章。」
23 赴宴歸來，先母姜太夫人率子祀先，喜極而涕。
24 昨歲重遊泮官，荷頒到『壁水春長』御書橫額。
25 十九歲獲中。
26 湘陰左恪靖侯相國壬辰鄉舉三場試卷朱墨本十四，至今完好，近日文孫乞余題詞。
27 今年重宴鹿鳴者，近日所知，尚有湘潭秦子質軍門炳直，瀘州高蔚然大守樹，無錫楊小荔太守志濂。
28 余宦遊行省。

梁園造榜人猶在[29]，羅甸觀場我尚童。
明鏡雙看衰鬢白，公車五踏軟塵紅[30]。
頭銜乍換漸非分，雅什重賡句未工。

一時和者尤夥。以夔龍兩詩可為科舉舊聞之談助，故錄之。（其「假年還向天公乞，桂籍秋風杏苑春」之句，望於重宴鹿鳴之後更能及舊例重宴恩榮之期，時在民國三十五年丙戌，年正九十矣。）夔龍與秦炳直（清末以臬司遷提督）同以重宴鹿鳴獲太子少保銜之賜，和者因多以宮保稱之云。是年陳秦及高樹、楊志濂而外，吳鬱生（元和人，字蔚若，似亦邀加銜）、繆潤紱（正白旗漢軍人，字東麟）亦光緒乙亥舉人，舊例同有重宴鹿鳴之資格者。秦、高、楊、繆諸同年和作，並錄如次，俾彙覽焉：

秦詩：

科名早達多成毀，甲第遷移變屈伸。
惟有聖皇宏造士，必推元命樂嘉賓。

---

29 癸卯河南鄉試，余充監臨。是科撤棘後，鄉舉遂廢。
30 五上春官，始成進士。

三章觀始賡宵雅，一德能終信老臣。
黔楚風雲聯屬久，宮袍雙著拜恩綸。

高詩：

賓士皇路半生忙，老耄歸田晝閉房[31]。
君或理須饒茜碧[32]，時當舉足踏槐黃。
丁年赴省觀蘋宴[33]，亥歲登科別草堂[34]。
兩姓弟昆全盛日，一門唱和沸笙簧。

（其一）

丹詔熒煌御翰飛，天惠寵渥到秋闈。
莊書懸壁金泥飾，大筆如椽玉帶圍。

31 住臥室閉門不出。
32 樹鬚髮皆白，公必不然。
33 樹十六歲入學，十八歲丁卯赴鄉試。
34 乙亥登科，遊浣花草堂歸里，未北上。兩弟中舉後乃偕赴京。

白下今留黃閣老，藍衫昔換紫羅衣。
長春行在褒耄舊，萬里晴光望彩暉[35]。（其二）

秋闈四赴首途長，席帽芒鞋屢入場。
嗜古尊經開學校，憐才愛士遇文襄[36]。
生資固陋嗤高叟，賦命清寒類子桑。
一路榮華到開府，何堪郡守並衡量！（其三）

何時北雁語南鴻，捷報傳來耳畔風。
例舉先朝談貢舉，門旌羅甸勵兒童[37]。
老臣謝表孤衷白，賀客盈庭醉面紅[38]。
自笑江淹才早盡，口占俚句未能工。（其四）

---

35 瀘縣數月陰雨，近日晴。此首詩望我公重赴鹿鳴有恩旨。
36 乙亥張文襄調樹入尊經書院。
37 公之羅甸及滬上大門，應懸匾以鼓勵後輩兒童。
38 公居時當置酒酌客。

楊詩：

千門看榜萬人忙，瑞來珠聯星聚房。
已入網珊量尺玉，不嫌伏早騁飛黃。
黔靈秀出牂柯郡，綠野花添叢桂堂。
今日鹿鳴詩再賦，九州幾輩協笙簧。（其一）

魚躍登龍鷁退飛，升沉途判係春闈。
樗材我分青氈守，花兆公宜金帶圍。
貢舉兼知持節針，疆圻遍歷掛冠衣。
科名草已無根久，猶托苔芩映碧暉。（其二）

黃髮丹忱恩眷長，宮花簪自少年場。
臣稱耋老命重異，天煥文章耀七襄。
待得春歸還染柳，寧因河改悔栽桑？
齒居三益蒙何取，山海壤流竊忖量。（其三）

望公遵渚逐飛鴻，迎侍鼋頭趨下風。
韓尹推敲寵島佛，宋人獻頌愧轅童。
居夷觚夢縈甜黑，入洛車塵憶軟紅。
恨昔未為梁苑客，巴詞不獲附鄒工。（其四）

繆詩：

鄉闈回首捷三場，花信番風過眼忙[39]。
碑字未堙先聖廟[40]，藝文曾刻聚奎堂[41]。
名標北榜邀魁選[42]，遇感南豐爇瓣香[43]。
惆悵種桃人去遠[44]，重來仙觀有劉郎。（其一）

---

39 時年二十四。
40 鄉試恩榜例於文廟前樹題名碑，與進士同。
41 首藝並詩幸與闈刻。
42 名次第八。
43 房師魯芝友，南豐人。
44 毛旭初、崇文山、殷譜經、徐蔭軒四座主化去已久。

凌雲發軔路先探，洄溯名場述美談。
家慶倖登恩榜再[45]，公才傑出鼎元三[46]。
音傳鵲報邀親喜[47]，會際龍飛沐澤覃。
榮被寵光臣草莽，記陪秋宴酒尊酣。

（其二）

賢登天府數同儔，問有晨星幾個留。
炊熟黃粱尋昨夢，香分丹桂快前遊。
歌詩恍聽群鳴鹿，策杖偕來健倚鳩。
自信黔中聲望卓[48]，湘潭[49]無錫[50]更瀘州[51]。

（其三）

45 先堂叔祖際唐公舉咸豐紀元辛亥京兆榜。
46 丙予曹竹銘、庚辰黃慎之、癸未陳冠生三殿撰並同是科京兆榜。
47 先母愛新覺羅太恭人盼子成名心切，聞報喜極。
48 公籍隸貴陽。
49 秦予質軍門炳直。
50 楊小荔太守志濂。
51 高蔚然太守樹。三人均乙亥同年，壽八十以上。

耳（五上公車，始成進士，故言登第之難）。其官督撫，無赫赫之名，而為政尚以穩靜見稱，其〈自敘〉有云（同上）：「所可以自慰者，厥有三端：一不聯絡新學家，二不敷衍留學生，三不延納假名士。衙齋以內，案無積牘，門少雜賓，幕府清秋，依然書生本色。連圻僚友，有譏余太舊者，有笑余徒自苦者，甚有為以上諸流人作介紹者，均一笑置之，寧守吾素而已。」蓋自示為保守一派，而不贊成並時之號為時髦督撫一流，爭藉所謂新政以出風頭者也。至其由京職外任，其間幾生波折。辛丑既簡放河南布政使，幾內升外務部侍郎，夔龍深幸未成事實。〈自敘〉有云（同上）：「外部徐進齋侍郎忽焉病逝……先是李相宣言：『陳筱石外放藩司，我不贊成。目今外交人才少，此人應留京大用。』聞之，切切私慮，以汴藩夙稱優缺，京僚獲簡，不啻登仙，若改京職，依然清苦。詎事有出意外者。武進某京卿，外交、財政均其所長，而尤醉心督撫，一聞進齋之耗，恐被特簡，特密電西安政府，謂那琴軒侍郎曾任斯職，必堪勝任。進齋遺摺上，琴軒果奉簡矣。」斯時夔龍不耐久任京職之清苦，亟思外用，俾饒家計，侍郎位雖高於藩司，亦甚不樂為焉。紀昀《灤陽消夏錄》二，談八字有云：「無錫鄒小山先生夫人，與安州陳密山先生夫人，八字干支並同，小山先生官禮部侍郎，密山先生官貴州布政使，均二品也，論爵布政不及侍郎之尊，祿則侍郎不及布政之厚，互相補矣。」以夔龍論，河南布政使與外務部侍郎，「厚」與「尊」二者不可得兼，夔龍寧願舍「尊」而取「厚」，未幾逕擢漕督，撫豫蘇，督鄂直，固「尊」「厚」兼致，名實俱優矣。使果以外務部侍郎而長居京秩，宦囊殊為減色耳。「武進某京卿」，指盛宣懷。宣懷未遂督撫之願，致審則由於官營實業，又當別論。

其家財之巨，自遠非夔龍所及也。

慶王奕劻繼榮祿而為樞臣領袖，以貪庸為清議所鄙，庚戌（宣統二年）正月御史江春霖以「老奸竊位，多引匪人」劾之，詞連夔龍及朱家寶（雲南人），謂：「直隸總督陳夔龍則其乾女婿，安徽巡撫朱家寶之子朱綸則其子載振之乾兒。」奉旨詰其「果何所據而言」，覆奏謂：「陳夔龍繼妻為前軍機大臣許庚身庶妹，稱四姑奶，曾拜奕劻福晉為義母。許宅寓蘇州婁門內，王府致饋，皆用黃匣，蘇人言之鑿鑿。夔龍赴川督任，妻畏道難逗留漢口，旋調兩湖，實奕劻力。朱綸拜載振為義父，係由袁世凱引進。光緒三十四年二月，朱綸曾到其父吉撫署內，購備貂褂、人參、珍珠、補服等件送禮。朱家寶每於大庭廣眾誇子之能，不以此事為諱，現猶不時往來邸第，難掩眾人耳目。」奉旨斥以「毫無確據，恣意牽扯，謬妄已極」，「莠言亂政，有妨大局」，「任意詆誣」，「輕於詆蠛」，「實不稱言官之職」，命回原衙門行走（春霖本由翰林院檢討遷御史）。當是時，春霖直聲震朝野。宣武門外北半截胡同廣和樓酒肆有不署名之題壁詩二首云：

居然滿漢一家人，乾女乾兒色色新。
也當朱陳通嫁娶，本來雲貴是鄉親。
鶯聲嚦嚦呼爹日，豚子依依戀母辰。
一種風情誰識得？勸君何必問前因。

一堂二代作乾爺，喜氣重重出一家。
照例定應呼格格，請安應不喚爸爸。
岐王宅裡開新樣，江令歸來有舊銜。
兒自弄璋翁弄瓦，寄生草對寄生花。

謔虐之甚，一時哄傳焉，或謂羅惇曧所作也。《蕿蕉亭雜記》卷二有云：「庚戌月樞臣南海戴文誠逝世，輦轂之下，喧傳余將內召入輔，忌余者嗾使言官某侍御以不根之言妄行參劾，仰荷聖明垂鑒，令該御史明白回奏，卒以妄行誣衊不稱言職從寬飭回原衙門行走。」即對此項參案之自辨（至關於由川督改授鄂督，據云實乖本願，有「鄂省財政枯窘，債臺高築，較之川省財力豐富，不啻天淵，豈可以此易彼」，及「張文襄公督鄂垂二十年，百廢具舉，規模巨集肆，第鄂係中省，財錙只有此數，取錙銖而用泥沙，不無極盛難繼之感」等語。亦見《雜記》卷二）。

（民國二十六年）

談段祺瑞

段祺瑞於十一月二日卒於上海，以係「三造共和」之民國元老，聞者多致嗟悼焉。段氏早有知兵之名，佐袁世凱治軍北洋，共王士珍、馮國璋稱「北洋三傑」。其後當時勢力推移，嶄然有以自見，遂陟高位，執國柄，舉措設施，動關大局，蔚為民國史上有聲有色之人物。天津《大公報》三日短評〈弔段芝泉先生〉有云：「段先生對於中華民國的關係之大，為孫中山先生及袁項城以外之第一人。」蓋的論也。文學非所長，然頗留心翰墨，所作亦有別饒意致者。如民國十五年在臨時執政任時所撰〈因雪記〉云：

丙寅正月五日卯正，披短衣，著下裳，淨面漱口後，念淨古真言。披長衣，念淨衣真言，整冠，取念珠，放下蒲團，跏趺西向坐，冥目寧神，虔誦佛號，廿轉數珠，合掌讀願文。頂禮已，啟目，垂手，收念珠入袋中，起身，去蒲團，五年餘如一日也。持煙及盒，排闥穿房，入外客廳，劉玉堂、周堯階、汪雲峰擁坐奕案，俱起逆余，雲峰讓一坐。堯階久不奕，欲先

> 試之，讓三子，兩局俱北；雲峰繼之，所負之數與堯階兩枰等。適點心至，饅首兩碟，食其一，又盡麥粥兩盂。劉謂雪似嫌小，舉目視之，屋垣皆白。遂出念珠，默誦而行，出後門，過上房，赴後園，沿荷池，循引路，搴衣登山。安仁亭近在右側，但不能窮千里之目。轉而左向，更上，至正道亭。旋視遠邇，一白無邊，蒼松翠柏，點綴搖曳，清氣襲人，爽朗過望。因思厲氣久鍾，不雨雪已數月，既雪矣，乖戾之意大殺，人民災劫或可豁除。然環顧豫鄂魯直臨榆張北，陰雲慘澹，兵氣沉霾，自顧職之所在，不免憂從中來。綱紀蕩然已久，太阿倒持有年，人事計窮，欲速不達，心力交瘁，徒勞無補，惟有曲致虔誠，默禱上蒼，由無量之慈悲，啟一線之生機已耳。越涵慧亭，俯首降階，遵曲徑，穿小橋，傍石洞，繞山陽，過宅神祠，歸坐內客廳。如意輪王咒百十一遍，往生咒倍之，大明王真言、往生真言等，接續誦畢，完一日之課程。遂援筆志之，以啟發兒曹之文思。

一篇短文，有敘事，有寫景，有感慨，有議論，以文家境詣言，雖尚欠功候，而無冗語，無華飾，真率而具樸拙之趣。本非文人，不必以文人之文繩之也。

時當大局風雲日亟，政府地位，危疑震撼，若不可終日。段氏身為執政，憂念中猶有悠閒之態，蓋果於用人，已惟主其大綱，不必躬親諸務，亦其素習然也；惟責任則自負，政治上無論成敗，從不諉過於下耳（臨時執政制度，本不設國務總理，後為應付環境，始增置之，若代負責任者，不過權宜之計，非段氏真不肯負責也）。又嘗聞人談其任邊防督辦時軼事。歐戰既停，段由參戰督辦改稱邊防督辦，其機關則由督辦參戰處改稱督辦邊防處（所練參戰軍亦改稱邊防軍），處中事務，向委僚屬處理，惟大事至府學胡同私邸啟白而已（時吉兆胡同巨宅尚未建成）。一日雪後，偶至街頭散步，顧謂隨行之小僮曰：「邊防處距此遠否？」對以不遠。曰：「可導我往彼一視。」比至，欲入，衛士見此叟步行而來，衣冠樸舊，因厲聲呵止。僮斥之曰：「此督辦也，汝等何敢爾！」衛士愕然請罪，閽者亟報處中重要職員，恭迎入督辦室。眾以今日督辦忽蒞，不知有何大事，肅侍靜候訓示。段微笑曰：「街頭步雪，乘興閒遊至此。諸君不必在此招待，可即各治其事。」眾乃爽然而退。段在督辦室小憩，旋就處中巡覽一過，仍由小僮侍送，緩步而歸。其暇逸之度，尤可概見。

李鴻章為段之鄉前輩，以聲望之隆，當晚清同、光、宣之際，一言「合肥」，皆知所指為李氏也。自入民國，段氏乃繼之而起，專「合肥」之稱，先後若相輝映。段有〈先賢詠〉云：

崑崙三幹脈，吾皖居其中。江淮夾肥水，層巒起重重。
英賢應運起，蔚然閒氣鍾。肅毅天人姿，器識尤恢宏。
勳望誠燦爛，宛如萬丈虹。盛年入曾幕，文正極推崇。
髮逆據白下，十三秋復冬。分疆且不可，遣軍猶北攻。
開科已取士，壇坫以爭雄。公奮投筆起，淮將征匆匆。

移師當滬瀆，神速建奇功。一戰克大敵，中外咸靖恭。
全蘇勘定後，撫篆攝旌庸。助攻金陵復，鳥獸散群凶。
還師定中原，捻匪無遺蹤。分軍靖秦隴，歸來戍遼東。
卅載鎮北洋，國際慶交融。甲午敗於日，失不盡在公。
寅僚不相能，未除芥蒂胸。力言戰不可，樞府不相容。
己籌三千萬，意在添艨艟。不圖柄政者，偏作林園供。
海軍突相遇，交綏首大同。損傷相伯仲，幾難判拙工。
策劃設盡用，我力已倍充。勝負究難屬，準情自明通。
及至論成敗，集矢於厥躬。繼起督兩粵，遠謫示恩隆。
庚子拳亂作，權貴靡從風。德使竟遇害，八國興兵戎。
轉戰迫畿輔，無以挫其鋒。鑾輿俱西幸，都城為之空。
聯軍客為主，洞穿乾清宫。責難津津道，要脅更無窮。
仰面朝霄漢，氣焰陵華嵩。環顧海內士，樽俎誰折衝？
五洲所信仰，惟有李文忠。國危而復安，深賴一老翁。

雅有勁氣，亦未可以詩人之詩繩之，（詩中敘李事，間有未盡諦處，無關宏旨），要見其對鄉先賢欽慕之意耳。段在職時之肯負責任，蓋有李氏之風。鴻章子經方與段稔交，觀其與客弈，有詩云：

儼同運甓惜光陰，鎮日敲棋玉漏沈。
代謝幾人稱國手，後先一著見天心。
漫爭黑白分疆界，轉瞬興亡即古今。
局罷請君觀局外，縱橫南北氣蕭森。

段和韻云：

孜孜聞道惜分陰，國勢飄搖慮陸沉。
顛倒是非偏鼓舌，躊躇樞府費機心。
綱維一破那如昔，虞詐紛爭到直今。
惡貫滿盈終有報，難欺造物見嚴森。

又有首云：

披裘玩雪不知寒，庭角初春賞牡丹。
放眼天空觀自在，關心國勢敢辭難？
眾生且願同登岸，滄海何憂既倒瀾？
砭痛契深瘳厥疾，回環三復竟忘餐。

題為〈伯行枉詩且有頌不忘規之語次韻奉答〉，原唱未詳。

段之〈策國篇〉，為十年以前自抒經國抱負之作，亦可覘其志也。詩云：

鄉鎮聚為邑，聯邑以成國。國家幅員廣，畫省為區域。
民與國一體，忍令自殘賊？利害關國家，胡可安緘默？
果具真知見，興邦言難得。民智苦不齊，胸襟寡翰墨。
發言徒盈庭，轉致生惶惑。政府省長設，各國垂典則。
邑宰如家督，權限賴修飭。統治成一貫，籌策紆奇特。
政不在多言，天健無休息。晚近綱紀隳，高位僉人弋。
武夫競干政，舉國受掊克。擾攘無寧土，自反多愧色。
往事不堪言，掃除勿粉飾。日新循序進，廉恥繼道德。

農時失已久，饑寒兼憂逼。民瘼先所急，務令足衣食。
靖共期力行，百司各循職。良善勤講誘，去莠懲奸慝。
言出法必隨，不容有窺測。土沃人煙稀，無過於朔北。
曠土五分二，博種資地力。兵民移實邊，十省兩千億。
內地生計裕，邊疆更繁殖。道路廣修築，交通無閉塞。
集我國人資，銀行大組織。獨立官府外，經理總黜陟。
發達新事業，隨時相輔翌。輸入減漏卮，製造精品式。
肥料酌土宜，灌溉通溝洫。比戶餘粟布，孝弟申宜亟。
既富而後教，登峰務造極。國際蒸蒸上，誰復我挫折？

關懷國事之忱，溢於言表。

（民國二十五年）

談徐樹錚

徐樹錚為民國史上有名人物，與政治軍事均有重要關係，譽者欽其壯猷遠略，毀者病其辣手野心，而其人起家諸生，雅好文事，與柯劭忞、王樹楠、馬其昶、林紓、姚永樸、永概諸人遊，蓋有儒將之風，閱《視昔軒遺稿》，其文及詩詞，頗有功候，不乏斐然之作，不僅以人傳也。〈致柯鳳孫王晉卿馬通伯書〉云：

……讀《易》後，發願總集群，遍為點讀。年來奔走四方，形勞而神豫，無時無地，蓋未嘗不以丹鉛典籍自隨。近十三經中，惟餘《公》、《穀》未畢，非不知貪多之為害，特以不能詳博，何繇返約，故亦不憚其繁也。嘗考十三經之稱，傳記訓詁，雜羼並列，未為的當，擬提出《爾雅》，仍以《大學》、《中庸》還小戴之舊，而以大戴並立，附《國語》、《國策》於左氏傳後，合為十五經，再於《爾雅》後增取《方言》、《釋名》、《說文》、《廣雅》，共成經訓二十種，中國經世大文，殆可包舉無遺。讀者各盡資力所能，專治其一二，或普讀其大凡。國家興學育材，此為之基，立賢行政，此為之準，然後益以藝事之學，分門隸事，群智得其範圍。古今兩無偏泥，神州決漭，庶免陸沉之慘，特不知何日能觀厥成耳。諸子、諸史、騷賦、詩歌、填詞、南北曲、八比文，皆中國文學粹腋，不可不各有最輯，擬定為目錄，廣求名宿耆賢審慎抉擇後，刊佈於世，俾勤讀之士有所依歸，近日文人之惡孽，著述之蕪穢，或不至永為人心大患，亦治世之要也。此事重大，尚未敢輕有所表著，然權富可剝，功名可棄，此則畢生以之，窮通決無二致，非外物所得而奪矣……聞叔節病頗殆，每念及為之累日不怡，倘竟不起，寧不又少一人？天果欲仍以文化起吾中國，甚願天之先有以起吾叔節。一粒之穀，食之不足飽，種之則可推衍隴畝，蕃育萬方，非細故也。

又〈上段執政書〉云：

……反政以來，文教廢墜，道德淪亡，讀書種子，日少一日，如柯先生劭忞、王先生樹柟、馬先生其昶、經術詞章，為世所師，皆已年逾七十。若姚永樸、胡玉縉、賈恩紱、陳漢章諸先生，年輩差後，亦皆六十內外。其他政論家流，雖有富贍文學者，然操行雜駁，於公私邪正多不能自持。而海內宿儒為樹錚所不及知者，尤不知凡幾。此數叟者，蟄居都門，著書講學，矻矻罔倦，擬懇厚贈祿養，矜式國人，並飭梁秘書長鴻志、張幫辦伯英、正志學校張校長慶琦，時為鈞座存問，俾各身心安泰，保此斯文一脈。林畏廬與姚叔節兩先生先後病歿，至為痛惜。樹錚辟地頻年，奔走南北，兄姊親愛，死喪迭仍，皆為私痛，未至過戚，惟兩翁之歿，不能去懷，每一念及，輒復涕零。兩翁者於鈞座有舊，從學滿天下，身後清苦，請飭存恤其家，使遐邇共歌鈞座崇儒重道之雅，爭奮求學，文化庶幾復興。鈞座不欲重整吾華厚施當世則已，如欲之，舍昌明經訓無他術也。為長治久安計，練百萬雄兵不如尊聖興學信仰斯文義節之士。袁、黎、馮、徐諸氏，能取之而不能終之，可為殷鑒。物質器械，取人成法即足給用，禮樂政刑，非求之己國不足統攝民情。且各邦政學皆在我經訓下，二十年之後，全球大小諸國不尊我經訓為政治最精義軌者，樹錚不敢復言讀書妄論天下事矣。惟鈞座及時圖之。

二篇均其晚年文字，治學之志尚，經國之意見，與夫慕重師儒之情懷，大抵可睹。此種議論，自不免以思想迂舊見誚，而致力甚勤，信持極篤，要為自抒所是。至如〈謝龔郅初贈倭刀〉詩云：「橫海歸來壯，風雲變態多。寶刀堪贈我，世事竟如何？擊楫會宵舞，逢人莫浩歌。為君勤拂拭，明日斫蛟鼉。」一則表露其武健之本色。

而〈平報周年紀念日感言〉云：

……余軍人也，軍人之天職在保民，在衛國，而保民之良法在去暴，衛國之能事在卻敵，然則軍人者殺人之人耳。夫彼人祖宗數十世延傳之祀續，而我以利刃斬之，彼人數十寒暑艱苦化生以有其身，而我以順刻死之，然則天下至不平之事孰有過於殺人哉？而余顧悍然為之，然則余殆不平之人耳。雖然，一家哭何如一路哭？懲一勸百，殺以止殺，非聖人之所謂仁術者乎？毋亦平天下之道固有賴於是者乎？……故願為記者進一言曰：我國破壞之餘，建設未集，法紀蕩然，道德掃地，元凶巨憝，間出擾害，賢路未盡登庸，宵小或仍竊政，朝野隱痛，常鬱鬱多不平之氣。暴之不除，良何由安？故欲平國民不平之氣，非余輩保國衛民之軍人殺人不可。欲殺人而仍不失人心之平。非扶持正論之記者傾注余輩軍人殺人之目，參仿余輩軍人殺人之腕，以著筆著述鼓吹殺人之事業不可。《平報》素詳軍事，語皆翔實，執筆者之性理似於余輩軍人為近，或者不以余言為河漢也。余請拭目以觀後效。

其個性尤充分呈見，覺殺氣滿紙矣。其師段祺瑞清末官江北提督時，曾自製長聯，懸諸廨園，有「好一派肅殺情形」之句。（見沃丘仲子（費行簡）〈段祺瑞〉），殆可移作此文評語。俞仲華（萬春）《蕩寇志》結子云：「話說那嵇仲張公統領三十六員雷將，掃平梁山泊，斬盡宋江等一百單八人之後，民間起了四句謠歌，叫做：『天遣魔君殺不平，不平人殺不平人。不平又殺不平者，殺盡不平方太平。』這四句歌乃是一個有才之士編造出來的，一時京都互相傳誦，本來不是童謠，後來卻應了一起奇事。……」此文此歌合看頗有相得益彰之趣。（又按：此「四句歌謠」實本於陶宗儀《輟耕錄》卷二十七所載〈扶箕詩〉）。

又此文開端云：

偶憶昨為民國二年十月三十日之夜，畏廬老人招飲，座客多《平報》記者，偶談及越朝十一月一日為《平報》周年紀念日，於是群謀所以為《平報》祝者。畏廬老人謂余曰：「子雅與《平報》諸記者善，殆不能無言矣。」此以昕夕卒卒，未敢諾於口也。頃自外歸，足甫及書齋之檻，則十月三十一日《平報》又已裒然置案頭。念余素性不喜讀報，又時殊劇忙，雖余常御之案，中西京外報紙數十種，堆置靡弗備，而其得闌入余目，分其秒刻之暇，倏然以惕余者，《平報》外無一也。然則〈平報周年紀念日〉，實余讀《平報》周年紀念日也。《平報》周年紀念日，余固不必有言，余讀《平報》周年紀念日，余又烏可以無言？……

自道與《平報》之關係如此。

按：《平報》在並時諸報中，有特別之色彩，群稱為陸軍部機關報。時祺瑞為陸軍總長，樹錚以次長實主部務，故又見稱樹錚之機關報。主編輯者為臧蔭松，林紓則排日為撰筆記，曰《鐵笛亭瑣記》。是時樹錚與諸文人交遊日淺，漸染未深，文事造詣，不逮後此。此文以「以觀後效」作結，既

談孫傳芳

佛堂濺血，一棺戢身，十年前威震東南之孫聯帥遂長眠矣。其事蹟有足述者。

入民國後，北洋系大將山東人為多：吳佩孚、孫傳芳其後起而負重名者也。傳芳之視佩孚，知名於時尤較後，蓋受佩孚賞拔而始得所憑藉，浸以大顯焉。傳芳久在鄂，隸王占元部下，洊至第二師師長，猶若碌碌未有奇節。占元解職，傳芳自結於佩串，得拜長江上游總司令之命，稍露頭角矣。然是官僅領空名，無土地，無人民，養望而已。旋承佩孚之命，統兵定閩，因任福建督理，乃得膺封疆重寄，而猶覺偏隅不足以大有為，且慮此役有功之師長周蔭人亦欲一握疆符，遂以閩督讓之（先已保為幫辦），而已以閩粵邊防督辦之空銜，聊示兼圻之意。江浙齊盧戰起，以閩贛聯軍總司令之名義攻浙，藉內應而直抵杭州，乃代盧永祥作督，撫循軍民，聲聞日著。時曹錕為總統，除令督浙外，且授以閩浙巡閱使之頭銜，名實均為兼圻重鎮，與蘇皖贛巡閱使齊燮元並稱東南大帥焉。凡是均與佩孚有息息相通之關係。未幾，錕被囚，佩孚喪師，段祺瑞為臨時執政，永祥以宣撫使挾奉軍南下，燮元、傳芳組織江浙聯軍以拒之（齊稱第一路總司令，孫稱第二路總司令）。燮元軍當前敵，戰不利，傳芳見幾撤兵自全，不與燮元同敗，執政府仍以浙江軍事善後督辦畀之。迨奉將楊宇霆督蘇，傳芳一面虛與周旋，一面密與諸將結合。準備既成，突發討奉通電，率師入蘇。宇霆倉皇退卻，傳芳遂奄有江蘇。蓋得浙得蘇，咸如發蒙振落之易，其智略良有過人者也。

傳芳既得江蘇，且乘勢而逐去皖督姜登選，亦奉將也。執政府即令傳芳督蘇，而傳芳則先已自稱蘇皖贛浙閩五省聯軍總司令，蓋兼有兩巡閱使之地盤（亦即清代兩江閩浙兩總督之地盤），五省將帥，悉秉號令，意氣發舒，聲威遠播，「聯帥」之稱自此始。雖勢力範圍較佩孚「洛陽虎視」（康有為祝佩孚五十壽聯語）時，尚有未逮，而結合之堅實則過之矣。聞當時蘇省某巨紳致傳芳賀電有云「錢武肅開府十三州，吳越奉其正朔。郭令公中書廿四考，朝野仰若天神。」亦可略見威震東南群流翕附之一斑焉。此為傳芳最得意之時代。

佩孚再起後，黨軍由湘入鄂。佩孚勢不支，促傳芳由江西出兵攻湘相援。傳芳陳師江西，軍容甚盛，而遲遲不發。迨佩孚敗退，始與黨軍接觸，屢戰受挫，遂失贛省。既退歸南京，知頹勢難挽，乃微服赴津謁張作霖，俯首輸誠，蘄共禦黨軍，作霖許之。能伸能屈，傳芳有焉。旋傳芳地盤盡失，乃至山東依張宗昌，宗昌兄事之。作霖為大元帥，以傳芳為第一方面軍團長，宗昌為第二方面軍團長，共任津浦線之軍事。傳芳曾一度乘蔣介石宣告下野之機會，將選鋒反攻南京，血戰於龍潭，以眾寡不敵，卒大敗，傳芳逃而免，部下幾無一生還，當時皆作殊死戰也。事雖不成，宗昌及褚玉璞皆服其勇。傳芳則痛哭曰：「精銳已喪，後無能為矣。」玉璞召集部曲，訓話曰：「你們算得什麼隊伍，像孫聯帥的兵，那才真是隊伍呢！」其後黨軍進攻山東，傳芳軍視張緒所部，猶為勁旅，遂由濟寧規取徐州，頗有進展，豐沛均入掌握，而宗昌正面奔潰，由韓莊退至泰安，傳芳歸路斷絕，率部奮勇衝回。晤宗昌後，而責其僨事，宗昌惟自批其頰，連稱「該死」。迨退出濟南，傳芳先至北京謁作霖，談作戰計畫（相傳作霖詰以「你的仗是怎麼打的？」傳芳答：「打的不錯，已去徐州不遠，如效坤正面不生變化，徐州早已取得。」問：「部下損失若干？」答：「無損失。」問：「槍械尚有多少？」答：「每兵兩桿。」作霖詫問何以，傳芳曰：「效坤兵潰，沿途遺棄槍械，俯拾即是，惜一人只有兩手，若三手，則每兵三桿矣！」作霖大笑，慰勞甚至）。張學良勸作霖罷兵，作霖曰：「馨遠尚言能戰，何遽服輸乎？」傳芳經學良設法婉勸，始不再言可戰。未幾作霖出關遘難，學良跡遵國府電令東歸，約傳芳同行。傳芳召集所部重要將領鄭俊彥、李寶章等徵詢善後意見。俊彥等先請示主帥有何成算。傳芳曰：「我軍現只有兩條路可走：一即在關內佔據地盤，與直魯軍（張緒所部）相呼應，靜待機會，再圖發展；一即投降黨軍耳。至全軍隨同奉軍出關，則為事實上所辦不到，因奉方已苦兵多，勢難強其兼為我軍籌餉糈也。」俊彥等不置可否，惟謂將士疲憊已甚。傳芳喻其意，即曰：「士各有志，我不相強。」於是全軍向黨軍降。傳芳僅率學兵一營赴奉，由學良代為安插。從此聯帥不掌兵符矣。

當傳芳與學良及楊宇霆等同車離北京時，沿途慮有危險，隨時試探前進，車行極遲，空中且時有黨軍飛機偵察，車中人多有懼色，傳芳則言笑自若，弗改常度。遇車停時，每下車散步，若甚暇逸者，同車者皆稱其膽大也。既抵奉，學良優禮之，傳芳雄心亦尚未已，後鑒於宇霆之死，恐以鋒芒取咎，乃深自韜抑云。近歲作天津寓公，共靳雲鵬等逃禪誦經，法號智圓，若與世相忘者。本月（十一月）十三日在居士林為施從濱之女劍翹槍擊隕命。一代英物，遂如斯結局。天津居士林為雲鵬所發起組織，林長即彼。《大公報》載其十四日談話有云：

馨遠係余勸其學佛，平日作功夫甚為認真，誠心懺悔。除每遇星期一三五來誦經外，在家作功夫更勤，每日必三次拜佛，每次必行大拜二十四拜，所以兩年以來神色大變，與前判若兩人。其夫人亦作功夫甚勤。立志改過，專心懺悔，而猶遭此慘變，殊出人意料之外，幾使人改過無由，自新亦不可得（靳氏言至此，不覺拍案歎息）……此風萬不可長……人非聖賢，誰能無過，要在知過改過。若努力改過猶遭不測，則無出路可想。

傳芳學佛之近況蓋若是，雲鵬傷類之慼亦足睹。施從濱者，宿將，久官魯省，歷任鎮守使等要職。傳芳略地蘇皖時，張宗昌以魯督出兵與戰而敗，從濱被俘，傳芳殺之。其後孫張棄怨成好，共事一方，而從濱則既死矣。以學佛之有名軍人而遭暗殺，傳芳蓋與張紹曾同；以有名軍人而被暗殺於報仇，其事又若與徐樹錚、張宗昌相類焉。茲四人者，雖有等差，要皆民國史上得占一席地者也。

傳芳由閩入浙，抵杭州之日，雷峰塔崩圮，談休咎者以為不祥之徵，而傳芳無恙，馴且以浙江為根據地，一躍而為五省聯帥焉。在浙時收拾民心，與地方感情頗不惡。比至蘇，首裁附加捐稅，民譽大起。農田以負擔減輕而漲價，聞最貴者至每畝值一百五十元云。某紳獻策，請行畝捐，每畝徵銀二角，以助軍費，傳芳弗許也（至赴贛督師時，以軍用浩繁，乃行之以應急）。失敗後，在江浙尚不無去思，亦自有因耳。至其在贛頓兵不動，自老其師，坐失機宜，以取覆敗，說者謂初意蓋不欲己盡其力而使吳佩孚收其功，（傳芳已尊顯，佩孚猶以部曲將視之，傳芳意不能平），且有與黨軍妥協之一種幻想云。

（民國二十四年）

談胡雪巖

杭人胡光墉（字雪巖）以商業稱霸，名著中外，聲勢烜赫。至光緒九年癸未，所業倒閉，舉國震動，實距今年癸未六十年前一大事也。其人雖以失敗終，溯其生平，要為一非常之人物。其盛衰之際，令人興感。

李蒓客（慈銘）《越縵堂日記》癸未十一月初七日云：「昨日杭人胡光墉所設阜康錢鋪忽閉。光墉者，東南大俠，與西洋諸夷交。國家所借夷銀曰洋款，其息甚重，皆光墉主之。左湘陰西征，軍餉皆倚光墉以辦，凡江浙諸行省有大役大賑，事非屬光墉若弗克舉者。故以小販賤豎，官至江西候補道，銜至布政使，階至頭品頂戴，服至黃馬褂，累賞御書。營大宅於杭州城中，連亙數坊，皆規禦參西法而為之，屢毀屢造。所蓄良賤婦女以百數，多出劫奪。亦頗為小惠，置藥肆，設善局，施棺衣，為饘鬻。時出微利以餌杭士大夫。杭士大夫尊之如父，有翰林而稱門生者。其邸店遍於南北，阜康之號，杭州、上海、寧波皆有之。其出入皆千萬計。都中富者，自王公以下，爭寄重資為奇贏。前日之晡，忽天津電報言其南中有虧折，都人聞之，競往取所寄者，一時無以應，夜半遂潰，劫攘一空。聞恭邸、文協揆等皆折閱百餘萬，亦有寒士得數百金託權子母為生命者，同歸於盡。今日聞內城錢鋪曰四大恒者，京師貨殖之總會也，以阜康故亦被擠危甚。此亦都市之變故矣。」初十日云：「作片致介唐，屬代取見銀，以今日聞四恒號將閉，山西人所設匯局皆被擠危甚也。使諸肆盡閉，京師無富商大賈，外內貨貝不通，劫奪將起，司農仰屋之籌益無可為矣。」

略述胡氏之為人，北京當阜康號倒閉時之景象，亦於斯可見其大致焉（李謂杭士大夫尊之如父，蓋不免過甚其詞。日記中對杭人每好輕詆，頗有浙東西畛域之見。又日記同治五年丙寅四月二十三日言及胡事云：「張某，邑之大駔，庚申、辛酉間，與杭人胡雪巖操奇贏，各挾術相欺詐，銀價旦夕輕重，或相懸至數百千萬，錢法以之大壞，商賈遂共煽惑為觀望，主軍需者至持餉不發。胡倚故巡撫王壯愍，而張與前知府懷清暱，益樹勢傾軋。越事之敗，實由兩人。……胡雪巖者，本賈豎，以子母術遊貴要間。壯愍故以聚斂進，自守杭州至撫浙，皆倚之，遂日驕侈，姬侍十餘人，服食擬於王者，官亦至監司。左宮保初至，欲理其罪，未幾復寵，軍中所需，皆倚取辦，益擅吳越之利。杭之士大夫有志行者皆賤之，不肯出共事，故益專。其材蓋出張某上遠甚。……亦牽連記於此，以驗其他日之敗。」可與癸未所記合看，蓋李於十餘年前已言其必敗矣）。文協揆謂協辦大學士刑部尚書文煜，素有富名者也。給事中鄧承修旋劾文煜存阜康銀號銀數至七十餘萬之多，請飭查明確數，究所從來，據實參處。十九日奉諭著順天府確查具奏。順天府兼尹畢道遠府尹周家楣查覆，奏稱查核阜康號票根簿內有聯號開列銀四十六萬兩，第一號上注明「文宅」字樣，除前江西布政使文輝呈請究追阜康銀款十萬兩稱由文煜代為經手外，其餘三十六萬兩簿中只注「文宅」字樣，云云。二十五日奉諭著文煜明白回奏。文煜奏稱由道員升至督撫，屢管稅務，所得兼俸歷年積至三十六萬兩，陸續交阜康號存放，云云。二十六日奉諭：「所奏尚無掩飾，惟為數較多，著責令捐銀十萬兩，即由順天府向該號商按照官款如數追出，以充公用。」文煜饒於財，此外當尚多，以追銀十萬兩歸公了事，不予深究矣（又有前駐藏幫辦大臣錫縝，以報捐八旗官學用款，請將阜康商號存銀萬兩飭追歸公，於十二月上奏。初九日奉諭：「所奏殊屬取巧，著將原摺擲還。」給事中鄭薄元劾錫縝前在戶部與姚覲元、董雋翰、啟續等表裡為奸，家稱巨富，請派員查參，云云。十四日奉諭：「錫縝久經告病開缺，已往之事，姑免深究，惟該給事中稱其任意瀆奏，實屬咎無可辭，錫縝著炙部嚴加議處。至所稱告病未經銷假人員應否呈遞奏摺之處，著請部查明具奏。」二十五日諭：「錫縝著照兵部議降四級調用，不准抵銷，並折罰所兼世職半俸九年，免其降調世職。至告病人員，雖據查無不准遞摺明文，惟究於體制未合，嗣後凡告病未經銷假者概不准自行遞摺奏事。」其事亦可附述。姚覲元輩昔為戶部司員，官至司道，上年壬午閻敬銘任戶部尚書後，以在部舊事被劾褫職，錫縝亦曾官戶部司員者也）。

胡受左宗棠知遇器使，籌餉購械，左氏深資其力（為借洋款，以助西征，亦中國外債史初期可特書者。光緒三年五月左氏奏明借定洋款（由滙豐銀行借銀五百萬兩）一摺，言每月一分二厘五毫起息），屢經奏獎，俾邀異數。其稱道之詞，見於奏議者，如同治五年十一月附陳胡道往來照料聽候差遣片，謂：「道員胡光墉素敢任事，不避嫌怨，從前在浙歷辦軍糧軍火，實為緩急可恃。咸豐十一年冬杭城垂陷，胡光墉航海運糧，兼備子藥，力圖援應，載至錢塘江，為重圍所阻，心力俱瘁，至今言之，猶有遺憾。臣入浙以後，委任益專，卒得其力，實屬深明大義不可多得之員。惟切直太過，每招人忌……臣稔知其任事之誠，招忌之故。」

同治十年九月辦理糧餉各員請獎片，謂：「布政使銜福建補用道胡光墉，設局上海，購運西洋軍火槍炮，轉運東南協餉，每遇軍用艱亙餉需缺乏之時，不待臣緘續相商，必設法籌解，以維大局。」同治十二年四月請賞道員胡光墉母匾額摺，謂：「浙江紳士布政使銜在籍福建候補道胡光墉，經臣奏派辦理臣軍上海採運局務，已逾八年，轉運輸將，毫無缺誤。臣軍西征度隴，所歷多荒瘠寒苦之區，又值頻年兵燹，人物凋殘殆盡，本省轄境，無可設措，各省關欠解協餉，陳陳相因，不以時至，每年准發足餉，先猶以兩月為度，繼則僅發年杪一月，而猶慮不能如期收到，轉散各營。每年歲事將闌，輒束手懸盼，憂惶靡已。胡光墉接臣預籌出息借濟緘牘，無不殫誠竭慮，黽勉求之，始向洋商籌借鉅款，格於兩江督臣非體之議中止，繼屢向華商籌借，均如期解到，幸慰軍心。去冬華商借款不敷，胡光墉勉竭己資，並勸各親友助同出借，計借十萬兩，以副期限，不取息銀。其力顧軍需深明大義如此。上海為洋商會集之所，泰西各國，槍炮火器，泛海來售，競以新式相耀。臣於閩浙總督任內，飭胡光墉挑擇精良，不分新舊，惟以便利適用為要。嗣調督陝甘，委辦上海轉運局務兼照料福建輪船事宜。胡光墉於外洋各器械到滬，隨時詳細稟知，備陳良楛利鈍情形，伺其價值平減，廣為收購，運解軍前，臣軍實資其用。其購到普洛斯後膛螺絲開花大炮及後膛七響洋槍，精巧絕倫，攻堅致遠，尤為利器，各軍營競欲得之，而價值並未多費。其孜孜奉公如此。同治十年，奉伊母胡金氏之命，以直省水災較廣，捐製棉衣一萬件，嗣復添製棉衣五千件，並捐牛具籽種銀一萬兩，以津郡積潦未消，籽種不齊。續捐足制錢一萬串，以助洩水籽種之需。此外辦運浙江賑米，奉委採辦閩米，運送上海，裝載赴津。迭經直隸閩浙督撫臣先後奏明在案。去年臣以甘肅苦寒，兵燹之餘，百貨昂貴，種棉織布之利，土民向所不諳，無衣之患，甚於無食，而邊地降雪最早，每值嚴寒，凍斃者所在皆是，現值餉需奇絀，勢難分兵勇禦寒之具遍惠寒民，因念江南布棉價廉，人多好義，爰檄飭該道捐棉衣，並許俟集有成數專摺請獎。旋據該道稟稱，伊母年屆七旬，屢飭該道毋以宰割為壽，令將平日節縮所存，捐製加厚加長棉衣二萬件，以給邊荒窮窶，並親率家屬，逐件按驗，其有製辦未善者，立令更換，該道又另勸捐棉衣褲八千件，均於去年七月間運交臣軍後路糧台，輸解前來。臣去冬轉飭散給，所全甚多。」

又光緒四年三月胡光墉請予恩施片，謂：「浙江在籍紳士布政使銜江西補用道胡光墉，上年聞陝省亢旱成災，饑民待賑孔亟，擬捐銀二萬兩白米一萬五千石裝運赴漢口飛挽入秦。臣因道遠運艱，飭改捐銀兩。茲據稟稱改捐銀三萬兩，共捐實銀五萬兩解陝備賑。即前截留備購東洋米之洋款三十萬兩，亦已改銀輕賫到甘。並據該道呈開，捐輸江蘇沭陽縣賑務制錢三萬串，捐輸山東賑銀二萬兩、白米五千石、制錢三千一百串，又勸捐新棉衣三萬件，捐山西賑銀一萬五千兩，並捐河南賑銀一萬五千兩，只因目擊時艱，念災民饑餓流離之苦，竭力捐助，不敢仰邀獎敘等情前來。臣維胡光墉自奏派辦理臣軍上海採運局務，已歷十餘載，轉運輸將，毫無遺誤，其經手購買外洋火器，必詳察良格利鈍，伺其價值平減，廣為收購。遇泰西各國出有新式槍炮，隨時購解來甘。如前購之布洛斯後膛螺絲開花大炮，用攻金積堡賊巢，下堅堡數百座；攻西寧之小峽口，當者辟易；上年用以攻達板城，測準連轟，安夷震懼無措，賊畏之如神。官軍亦羨為利器，爭欲得之。現在陸續運解來甘者，大小尚存數十尊，後膛馬步槍亦數千桿。各營軍迅利無前，關隴新疆速定，雖曰兵精，亦由器利，則胡光墉之功實有不可沒者。至臣軍餉項，全賴東南各省關協款接濟，而催領頻仍，轉運艱險，多係胡光墉一手經理。遇有缺乏，胡光墉必先事籌維，借湊預解，洋款遲到，即籌借華商鉅款補之，臣軍倚賴尤深，人所共見。此次新疆底定，核其功績，實與前敵將領無殊。臣不敢稍加矜詡，自蹈欺誣之咎，亦何敢稍從掩抑，致負捐助之忱。茲就胡光墉呈報捐賑各款，合計銀錢米價棉衣及水陸運解腳價，估計已在二十萬內外，而捐助陝甘賑款，為數尤多。又歷年指解陝甘各軍營應驗膏丹丸散及道地藥材，凡西北備覓不出者，無不應時而至，總計亦成鉅款。其好義之誠用情之摯如此。察看紳富獨力呈捐，無如其多者。」由此三奏所云，左對胡之知賞倚重與胡之功狀可睹矣。

其見於左氏書牘者，如王申（同治十一年）〈答楊石泉〉謂：「胡雪巖，商賈中奇男子也。浙人始訾之，近亦無甚議論。」又見於家書者，如乙丑（同治四年）三月與孝威（其長子）謂：「胡雪巖人雖出於商賈，卻有豪俠之概。前次浙亡時，曾出死力相救。上年入浙，渠辦賑撫，亦實有功桑梓。外間因請託未遂，又有冒領難民子女者被其峻拒，故不免蜚語之加。我上年已有所聞，細加訪察，尚無其事。至其廣置妾媵，乃從前杭州未復時事。古人云：人必好色也，然後人疑其淫。謂其自取之道則可耳。現在伊尚未來閩，我亦未再催。爾於此事，既有所聞，自當稟知，但不宜向人多言，致惹議論。」可與同治五年奏片所陳招忌一節合看。左氏排物議而器使之，倚以集事，可謂能度外用人者已。至胡以好色貽譏，其後來商業上之一敗塗地，亦頗因奢淫之故也。

曾劼剛（紀澤）《使西日記》光緒五年己卯云：「十二月初二日，葛德立言及胡雪巖之代借洋款，洋人得息八厘，而胡道報一分五厘。奸商謀利，病民蠹國，雖籍沒其資財，科以漢奸之罪，殆不為枉，而復委任之，良可慨已！」於胡氏為左借款事深斥之。

沃丘仲子（費行簡）《近代名人小傳》傳胡於貨殖，據云：「同治間足以操縱江浙商業為外人所信服者，光墉一人而已。浙人，字雪巖（初學賈錢肆中，一日突有人來，謂為湘軍營官，餉弗繼，欲假二千元。適主事者咸外出，唯光墉留，貿然許之，約翌日至取資，逾時眾歸，聞而大譁，主者立逐之出，然亦不敢毀約。越日其人來，如數以貸。未浹旬，竟攜資來償，本息弗絀。唯向前慨假我資者，乃一少年，今何不在。肆人詭以病對。時光墉已潦倒甚，偶踽踽行河上，忽值是人，問子病當瘥，對不病。曰不病何狀若是，對無業故憔悴。其人大詫，語以肆人語。光墉亦傾告前事，曰是則我害子矣。遂延致軍中，為易衣進餐，謂：自得資給諸卒，皆踴躍赴敵，遂克近邑。今我有資十萬，皆得自賊中者，固不足告外人，欽子誠實，且坐吾累，願以資貸予設肆可乎？欣然承之。自是左軍所至，勢若破竹，浙東西及八閩皆定。諸將既得賊中鎡貨多，而克誠皆置局榷稅，餉入亦豐，莫不儲之光墉所。及宗棠北伐回捻，又檄令購運軍食，其時肆中湘人存資過千萬，乃並治絲茶藥諸業。當大亂新平，舊商零落，乃以豐財捷足，百業並舉。迄同治壬申，私財亦二千萬。乃假洋債，助宗棠出關。時已官道員，遂晉頭品頂戴黃馬褂。然光墉特幸逢時會，非真有奇計雄略。既富顯，唯知奢縱，用人第取先意承志者，老成羞之，肆漸中虧。對洋商屢食言，信譽日墮，不十年所營皆敗，且虧軍需帑，至褫職監追，賓客盡散，姬妾潛逃，只堂上一衰母耳。憤死，餘一藥肆，為人所得，仍其舊名，歲給資千餘以贍光墉家而已。從來成敗無若其速者。」亦可備覽。惟所述多不了了。胡早已受知於王有齡，商而且官，聲勢頗張，豈迨左軍入漸尚學賈錢肆乎？）

劉聲木（體仁）《異辭錄》卷二云：

「清史而立貨殖傳，則莫胡光墉若。光墉字雪巖，杭之仁和人。江南大營圍寇於金陵，江浙遍處不安，道路阻滯，光墉於其間操奇贏，使銀價旦夕輕重，遂以致富。」

「王壯愍自蘇藩至浙撫，皆倚之辦餉，接濟大營毋匱。左文襄至浙，初聞謗言，欲加以罪，一見大加賞識，軍需之事，一以任之。西征之役，偶乏，則借外債，尤非光墉弗克舉。迭經保案，賞頭品銜翎三代封典，儼然顯宦，特旨賞布政司銜賞黃馬褂，尤為異數矣。」

「光墉藉官款周轉，開設阜康銀肆，其子店遍於南北，富名震乎內外，僉以為陶朱、猗頓之流，官商寄頓貲財，動輒巨萬，尤足壯其聲勢。江浙絲繭向為出口大宗，夷商把持，無能與競，光墉以一人之力，壟斷居奇，市值漲落，外國不能操縱，農民咸利賴之，國庫支絀，有時常通有無，頗恃以為緩急之計。」

「先文莊撫浙之初，藩庫欠光墉資二十萬，尚不知其為何如也。光墉見，稱述中堂不置，而莫明其為誰，問之乃湘陰也，笑而遣之。未久光墉以破產聞。先是關外軍需咸經光墉之肆，頻年外洋絲市不振，光墉雖多智，在同光時代，世界交通未若今便，不通譯者每昧外情，且海陸運輸，利權久失，彼能來我不能往，財貨山積，一有朽腐，盡喪其貲，於是不得已而賤售，西語謂之拍賣，遂露窘狀。上海道邵小村觀察本有應繳西餉，靳不之予，光墉迫不可耐，風聲四播，取存款者雲集潮湧，支持不經日而肆閉。」

「光墉有銀號一、典二十有九、田地萬畝，其他財貨稱是。上海、杭州各營大宅，其杭宅尤為富麗，皆規禁禦仿西法，屢毀屢造，中蓄姬妾輩十餘人。先一日光墉由滬而杭，盡呼之集一堂，自私室出，立即下鍵，予以五百金遣去，不得歸取物，有懷挾者任之。光墉選豔，惟愛幼孀，以為淫佚恣意之便，本無一人崇尚名節，故一哄而散，毋稍留戀。」

「次日光墉將其業產簿據獻於文莊，不稍隱匿，在落魄之中，氣概光明，曾未少貶抑。文莊為設局清理，令候補州縣二十九人接收各典，皆踧踖莫知所對語。文莊謂此二十九人者曰：諸君學古入官，獨不思他日積貲致富設典肆以謀生乎？收典猶開典也，不外驗貲查帳而已。」

「文協揆存款三十五萬，疏請捐出十萬報效公帑，其餘求追，以胡慶餘堂藥肆之半予之。孫子授侍郎，乃文莊庚申同年也，有萬金在其肆內。張幼樵學士來書云：子授得失尚覺坦然，而家人皇遽，慮無以為生計，乞為援手。亦諾焉。其外京朝外省追債之書，積之可以丈尺計，則一時闤闠中擾亂情形，可想見已。」

「前一歲有僧以貲五百元存於杭城典肆，肆以為方外書名不便，拒而不納，僧以木魚敲於門外，三日三夜。光墉偶過其處，問故許之。及是僧至取款，不與，則敲木魚不止。肆夥笑謂之曰：和尚汝昔以三日三夜之力而敲入，今欲以三日三夜之力敲出，不可得也。不得已而以婦人衣褲折價相抵。僧持泣曰：「僧攜此他注，誠不知死所矣。」揮淚而去。其流毒類如是。」

「是時賈商販豎，挾胡氏物出售者，其類不可勝數，罔不顯其奢麗。其屋上雕鏤，室中几案，園內樹石，每易一主，輒遷移以去，至於清亡而未已。」

「光墉未幾即死，其母旋亡，距七十壽辰不足一歲。杭人謔之曰：『使母早三月逝，當備極榮哀之禮，此老婦人真以壽為戚矣。』」

「《海上花列傳》中黎篆鴻即光墉也，語焉未詳。傳中有女婿朱淑人，今亦無考。然光墉有後嗣，慶余堂之半仍為彼有，營業至今不衰云。」

雖間有未盡諦處，而大體蓋頗翔實。（文莊為劉父秉璋諡）。

醒醉生（汪康年）《莊諧選錄》卷十二云：

「杭人胡某，富埒封君，為近今數十年所罕見，而荒淫奢侈，亦迥尋常所有。後卒以是致敗。茲就平日所聞者詮次於後，亦足資鑒戒矣。」

「胡有財神之目，相傳胡幼時作徒於某店，夜臥櫃檯上，半夜忽聞有人聲，急呼眾起，果得一賊，已僵矣。久之始醒。眾詢其故，則叩首言：『貧不能自存，故踰垣入，冀有所獲，不意甫入門，即見一金面神臥於桌上，遂不覺驚駭欲絕。』眾乃扶而釋之，咸竊竊奇胡。」

「胡後為某錢店司會計，有李中丞者，時以某官候補於浙，落拓不得志，一日詣其店告貸，眾慢不為禮，胡獨殷勤備至，且假以私財，某感之，誓有以報。迨後揚歷封疆，開府浙江，甫到任，即下檄各縣曰：『凡解糧餉者必由胡某匯兑，否則不納。』眾微知其故，於是錢糧上兑，無不託諸胡，胡遂以是致富。」

「左文襄收復杭州時，胡亦由上海回杭，或有以蜚語上聞者，左怒，胡進謁，即盛氣相待，且言將即日參奏。次日胡忽進米十數舟於左，並具稟言：『匪圍杭城之際，某實領官款若干萬兩往上海辦米，迨運回杭，則城已失陷，無可交代，又不能聽其徽變，故只得運回上海變賣。今聞王師大捷，仍以所領銀購米回杭，以便銷差，非有他故也。』時東南數省，當淪陷後，赤地千里，左方以缺餉為慮，得胡稟，大喜過望，乃更傾心待胡，凡善後諸事，悉以委之，胡由是愈富。」

「左文襄西征時，苦軍餉無所出，乃令胡為貸於某銀行，以七厘行息。左借此得率軍出關，故不以利重為嫌。其實此款即由銀行印刷股票，貸諸華人，以四厘行息，三厘則銀行與胡各分其半也。憶某年銀行之執事人回國，香港諸西人共餞之，半坐，忽一人起而問曰：『諸君今日餞某，為公事乎？為私情乎？』眾曰：『自然是為公事。』其人徐言曰：『彼為左大人經理借款，曾告我四厘行息，我昨獲見其合同底稿，乃是七厘行息，何也？』執事人色沮，噤不能答，眾亦失色而散。」

「胡姬妾極多，於所居之室作數長弄，諸妾以次處其中，各占一室，若宮中之永巷然。胡不甚省其名，每夕由侍婢以銀盤進，盤儲牙牌無數，胡隨手拈得一牌，婢即按牌後所鐫之姓名呼入侍寢，每夕率以為常。」

「胡酷好女色，每微服遊行街市，見有姿色美麗者，即令門客訪其居址姓氏，向之關說，除身價任索不計外，並允與其父若夫或兄弟一美館，於是凡婦女之無志節者，男子之闒茸者，無不惟命是聽，而其市肆店號所用之夥友，大半恃有內寵，乾沒詿誤無所不至，遂至於敗。」

「胡荒淫過度，精力不繼，有以京都狗皮膏獻者，胡得之大喜，蓋他春藥皆係煎劑或丸藥之類，雖暫濟一時，然日久易致他疾，惟狗皮膏只貼於湧泉穴中，事畢即棄去，其藥性不經臟腑，故較他藥為善。然京中他店所售皆偽物，即有真者，而火候失宜，皆不見效，惟一家獨得秘傳，擅名一時，而有時亦以舊物欺人，偽作新者，故胡每歲必囑其至戚挾巨金入京監製，以供一年之用，所費亦不貲。某年有人於津沽道中遇其戚某，詢以何往，彼亦不諱言，並告以製膏法，惜日久忘之矣。」

「胡敗後，自知不能再如前揮霍，乃先遣散其姬妾之平常者，令其家屬領歸，室中所有亦任其攜去，所得不亞中人之產。迨後事漸亟，謠言將有籍沒之舉，乃亟擇留其最心愛者數人，餘皆遣去，則所攜已不及前，然猶珠翠盈頭綺羅被體也。暨疾亟，其家人並其所留之姬迨去，則徒手而出，一無所得矣。其不幸如此。」

「江浙諸省，於胡敗後，商務大為減色，論者謂不下於庚申之劫，蓋其時惟官款及諸勢要之存款，尚能勒取其居室市肆古玩為抵，此外若各善堂、各行號、各官民之存款，則皆無可追索，相率飲恨吞聲而已。胡死之次年，值中元節，杭例有盂蘭盆會之舉，有輕薄子故於其居室前設一醮壇，懸蟒袍、補服、大帽、皂靴，及煙具、賭具諸寓於壁，旁懸一團扇，題其上曰『雪巖仁兄大人法正』，見者粲然。怨毒之於人亦甚矣哉！」

「胡之母享年九十餘。當胡未敗時，為母稱觴於西湖雲林寺，自山門直至方丈房，懸掛稱壽之文，幾無隙地，自宮紳以至戚族，登堂祝壽者踵相接。暨胡歿後，母亦繼歿，則其親友方避匿不遑，到者寥寥。其家新被查抄之命，慮人指摘，喪儀一切，惟務減殺，無復前之鋪張矣。論者或比諸《紅樓夢》之史太君，洵然。」

「論曰：綜胡之一生言之，抑亦一時無兩人也。當其受知湘陰相國，主持善後諸事，始則設粥廠，設難民局，設義烈遺阡，繼而設善堂，設義塾，設醫局，修復名勝寺院，凡養生送死賑財恤窮之政，無不備舉，朝廷有大軍旅，各行省有大災荒，皆捐輸巨萬金不少吝，以是屢拜樂善好施之嘉獎，由布政使銜候選道被一品之封典，且贈及三代如其官。外人之商於華者，亦信為巨富，中朝向之假貸，苟得胡署名紙尾，則事必成，至於委巷小民，白屋寒士，待胡而舉火者，咸頌胡禱胡不置。嗚呼，何其盛也！及其敗也，此方以侵蝕庫款被縣官封閉告，彼即以夥友無良挾貲遠遁告，身敗名裂，莫為援手，賓客絕跡，姬妾雲散，其後判若兩人。嗚呼，何其衰也！豈生平所獲皆不義之財，故悖入者亦悖出歟？抑務廣而荒，受踰於器，人滿則天概之，故及身而敗歟？梁武帝有言曰：『自我得之，自我失之，亦復何憾。』其斯人之定論也夫（又卷四云：「杭胡雪巖盛時，嘗於冬日施丐，每人棉衣一件又錢二百文，一時托鉢之流頌德不置。」）。

又李伯元（寶嘉）《南亭筆記》卷十五云：

「浙江鉅賈雪巖，受左文襄特達之知，賞黃褂加紅頂，遭逢之盛，幾無其匹。後以虧空公款奉旨查抄，文襄再三為力，脫於文網，未幾鬱鬱而終。冰山易倒，令人浩歎。胡好骨董，以故門庭若市，真偽雜陳，胡亦不暇鑒別，但擇價昂者留之而已。一日有客以銅鼎出售，索八百金，且告之曰：『此係實價，並不賺錢也。』胡聞之頗不悅，曰：『爾於我處不賺錢，更待何時耶？』遂如數給之，揮之使去，曰：『以後可不必來矣。』其豪奢皆類此。每晨起，取翡翠盤盛青黃赤白黑諸寶石若干枚，凝神注視之，約一時許，始起而盥濯，謂之養目，洵是奇聞。胡有妾三十六人，以牙籤識其名，每夜抽之，得某妾乃以某妾侍其寢。廳事間四壁皆設尊罍，略無空隙，皆秦漢物，每值千金。以碗砂擣細塗牆，捫之有稜，可以百年不朽。園內仙人洞，狀如地窯，几榻之類，行行整列。六七月，胡卸重衣偃臥其中，不復知世界內尚有炎塵況味。花晨月夕，必令諸妾衣諸色衣連翩而坐，胡左顧右盼，以為樂事。或言胡嘗使諸妾衣紅藍比甲，上書車馬炮，有一台，高盈丈，畫為方罫，諸妾遙遙對峙，胡與夫人據闌干上，以竿指揮之。謂為下活棋，亦可為別開生面矣。胡嘗衣敝衣過一妓家，妓慢之不為禮，一老嫗殷殷訊問，胡感其誠，坐移時而去。明日使饋老嫗以蒲包二，啟視之，粲粲然金葉也。妓大悔，復使老嫗踵其門，請胡命駕。胡默然無一語，但捻鬚微笑而已。胡嘗過一成衣鋪，有女倚門而立，頗苗條，胡注目觀之。女覺，乃闔門而入。胡恚，使人說其父，欲納之為妾，其父靳而不予。許以七千元，遂成議。擇期某日，宴賓客，酒罷入洞房，開尊獨飲，醉後令女裸臥於床。僕擎巨燭侍其旁，胡回環審視，軒髯大笑曰：『汝前日不使我看，今竟何如？』已而匆匆出宿他所。詰旦，遣嫗告於女曰：『房中所有悉將去，可改嫁他人，此間固無從位置也。』女如言獲二萬餘金，歸諸父，遂成巨富。胡嘗觀劇，時周鳳林初次登臺，胡與李長壽遙遙相對，各加重賞。胡命以筐盛銀千兩，傾之如雨，數十年來無有能繼其後者。」

「胡敗日，預得查抄信，侵晨坐廳事間，召諸妾入。諸妾自房出，則悉扃以鑰，已而每人予五百金，麾之使去。其有已加妝飾者，則珠翠等尚可值數千金，其猝不及防者，除五百金外，惟所著衣數襲，餘皆一無所有。胡所居門窗戶闥，其屈戌皆以雲雪白銅熔鑄而成，查抄後，當事者恐為他人盜去，悉拔之使下，堆廢屋中，充樑塞棟。胡既以助籌軍餉受知於左文襄公，財事盛極一時，故各省大吏之以私款托存者不可勝計。胡以擁資更豪，乃有活財神之目。迨事敗後，官場之索提存款者亦最先，有親至者，有委員者，紛紛然坌息而來，聚於一堂。方擾攘間，左文襄忽鳴騶至。先是司賬某知事不了，已先期遠颺，故頭緒益繁亂，至不可問。文襄乃按簿親為查詢，而諸員至是皆囁嚅不敢直對，至有十餘萬僅認一二千金者，蓋恐干嚴詰款之來處也。文襄亦將機就計，提筆為之塗改，故不一刻數百萬存款僅三十餘萬了之。胡之敗也，虧倒文文達公煜存款七十萬兩，因陶德馨料理，言官劾之，謂文何得有如許鉅資，朝旨令其明白回奏，後以歷任粵海關監督福州將軍等優缺廉俸所入為對，並請報效十萬，竟蒙賞收。此項乃議以慶餘堂房屋作抵。其屋估價二十萬，尚餘十萬令胡自取為糊口之資。德之用心可為厚矣。胡豪富之名，更駕潘梅溪而上。敗後以天馬皮、四腳褲貨諸衣市，尚值萬餘金。肆中裁長補短，改為外褂，到省人員多購之，後知其故，竟至無人過問。胡第三子名大均，後以知府候補某省，每年必返杭一次，為收雪記招牌租金三千兩也。胡既敗，分遣各妾，金珠悉令將去。某年其第三子大均回浙，一妾依然未嫁，聞而探視。無何妾病，即卒於大均處。檢其所攜之篋，只珠二顆，值銀一萬兩，他物稱是，可想見胡平日之豪奢矣。胡之輿夫，相隨既久，亦擁鉅資。輿夫有家，兼畜婢僕，入夜輿夫返，則僉呼曰：『老爺回來了，快些燒湯洗腳。』一輿夫而至於此，真是千古罕聞。」

又卷二云：

「德曉峰中丞馨任浙藩時，議者多謂其簠簋不飭，然甲申年富商胡雪巖所開阜康銀號驟然倒閉，德與胡素相得，密遣心腹於庫中提銀二萬赴阜康，凡存款不及千者悉付之。或曰：『是庫銀也，焉得如是？』德曰：『無妨也，吾尚欠伊銀二萬兩，以此相抵可也。』更遣心腹語胡曰：『更深後予自來。』屆時德果微服而至，與之作長夜談，翌晨將胡所有契據合同滿貯四大篋，舁回署內，而使幕友代為勾稽。後所還公私各款，皆出於是。人始服德之用心。後德謂人曰：『余豈不知向胡追迫，倘胡情急自盡，則二百餘萬之鉅款將何所取償乎？我非袒胡，實為大局起見也。』左文襄西征之役，賴胡籌餉，得不支絀，亦與胡最契，以德調處胡事甚善，密保之，擢至江西巡撫。後以演劇為南皮所劾，遂罷官歸。」

凡是之類，為關於此「活財神」之傳說。所述事蹟，堪備節取，未宜盡信，蓋或溢其量，或相抵牾，或涉不經，或雜神話，紛紜恍惚。雖云實錄（《莊諧選錄》所述，蓋勝於《南亭筆記》，可採處較多，敘次亦較整齊。《南亭筆記》至謂左宗棠蒞杭躬為胡處理債務，真奇談之尤），要見「活財神」之名，震於流俗，是以眾說騰播。真偽羼錯，口耳相傳，入於記載，其盛其衰，亦一滄桑，渲染處可作小說讀也。（有一章回體小說，名《胡雪巖演義》，上海出版，編者署陳得康，演其豪奢之狀，並及家庭瑣事，筆墨略仿《紅樓夢》，惟僅十二回，篇幅無多云）。

陳雲笙（代卿）《慎節齋文存》卷上有〈胡光墉〉一篇云：

浙江巡撫王壯烈公有齡，幼隨父觀察浙江，父卒於官，眷屬淹滯不能歸，僦居杭州。一日有錢肆夥友胡光墉見王子而異其相，謂之曰：「君非庸人，胡落拓至此？」王以先人官貧對。胡問有官乎，曰曾捐鹽課大使，無力入都。問需幾何，曰五百金。胡約明日至某肆茗談。翌日王至，胡已先在，謂王曰：「吾嘗讀相人書，君骨法當大貴。吾為東君收某五百金在此，請以畀子，速入都圖之。」王不可，曰：「此非君金而為我用，主者其能置君耶？吾不能以此相累。」胡曰：「子毋然，吾自有說。吾無家只一命，即索去無益於彼，而坐失五百金無著，彼必不為。請放心持去，得意速還，毋相忘也。」王持金北上，至天津，聞有星使何侍郎桂清赴南省查辦事件，乃當年同硯席友也。先是王隨父任，初就傅，何父方司閽署中，有子幼慧，觀察喜之，命入塾與子伴讀。既長能文章，舉本省賢書，入都赴禮部試，遂不復見，不意邂逅於此，即投刺謁之。何見王驚喜，握手道故，歡逾平生，問何往，王告之故。何公曰：「此不足為。浙撫某公吾故人也，今與一函，子持往謁，必重用，勝此萬萬矣。」王持書謁浙撫，撫軍細詢家世，即以糧台總辦委之。王得檄，乃出語胡，取前假五百金加息償之，命胡辭舊主自設錢肆，號曰阜康。王在糧台積功保知府。旋補杭州府，升道員，陳臬開藩，不數載簡放浙江巡撫。對胡亦保牧令，即命接管糧台，胡益得大發舒，錢肆與糧台互相挹注。胡又喜賈，列肆數十，無利不趨，兼與外洋互市，居奇致贏，動以千百萬計。又知人善任，所用號友，皆少年明幹精於會計者，每得一人，必詢其家食指若干需用幾何，先以一歲度支畀之，俾無內顧憂，以是人莫不為盡力，而阜康字型大小幾遍各行省焉。咸豐五年，杭州不守，王公殉難，繼者為左中丞宗棠。胡以前撫信任，為忌者所潛，左公聞之而未察，姑試以事，命籌米十萬石，限十日，毋違軍令。胡曰：「大兵待餉，十日奈枵腹何？」

左公曰：「能更早乎？」胡曰：「此事籌已久，若待公言，已無及矣。現雖無款，某熟諸米商，公如急需，十萬石三日可至。」左公大喜，知其能，命總辦糧台如故，而益加委任。時浙閩次第肅清，而陝甘回亂起，肆擾關內外，朝命左公督師往剿。左公欲貸洋款，洋人不可，計無所出，商之胡。胡曰：「公第與借，某作保，合當允行。」果借得五百萬金。洋人不聽大帥言而信胡一諾，左公益信愛胡，倚之如左右手，屢奏稱其顧全大局，積保至道員，加二品頂戴，賞穿黃馬褂。胡又有慷慨名，每遇兵荒祲歲，動捐數十萬金，無所吝，富而好義，人尤稱之。以是京內外諸巨公囊中物無不欲以阜康為外庫，寄庫無算。不貲之富，雖西商百餘年票號無敢與抗衡者，可謂盛矣。滬上大賈與外洋貿易，蠶絲為最，胡每歲將出絲各路於未繅時全定，洋人非與胡買不得一絲，恨甚，乃相約一年不買絲，胡積絲如山無售處，折耗至六百餘萬金。又各省號友多少年喜聲色，久而用侈，不免侵漁，漸成尾大。胡知大局將壞不可收拾，乃潛遣親信友人分詣各肆，謹視號賬。一日與妻密計，設具內宴，夫婦上坐，姬妾二十四人左右坐，酒池肉林，間以絲竹，歡宴竟日。妻小倦思息，胡命繼燭，與諸姬洗盞更酌。夜方半，胡語諸姬曰：「吾事寖不佳，諸姬隨我久，行將別矣。汝等盛年，尚可自覓生路，各回房檢點金珠細軟，盡兩箱滿裝攜出，此外概不准帶，自鎖房門，無復再入，各予銀二千，或水或陸，舟車悉備，今夕即行，一任所之，吾不復問。」有數姬涕泣請留，胡亦不禁，餘姬一時星散。胡即赴金陵見左公，備陳顛末，且曰：「即今早計，除完公項外，私債尚可按折扣還，再遲則公私兩負矣。」左公許之。即日電發，各省號同時閉關。俟諸密友賁各號賬回，分別公私，按折歸款。事畢返杭，收合燼餘，尚有二十四萬金，贖回故宅三所，分居諸昆季。又十餘年，夫婦皆以壽終。君字雪巖，浙江錢塘人。其在糧台積功事蹟，見左文襄奏議。贊曰：「王壯烈身殉封疆，左文襄功在社稷，並相彪炳丹青。尚矣，胡君以闤闠中人，識王君於未遇，一念之厚，美報迭膺。遭際中興，幾於富甲天下，觀其已事，雖古之猗頓、陶朱未能與媲，不可謂非奇人也。何公以翰林起家，揚歷中外，洊陟兼圻。溯其崛起之初，有欲比之版築魚鹽而不得者，豈所謂醴泉無源歟。而崇高富貴，顧不如善賈者。末路猶得保全，良可悲矣。」

此作亦可供參閱（何公謂何桂清。王有齡謚壯愍，在浙江巡撫任殉難，為咸豐十一年辛酉事）。陳氏四川宜賓人，同光間以舉人官山東州縣。

《一葉軒漫筆》（撰者署沙漚）云：

績溪胡雪巖觀察光墉，賈人子。在文襄公西征，轉輸軍食，深資其力，師捷後膺卓薦。觀察盛時，理財之名大著，富可敵國，資產半天下。當事借用外債千數百萬。西人得其一言以為重。起第宅於杭州，文石為牆，滇銅為砌，室中雜寶詭異至不可狀，侍妾近百人，極園林歌舞之盛。偶一出遊，車馬塞途，僕從雲擁，觀者嘖嘖嘆羨，謂為神仙中人。其公獨曰：「雪巖字義近冰山，恐勿能久耳。」未幾果敗，公私負逋近千萬，錄其市肆田舍陁池之屬，不能償其半。胡遂效開閣放柳枝故事，玉人盡散，而資用乃益困。初，觀察於杭州設慶餘堂藥肆，炮製精而取值賤，蓋以濟貧困者，有司獨未判抵逋負，至是一家皆取給焉。為善食報，豈不然哉！

胡為杭人，蓋無異詞，此獨曰績溪，或其祖籍耶？

我佛山人（吳沃堯）《二十年目睹之怪現狀》第六十三回（〈設騙局財神小遭劫〉）有云：

……等到繼之查察了長江蘇杭一帶回來（按：謂回至上海），已是十月初旬了。此時外面倒了一家極大的錢莊，一時市面上沸沸揚揚起來，十分緊急。我們未免也要留心打點。一時談起這家錢莊的來歷，德泉道：「這位大財東，本來是出身極寒微的，是一個小錢店的學徒，姓古，名叫雨山。他當學徒時，不知怎樣，認識了一個候補知縣，往來得甚是親密。有一回，那知縣太爺，要緊要用二百銀子，沒處張羅，便和雨山商量，雨山便在店裡。偷了二百銀子給他。過得一天，查出了，知道是他偷的，問他偷了給誰，他卻不肯說，百般拷問，他也只承認是偷。死也不肯供出交給誰，累得薦保的人，受了賠累，店裡把他趕走了。他便流離浪蕩了好幾年。碰巧那候補知縣得了缺，便招呼了他，叫他開個錢莊，把一應公事銀子，都存在他那裡，他就此起了家。他那經營的手段，也實在厲害，因此一年好似一年，各碼頭都有他的商店。也真會籠絡人，他到一處碼頭，開一處店，便娶一房小老婆，立一個家。店裡用的總理人，到他家裡去，那小老婆是照例不回避的，住上幾個月，他走了，由得那小老婆和總理人鬼混。那總理人辦起店裡事來，自然格外巴結了。所以沒有一處店不是發財的。外面人家都說他是美人局，像他這種專會設美人局的，也有一回被人家局騙了，你說奇不奇？」我道：「是怎麼個騙法呢？」德泉道：「有一個專會做洋錢的，常常拿洋錢出來賣，卻賣不多，不過一二百、二三百光景，然而總便宜點。譬如今天洋價七錢四分，他七錢三就賣了；明天洋市七錢三，他七錢二也就賣了，總便宜一分光景。這些錢莊上的人，眼睛最小，只要有點便宜給他，那怕叫他給你捧□□，都是肯的，上海人恨的叫他錢莊鬼。一百元裡面，有了一兩銀子的好處，他如何不買，甚至於有定著他的。久而久之，鬧得大家都知道了，問他洋錢是哪裡來的，他說是自己做的。看著他那雪亮的光洋錢，絲毫看不出是私鑄的。這件事叫古雨山知道了，託人買了他二百元，請外國人用化學把他化了，和那真洋錢比較，那成色絲毫不低，不覺動了心，託人介紹，請了他來，問他那洋錢是怎麼做的，究竟每元要多少成本。他道：『做是很容易的，不過可惜我本錢少。要是多做了，不難發財，成本每元不過六錢七八分的譜子。』古雨山聽了，不覺又動了心，要求他教那製造的法子。他道：『我就靠這一點手藝吃飯，教會了你們這些大富翁，我們還有飯吃麼？』雨山又許他酬謝，他只是不肯教。雨山沒奈何，便道：『你既然不肯教，我就請你代做，可使得？』他道：『代做也不能。你做起來一定做得不少，未必信我把銀子拿去做，一定要我到你家裡來做。這件東西，只要得了竅，做起來是極容易的，不難就被你們偷學了去。』雨山道：『我就信你，該請你拿了銀子去做，但不知一天能做多少？』他道：『就是你信用我，我也不敢擔承得多。至於做起來，一天大約可以做三四千。』雨山道：『那麼我和你定一個合同，以後你自己不必做了，專代我作，你六錢七八分的成本，我照七錢算給你，先代我作一萬元來。我這裡便叫人先送七千兩銀子到你那裡去。』他只推說不敢擔承，說之再四，方才應允。訂了合同，還請他吃了一頓館子，約定明天送銀子去，除了明天不算，三天可以做好，第四天便可以打發人去取洋錢。到了明天，這裡便慎重其事的送了七千兩現銀子過去。到第四天，打發人去取洋錢，誰知他家裡，大門關得緊緊的，門上貼了一張招租的貼子，這才知道上當了。」我道：「他用了多少本錢，費了多少手腳，只騙得七千銀子，未免小題大作了。」德泉道：「你也不是個好人，還可惜他騙得少呢！他能用多少本錢，頂多賣過一萬洋錢，也不過蝕了一百兩銀子罷了。好在古雨山當日有財神之目，去了他七千兩，也不過是九

壬午兩名醫

清孝欽后以太后主國事者數十年，初政，負中興大業之譽，晚節召動搖邦本之禍，實中國近代史上極重要之人物，而當光緒初年，大病幾殆，使其死於是時，則孝貞既逝，德宗猶在幼沖，政局將若何演變，誠不易料。其幸而療治獲痊，遂復綿歷垂三十年之壽命，蓋薛福辰、汪守正兩名醫之力為多。斯二人者，其關係亦殊巨已。

庚辰（光緒六年）孝欽患病甚劇（時孝貞猶健在），詔各省保舉名醫。前任山東濟東泰武臨道薛福辰，以大學士直隸總督李鴻章暨湖廣總督李翰章、湖北巡撫彭祖賢薦，見任山西陽曲縣知縣汪守正，以山西巡撫曾國荃薦，均為孝欽療疾，診療漸效。辛巳（光緒七年）六月以病體粗癒報大安（孝貞已前逝於是年三月，訓政之事，遂專於孝欽矣），詔予諸臣獎敘，福辰因之得簡廣東雷瓊遺缺道，補督糧道，守正則簡江蘇揚州知府，均仍留京繼續醫治。壬午（光緒八年）十二月，病乃全癒，報萬安，詔謂「慈禧端佑康頤昭豫莊誠皇太后，深宮侍養，朝夕起居，上年六月間已報大安，猶未如常康復。年餘以來，隨時調攝，現在慈躬已臻全癒，實與天下臣民同深慶倖。道員薛福辰，知府汪守正，與太醫院院判莊守和等，由總管內務府大臣帶領請脈，所擬方劑，敬慎商榷，悉臻妥協，允宜特沛恩施，以示獎敘。薛福辰著賞加頭品頂戴，調補直隸通永道，汪守正著賞加二品頂戴，調補直隸天津府知府，均著即行赴任，太醫院左院判莊守和，右院判李德昌，均賞加二品頂戴……」對於薛汪二人，除優加頂戴外，並移官近地，蓋仍備將來宣召也（道員加頭品，知府加二品，均不循常例，稱破格之獎。院判六品官耳，而驟加二品，則太醫另是一途，又當別論也）。當是時，薛汪醫名著於海內。

二人雖精於醫，而經歷政途，醫事固非其本業，一生事蹟亦不限於能醫。本篇題曰二名醫者，以其治癒孝欽之病，誌其最有關係之事也。曰壬午者，以全功竟於是年，本年又值壬午，此恰為前一壬午之事，往跡追述，作六十年之回顧也。

關於二人，翁同龢光緒二年丙子五月二十九日日記云：「薛君福辰來。此人薛曉帆之子，號撫平，能古文，通醫，十年前工部司員也。今為濟東道，其政事未可知，獨於洋務言之甚悉，以為中國無事坐失厘金每年千萬，是大失計。又言破洋人惟有陸戰，陸戰之法，曰散陣、行陣、小陣，其守法則用滇黔地營，必可操六七成勝算也。」光緒六年庚辰六月二十三日云：「旨下直省薦醫，李相薦薛福辰，曾沅浦薦汪守正，與御醫李德立同至長春宮，召見請脈。」二十四日云：「薛與汪議論抵牾。薛云西聖是骨蒸，當用地骨皮等折之，再用溫補。汪亦云骨蒸，但當甘平。」翌年辛巳二月初四日云：「汪子常，名守正，汪小米之胞侄，所謂振綺堂汪氏，藏書最富者也，山西陽曲縣知縣，曾沅浦薦醫來為西聖治病者也。」

李慈銘辛巳二月十一日日記：「夜雲門邀同敦夫飲聚寶堂，招霞芬玉仙。玉仙近日有山西陽曲縣知縣汪守正之子某，隨其父入都，為訾郎，以九千金為之脫弟子籍。守正錢唐監生，巧猾吏也。去年西朝不豫，各省大吏多薦屬員之知醫者入京，守正其一也。晉中久大祲，而守正囊橐之富如此……此輩可憤絕也。」光緒十年甲申三月二十日云：「汪子常郡守來，以局試不得入。汪名守正，杭州人，今為天津知府。」（時李以課所領書院士在津。）二十二日云：「汪子常來，其人老吏，倨而猾。以後不必見之。」李好詆詞，其於汪氏，所言恐不免過刻。

欲詳知二人生平事歷，宜更求之。薛福成為福辰弟，有〈誥授光祿大夫頭品頂戴都察院左副都御史薛公家傳〉，見《庸庵文別集》卷六，又覓得《重修平陽汪氏遷杭支譜》，卷五（《志乘》）有〈子常公傳略〉（漢川謝鳳孫撰），二人生平乃可徵。茲錄於下：

（**薛傳**）公諱福辰，字撫屏，別號時齋，江蘇無錫薛氏……公幼習制舉業，先考光祿公謂學有根柢則枝葉自茂，教以溫經讀史，兼覽百子，熟玩朱子《近思錄》，涵而操之，務俾理博才贍。又綜考有明以來制藝之卓然者，而擷其華，師其意，由是沿流溯源，學乃大進。咸豐五年中順天鄉試第二名舉人，援例以員外郎分發工部行走。會光祿公知湖南新寧縣事，選知潯州府，未及行，卒於官。公奔走經營，歸喪於鄉，身留湖南，清理官逋。事未蕆，而粵寇陷無錫，太夫人挈家僑徙江北。公未得音問，偕弟福成，走數千里，微服穿賊境，屢瀕於危。航海涉江，始覲太夫人於竇應，相見悲喜，遂奉母鄉居以避寇。公弟福成、福保等，始皆從公學制舉文。至是見時變方殷，兄弟互相切磨，研極經濟及古文辭，浩然有用世之意。公入都，浮沉工部，積六七年，居閒無事，乃大肆力於醫書，始宗長沙黃元御坤載之說，以培補元氣為主，繼乃博究群書而劑其平，出診人疾，無疢不療。蓋公之學凡三變，初攻時文，中治古文辭，最後研醫術，用力尤劬，而遭遇之隆亦終以此。累試禮部不第，居工部又久不補官，出參伯相湖廣總督合肥李公幕府，積勞改知府，分發山東補用，又以治河功改道員，補濟東泰武臨道。越四年，丁內艱。服闋入都，格於例，不補官，將歸隱矣。適皇太后慈躬不豫，遍徵海內名醫，伯相李公鴻章與總督李公瀚章巡撫彭公祖賢交章論薦，供奉內廷者三年，每製一方，覃思孤往，湊極淵微，或與同值諸醫官齗齗爭辯，必得當乃已。一日辯聲甚厲，皇太后在內聞之，問曰：「此薛福辰耶，何戇也！」然由此知公益深。公援引古書，亦精核無閒，諸醫終無以奪也。而公之擔荷亦獨巨云。迭賜文綺、銀幣、金幣、黃玉、搬指，又賜御寶雲龍福壽字，又賜「職業修明」匾額及七字句對聯，又賜貂裘、蟒玉、珠串。恭報皇太后大安，特簡廣東雷瓊遺缺道，補督糧道。旋報皇太后萬安，特賞頭品頂戴，調補直隸通永道，賜紫蟒袍、玉帶鉤，又賜福壽字及黃辮荷包，並賜宴體元殿，長春宮聽戲，西廠子觀燈，又賜七字句對聯。當是時，公之功在天下，殊恩異數，焜耀絡繹，有將相大臣所不敢望者，天下不為侈而以為宜。蒞官通永，三年擢順天府府尹，以抨劾骫骳吏，為群小慍焉。御史魏迺勷摭瑣事劾公，且請以太醫院官降補，迺勷坐言事不實鐫職去，尋轉宗人府府丞。公夙研經世事，在山東為巡撫丁文誠公所倚任，凡整軍、治獄、賑饑及防河大工，壹埤遺之。塞侯家林決口也，公綜理全域，聯絡兵民，捧土束薪，萬指駿作，窮四十五日夜之力，河流順軌，民困大蘇。通州為出都孔道，僦車者公私駢集，牙儈把持，大為民病，公創設官車局，排斥浮議，力任其難，商氣稱便。尹順天時，值歲大祲，災黎嗷嗷待哺，公精心擘畫，集鉅款，選賢員，濯痍嘘槁，全活甚眾。為監司時，即深惡屬吏之豢官者，糾彈不少貸。伯相李公暨丁文誠公、前順天府尹沈公秉成，屢以治行尤異密薦，天子亦自知之，顧以醫事荷殊眷，而吏治轉為醫名所掩，頗用此鬱鬱不樂。公素性通敏，閱事多，於世路險巇，人情曲折，必欲窮其奧而探其隱，然天性徑遂，凡人一言之善，或一事稍可人意，則傾誠推服，必逾其量倍蓰，或稍拂其意，則賤簡之也亦然，其待交遊與在家庭之間，莫不皆然。顧用情未協於中，則意氣稍不能平；意氣不平，而養生之道戾矣。會遷都察院左副都御史，而公已疾不能視事，累疏陳請，始允開缺調理。扶疾南還，未浹月，遽以光緒十五年七月二日卒於無錫里第，年五十有八……福成曰：余昔見公好圍棋，嫂王夫人屢諫未聽，則舉棋局而投諸井。王夫人早卒，而公復篤好之。曩居通永道署中，見公秉燭達旦，或演棋譜，或與客對弈，其起居失時，稍致人言者，未始不用此為累。公之得風痹疾也，醫者言用心過度，內受傷損而不自知，允矣。人之精力幾何，公於治事用心本專，復耗之於技藝，此必不支之勢也。不然，以公之遇與年，其建樹詎止於此耶？由今思之，賢哉嫂也。甚矣養生之術之不可不講也。

（汪傳）先生諱守正，字子常，杭州錢塘人也。性純孝，年十五，侍父病，封臂肉和藥以療，卒不起，誓將身殉，以母在未果。服闋則銳意進取，博母歡心。十九受知昆明趙蓉舫學使，補博士弟子員，有聲黌序。後屢躓鄉闈。聞髮逆勢焰焰，慨然有經世之志，遂納粟為知縣，分發河南。時周勉民、方伯屏、藩中州知先生才行，委權魯山縣篆。魯山產絲，為生計大宗，向苦官吏誅求。先生請於上，舉數百年積弊悉汰去。再權郾城縣。郾城為捻匪出入之衝，先生募勇訓練，躬自督剿，民賴以安。有某寨主張文剛者，素通捻匪，黨眾勢強，為地方患害有年矣。縣官束手，莫可誰何。先生至，廉得其情，設機布弩，將擒獲之，而以蜚語去官。當是時，髮逆方張，國家需才，而先生以廉能被劾，聞者憤惋。先生顧灑然曰：「一官何足惜哉！獨張文剛未獲，民患方深，吾滋戚耳。」方先生之去官也，魯山郾城兩縣民如嬰兒之戀慈母。或發為謳歌，以寄慕思。及吳少村中丞撫豫，具聞其狀，乃強先生起，委以軍事，以勳勞得復原官。相繼撫豫者，為張文達公、李子和中丞，皆倚先生如左右手。及張李二公去，先生乃改官晉。晉撫曾忠襄公重器先生，猶加於張李二公也。補虞鄉縣知縣。虞鄉向無書院，先生捐俸創建以造士，士風大振。旋調平遙。平遙多土豪侵掠富戶，先生威濟以恩，強梁斂跡。歲大祲，赤地千里，先生集資巨萬，躬率吏役振恤，全活無算。復設育嬰堂，以養幼孩。所事條理精密，皆先生一人手訂。忠襄公益以是知先生。自是，晉省凡有大祲及一切興作救災之事，靡不借重先生，而先生亦罔不為之盡力，而各中其機要。於是山西之民，無士農工賈，靡不知先生名矣。先生尤精醫理。當其令陽曲時也，會慈禧皇太后聖躬不豫，忠襄公以知醫奏保先生。先生入內廷視藥，不數月而聖躬癒，恩賞特隆，復蒙旨擢揚州府知府，未及赴任所，旋調天津。先生感恩遇，益自奮發，思所以報稱。既履天津任所，則杜絕私謁，嚴察屬吏，慨然以吏治民生為己任。滄州民以河堤潰構訟，久不決，死傷甚眾。先生請款修復，宿禍以寢。法越釁起，先生創辦蘆團，民資保障。朝廷睹先生之才，將大用，以宏濟艱難，偶因政見與直督合肥李相國不合，相持不下，遂調宣化府以遠之。不數歲，鬱鬱以終，惜哉！年六十六。贊曰：先生以一縣令視疾內廷，聖眷優渥，恩賞屢加，而其才行志節又足以符際遇之隆，獨以其抗直之氣不過抑，戢翮藺翰，齎志以沒，豈非命耶！雖然，是亦何損於先生哉？吾曩與先生猶子禳卿內閣晤海上，旋即別去；近復與禳卿之弟鷗客茂才同寓次，久且益親密，為余言先生，輒娓娓不倦。先生沒且三十年，能令猶子輩不忘如是，則盛德遺型，必有遠過乎人者，余故樂為論次云。

二人均以醫術蒙孝欽優眷，然福辰曾任監司，後官至副憲即止，未為甚顯。官京尹時，為言路所論，詞近揶揄，自負經世才而以醫進，用致人言，中懷抑鬱，以病早退遽卒，不克躋名臣之列。守正則由令而守，頗為峻擢，而以迕上官見疏，終於一郡，晚節尤形落寞焉。

薛傳中所指御史魏迺勷摭瑣事劾之，情事亦頗可述。光緒十二年丙戌十二月，迺勷以玉粒納倉，福辰臨期未到，上疏劾其玩視大典，援引邵曰濂事（十一月十九日上諭：「御史貴賢奏京卿衰病戀棧請旨懲儆一摺。太常寺卿邵曰濂，本年春間迭次請假，至八十日之多，當差已屬怠惰，現在將屆恭祀圜丘，典禮綦重，該京卿又復臨期請假，實屬性耽安逸，曠廢職守，著交部議處。」旋照部議革職），請予嚴議，並謂福辰惟能醫事，可改用太醫院官。十一日奉諭：「御史魏迺勷奏薛福辰玩視大典請旨嚴議一摺。玉粒納倉與壇廟大典不同，且邵曰濂獲咎係因久曠職守，該御史參劾府尹薛福辰臨期不到，輒謂較邵曰濂情節有加，深文周納，措詞已屬失當；至請以太醫院官改用，尤屬膽大妄言，不可不予以懲儆，以杜攻訐之漸。魏迺勷著交部議處。玉粒納倉，向係兼尹府尹聯銜具題，屆期躬詣太常寺交收。此次薛福辰因何臨期不到，畢道遠曾否前往，均著明白回奏。」次日福辰回奏，略謂：「先得禮部知會，以十月二日辰刻玉粒納倉。是日黎明先詣先農壇會同交收，以府署稍遠，由署趨詣太常寺已交辰末。」云云。未予處分。十四日即遷宗人府府丞（宗丞、京尹均正三品，而宗丞班在京尹之上，為大三品卿之一，京尹猶小三品卿也。此係升擢，惟京尹有地方之責，事任較重，宗丞則閒曹耳）。二十日諭：「魏迺勷照部議降三級調用。」迺勷以言官彈一京卿，竟以「膽大妄言」獲此重譴，則緣對福辰以療病進用含譏刺之意，致觸孝欽之怒耳。在福辰若可快意，而實難免隱憾在心，恥以醫進而為人指目也。至洒勳請以京卿改用太醫院官，設想頗奇，卻非並無前例。如雍正九年辛亥正月十九日諭：「劉聲芳在太醫院效力有年，屢加特恩，用至戶部侍郎。伊於部務茫無知識。上年夏秋間，朕體偶爾違和，伊並不用心調治，推諉輕忽，居心巧詐，深負朕恩，著革去戶部侍郎，仍在太醫院效力贖罪行走，從前所賞伊子蔭生及舉人，俱著革退……翼棟，朕聞其通知醫理，加恩用至副都御史，乃伊識見昏庸，遇事推諉，著革去副都御史，補授御醫之缺，效力行走。」此舊事之可資覆按者。魏劾薛疏原文，一時未及檢得，不知亦引及此項舊例否（劉聲芳蓋本由太醫院官擢至卿貳者，與《中和月刊》三卷第六期載太醫院志殊恩一節內所述乾隆時醫官吳謙歷升列卿擢任部堂，暨同治時院判李德立曾以三品京堂候補，均非恒例。又按：院志所構李德立以京堂候補，蓋指同治十三年甲戌十一月事。時以穆宗「天花之喜」加恩，左院判李德立以三四品京堂候補，右院判莊守和以四五品京堂候補，旋穆宗於十二月遽逝，李莊均撤銷京堂，並摘去翎頂）。太醫院官雖亦列仕版，其堂官（院使院判）且亦頗具京堂體制，而士大夫終以方技輕之，此是相沿一種風氣，古昔實不儘然。如章炳麟《區言》一（《葑漢昌言》五）有云：「方技之官，漢人亦不賤視。」〈衡方碑〉：「方嘗為潁川太守，免歸，徵拜議郎，遷太醫令。」〈楊淮表紀〉：「淮從弟弼由冀州刺史遷太醫令。議郎刺史之與太醫令，雖同為六百石，望之清濁，權之重輕，豈可同年而語？今世雖士人知醫者，寧賣診市上，必不屈居是職，而漢人不恥也。」可以參閱。

薛福辰、福成兄弟，一以醫術著，一以使才著，而均官至都察院左副都御史（光緒十五年己丑，福成以湖南按察使膺出使英、法、意、比四國大臣之命，開缺以三品堂候補。出國之前，奏准給假，回無錫原籍省墓。時福辰亦以中風不語開左副都御史缺歸里，旋卒，福成為料理喪葬事宜。迨光緒二十年甲午，福成差竣以左副都御史還朝，六月抵上海卒。其為福辰所撰家傳，作於甲午，蓋絕筆云）。其名之辰與成，音亦相近。福成之入曾國藩幕，由於乙丑（同治四年）上書之邀特賞。其辛卯（光緒十七年）九月自跋上曾侯相書云：「同治乙丑之夏，科爾沁忠親王戰沒曹南。曾文正公奉命督師北剿捻寇，並張榜郡縣，招致賢才。余上此書於寶應舟次，文正一見大加獎譽，邀余徑入幕府辦事……文正語（李）申甫曰：『吾此行得一學人，他日當有造就。』又謂余曰：『子文長於論事，年少加功，可冀成一家言。』……厥後，余從公八年，前後出入幕府，共事者三十餘人，多一時賢俊，余頗得晨夕晤談，以擴見聞充器識，皆文正提獎之力也。」按：求闕齋乙丑五月日記云：「故友薛曉帆之子福成，遞條陳，約萬餘言，閱畢嘉賞無已。余在幕府嘗見文正手稿。近閱湖南刊本，歸入品藻一類，而訛為伯兄撫屏之名，想由校者之誤。恐後世考據家或生疑義，故並及之。」自道遇合之由與獲益於入幕者如是，蓋後來建樹實基於斯，並辨明成之誤為辰，誠重其事也。至所云《求闕齋日記》湖南刊本，指王啟原所編《求闕齋日記類鈔》而言，時曾氏日記印行者僅此。福成疑其誤由於校者。嘗翻閱福成未及見之印影本《曾文正公手書日記》，則曾氏此節手跡（乙丑閏五月初六日），實是：「閱薛曉帆之子薛福辰所遞條陳，約萬餘言，閱畢嘉賞無已。」書即為福成事，則仍曾氏書此一時筆誤耳。

福辰善醫術，而不善養生，福成所為傳，慨乎其言之（曾國藩同治十年辛未四月日記云：「近來每日圍棋二局，耗損心力，日中動念之時，夜日初醒之時，皆縈繞於楸枰黑白之上，心血因而愈虧，目光因而愈蒙，欲病體之漸痊，非戒棋不為功。」亦頗可與福成所云合看）。茲附述一大臣講養生而享大年者，其人為官至大學士（體仁閣）之全慶，卒年恰在光緒壬午也。其養生之術頗奇，乃以磕頭為妙法。翁同龢壬午正月初四日日記云：「謁全師。師言：『每日磕頭一百廿，起跪四十次，此法最妙。』」（全慶嘗以工部尚書充咸豐六年丙辰會試副考官，為同龢座師）傳授此法，即在是年。同龢仿行之。據《無罣礙室隨筆》（見《國聞週報》）引常熟秉衡居士《荷香館瑣言》云：「吾鄉翁松禪相國，每夜必在房行三跪九叩頭五次乃臥，其法傳自全小汀相國慶。翁相晚年氣體極健。自謂得力於此。」可見同龢於師門所授，已實行且有效矣（磕頭四十五，起跪十五次，蓋行其八分之三）。全慶壽八十二，同龢則七十五也。運動肢體，為衛生之道，斯即藉磕頭起跪以為運動耳。類是者實古已有之，陸游《老學庵筆記》卷上云：「張廷老，名琪，唐安江原人，年七十餘，步趨拜起健甚，自言夙興必拜數十，老人氣血多滯，拜則支體屈伸，氣血流暢，可終身無手足之疾。」是前乎全慶。宋人已早有行之者矣。（續於《文藝雜誌》檢得《荷香館瑣言》，已謂與張廷老事暗合）。全慶卒於壬午四月，十九日諭：「致仕大學士全慶，學問優長，老成恪慎，由道光年間翰林，受先朝知遇之恩，洊陟正卿，協贊綸扉，朕御極後，擢授大學士，歷管部旗事務，迭司文柄，宣力有年，克盡厥職，前以重遇鹿鳴筵宴賞加太子少保銜，嗣因患病奏請開缺，准予致仕，賞食全俸。方期克享遐齡，長承恩眷，茲聞溘逝，軫悼殊深，著賞給陀羅經被，派輔國公載濂，帶領侍衛十員，即日前往奠醊，加恩晉贈太子太保銜，照大學士例賜恤，入祀賢良祠，任內一切處分，悉予開復，應得恤典，該衙門察例具奏，伊子吏部郎中麟祥著賞加四品銜，用示篤念耆臣至意。」尋賜祭葬，予謚文恪。大年榮遇，福命頗優也。全慶葉赫納喇氏，正白旗滿州人，字雲甫，號小汀，嘉慶二十四年己卯舉人，道光九年己丑進士，兩次入閣（同治十一年壬申以刑部尚書協辦大學士，翌年癸酉充順天鄉試正考官，以舉人徐景春試卷磨勘斥革，降二級調用，光緒四年戊寅又以刑部尚書協辦大學士），光緒七年辛巳以大學士予告，服官六十年（道光元年辛巳即以蔭生官京曹）。一生宦跡，雖無赫赫之名，當時朝中老輩，蓋無出其右者矣（咸豐戊午科場大獄，全慶以兵部尚書偕怡親王載垣、鄭親王瑞華、兵部尚書陳孚恩奉命查辦，同治元年壬戌，追論其事，坐附和成讞，降四級調用）。

（民國三十一年）

吳汝綸論醫

吳汝綸以古文老師而信仰西醫最深，於中醫則極端詆斥不遺餘力。其見於尺牘等者，有如下列：

手示尊體自去冬十月起疾，今五月中尚未平，殊為繫念。吾兄體素強健，何以如此？此殆為服藥所誤。今西醫盛行，理鑿而法簡捷，自非勞瘵痼疾，決無延久不瘥之事，而朋好間至今仍多堅信中國含混醫術，安其所習，毀所不見，寧為中醫所誤，不肯一試西醫，殊可悼歎。執事久客上海，宜其耳目開拓，不迷所行，奈何顧久留病魔，不一往問西醫耶？豈至今不能化其故見耶？千金之軀，委之庸醫之手，通人豈宜如此？試俯納鄙說，後有微恙，一問西醫，方知吾言不謬。（辛卯六月晦日〈答蕭敬甫〉）

今侄還京後，想益調攝強固。是否尚服西藥？每恨執事文學精進而醫學近庸，但守越人安越之見，不知近日五洲醫藥之盛，視吾中國含混謬誤之舊說，早已一錢不值。近今西醫書之譯刻者不少，執事曾不一寓目，顓顓焉惟《素問》、《靈樞》、《傷寒》、《金匱》、《千金》、《外台》等編，橫亙於胸而不能去，何不求精進若是？平心察之，凡所謂陰陽五行之說果有把握乎？用寸口脈候視五臟果明確乎？《本草》藥性果已考驗不妄乎？五行分配五臟果不錯謬乎？人死生亦大矣，果可以遊移不自信之術嘗試否乎？以上所言，吾將斫樹以收窮龐，未可以客氣游詞爭勝，願聞所以應敵之說！（癸巳三月二十五日〈與吳李白〉）

紱臣災病應退，某豈敢貪天之功？但平日灼知中醫之不足恃，自《靈樞》、《素問》而已然，至《銅人圖》則尤不足據，《本草》論藥又皆不知而強言，不如西醫考核臟腑血脈，的的有據，推論病形，絕無影響之談，其藥品又多化學家所定，百用百效，而惜中國讀書仕宦之家安其所習，毀所不見，其用醫術為生計者又惟恐西醫一行則已頓失大利，以此朋黨排擯，而不知其誤人至死者不可勝數也。今紱臣用西醫收效，自此京城及畿南士大夫庶漸知西術之不謬，不至抱疾忌醫，或者中上庸醫殺人之毒其稍弛乎。（丁酉正月二十一日〈答王合之〉）

中醫之不如西醫，若賁育之與童子。來書謂仲景所論三陽三陰強分名目，最為卓識。六經之說仲景前已有，仲景從舊而名之耳。其書見何病狀與何方藥，全不以六經為重，不問可也。

西人之譏仲景，則五淋中所謂氣淋者實無此病，又所謂氣行脈外者實無此理，而走於支飲留飲等病，亦疑其未是。此殆亦仲景以前已有之常談，未必仲景創為之也。蓋自《史記・倉公扁鵲傳》已未盡得其實，況《千金》、《外臺》乎？又況宋以後道聽塗說之書乎？故河間、丹溪、東垣、景岳諸書，盡可付之一炬。執事謂其各有獨到，竊以為過矣。（二月十日〈答王合之〉）

前書言柯病新癒而咳嗽未已，近來如何？又言中西醫皆不用，此似是而非。中藥不足恃，不用宜也。若不用西藥，則坐不知西醫之操術何如，仍中學在胸不能拔棄耳。實則醫學一道，中學萬不可用，鄭康成之學尤不可用。中醫之謬說五臟，康成誤之也。咳嗽一小疾，然可以誤大事。中醫無治咳嗽之藥，亦不知咳嗽之所關為至重，此皆非明於西醫者不能自養。（三月二十三〈與廉惠卿〉）

醫學西人精絕。讀過西書，乃知吾國醫家殆自古妄說。（十一月十七日〈答何豹臣〉）

聞目疾今年稍加，深為懸繫。又聞近服中藥，醫者侈言服百劑當服復舊觀，前屬張楚航等傳語，倘已服百劑，其言不效，則幸勿再服，緣中醫所稱陰陽五行等說絕與病家無關，此尚是公理，至以目疾為肝腎二經，則相去千里。吾料公今所服藥大率皆治肝補腎之品，即令肝腎皆治，要於目光不相涉也。況中藥所謂治肝補腎者，實亦不能損益於肝腎也乎？然且勸公勿久服者，中藥性質言人人殊，彼其所云補者不補，其所云泄者不泄，乃別有偏弊，而本草家又不能知，特相率承用，而幾幸其獲效，往往病未除而藥患又深，此不可不慎防者。尊甫先生不甚通西醫之說，其於中醫似頗涉獵，嘗抄撮經驗良方，令我傳鈔。今若語以中藥之無用，必不見信，然目疾所謂一痛耳，若因藥而致他病，則全體之患矣。此不可以嘗試者也！（戊戌十二月四日〈與賀松坡〉）

汝堂上屬買燕菜鹿茸等物，一時無人攜帶。自西醫研精物理，知燕菜全無益處，鹿茸則樹生之阿磨利亞及駱駝糞中所提之阿磨利亞皆與茸功力相等，而價賤百倍，何必仍用此等貴物乎？西醫不但不用鹿茸，亦並不用阿磨利亞者，為其補力小也。汝平日不考西書，仍以鹿茸為補養之品，何其謬耶！（己亥五月二十四日〈與千里〉）

令四弟如係肺疾，應就西醫，並宜移居海濱，借海風所涵碘質以補益肺家，服麥精魚油以調養肺體，仍戒勿用心，勿受外感。此病甚不易治，中醫不解，亦無徵效之藥。其云可治，乃隔膜之談。若西醫用症筩細心審聽，決為可治，乃足信耳。（九月二十日〈與廉惠卿〉）

前初見文部大臣菊池君，即勸興醫學。昨外務大臣小村君亦諄諄言醫學為開化至要。且云他政均宜獨立，惟醫學則必取資西人，且與西人往來論醫，彼此聯絡，新學因之進步，取效實大等語。是晚醫學家開同仁會款待毓將軍及弟等，長岡子爵、近衛公爵、石黑男爵皆有演說，皆望中國明習西醫，意至懇至。東京醫家集會者近百人，可謂盛會。而弟所心服者，尤在法醫。法醫者，檢視生死傷病以出入囚罪，近年問刑衙門獲益尤多，吾國所憑《洗冤錄》仵作等，直兒戲耳。恐議者以醫為無甚關係，故具書此間所聞，以備張尚書採擇。（壬寅六月十日〈與李亦元〉）

敝國醫學之壞，仍是壞於儒家，緣敝國古來醫書列在《漢書・藝文志》者皆已亡佚，今所傳雖經《素問》大抵皆是偽書，其五臟部位皆是錯亂。其所以錯亂之故，緣敝國漢朝有古文、今文兩家之學，古文家皆是名儒，今文則是利祿之士，古文家言五臟合於今日西醫，今文家言五臟則創為左肝右肺等邪說。及漢末，鄭康成本是古文家學，獨其論五臟乃反取今文，自此以後近二千年，盡用今文五臟之說，則鄭康成一言不慎，貽禍遂至無窮，其咎不小。敝國名醫以張仲景、孫思邈為最善。仲景《傷寒》所稱十二經，今西醫解剖考驗實無此十二經路。蘇東坡論醫專重孫思邈，今觀《千金方》所論五臟亦皆今文之說。此敝國醫道所以不振

之由也。（〈同仁會歡迎會答辭〉）

犬孫目疾，若中藥雖可見效，吾不主用，緣中藥難恃，恐貪其效而忽其敝。中醫不能深明藥力之長短。孫兒障翳苟不礙瞳人，即可置之不問，久亦自退，較勝於用不甚知之藥。觀西醫不見病不肯給藥，則知中國欲以一藥醫百人，其術甚妄也。（辛丑二月二十七日〈諭兒書〉）

汝綸於西醫之極口推崇，於中醫之一筆抹殺，其態度可以概見。光緒二十年（癸卯）卒於里（桐城），其所聘學堂教習日本人早川新次以報喪書寄其本國，中述延美醫治療事，謂：「正月九日下午，突有先生之侄某，遣使送書，報先生病狀，且言先生不信漢醫，專望西醫之診視，乞伴美國醫偕來。小生不敢暇，即與美醫交涉。十日晨發安慶，夜半到吳氏宅。直抵病床詢問，見其容態已非現世之人，驚其病勢之急激，知非等閒之病。親戚輩具述疝氣之亢進，腹部膨脹如石，熱度高，美醫不能確定病名，小生疑為腸膜炎也。是夜及次日，美醫種種治療，病勢益惡。先生自覺難起……小生酬知己之恩，正在此時，與美醫議良策，奈傳教兼通醫術之人內科非所長。先生病勢益惡，至十二日早朝呼吸全絕……先生於衛生醫術，生平注意……今茲之病，斥一切漢醫不用，辯漢醫之不足信，特由安慶奉迎西醫。聞生等一行到宅，甚為欣喜，豈料美醫毫無效驗。美醫云：『若在上海或日本，得與他醫協議良法。』小生亦覺此地有日本醫士一人，或可奏功。遺憾何極！」蓋篤行其志，到死不肯一試中醫也。壬寅在日本考察學制時，西曆七月七日《日本新聞》云：「先生昨日午前往觀醫科大學，於本學附屬醫院見割胃癌病者，由近藤教授執刀破腹部，切割胃管，通膠皮管於下，以進飲食。先生觀此大手術，顏色不變，晏然省察焉。」又六月二十二日云：「君……聘醫亦好西醫。李鴻章嘗戲謂曰：『吾與執事篤信西醫，可謂上智不移者，餘人皆下愚不移者也！』」汝綸師事鴻章，其篤信西醫之由來，殆即受教於鴻章。至觀破割大手術而神色夷然，亦緣信之既深，故無疑詫之感耳。

（民國二十三年）

杭州旗營掌故

清室入主中夏，以八旗將士駐防各省要區，控制形勝，為一種特別之制度。此項旗營，在所駐之地，自成一局面，為時二三百年，其文獻殊有徵考之價值，而資料則頗感缺乏。三六橋（多）以詩名，家世杭州駐防（正白旗蒙古人），於杭營掌故，素極究心。己丑（光緒十五年）有《柳營謠》之作，用竹枝詞體，述杭營諸事，共詩一百首，附注以為說明。時猶髫年（約十四五齡），所造已斐然可觀。既見詩才夙慧，尤足考有清一代杭州駐防旗營之史跡。舉凡典制風俗人文名勝，以及軼事雅談，略具於斯，洵可稱為詩史，研究旗營故實者之絕好資料也。其自序云：「吾營建自順治五年，迄今二百四十餘載，其坊巷橋樑古跡寺院之廢興更改者，既為杭郡志乘所略，而其職官衙署科名兵額一切規制，又無紀載以傳其盛。自經兵燹，陵谷變遷，老成凋謝，欲求故實，更無堪問。夫方隅片壤，尚有小志剩語，紀其文獻，吾營八旗，實備滿蒙大族，皇恩優渥，創制顯榮，其間勳名志節，代不乏人，倘無一編半冊，識其大略，隸斯營者非特無以述祖德，且何以答君恩乎？童子何知，生又恨晚，竊不忍任其淹沒無傳，以迄於今，每為流留軼事，採訪遺聞，凡有關於風俗掌故者，輒筆之，積歲餘方百事，即成七絕百首，名曰《柳營謠》。蓋如衢謠巷曲，聊以歌存其事，不足云詩也。後之君子，或有操椽筆而為吾營創志乘者，則此特其嚆矢耳。己丑冬日自記。」以詩存事，旨趣可見。詩如左：

燈詞寵賜早春時，會典房中永寶之。
何日新宬重建復，碧紗籠護御題詩。
（乾隆六年頒到御製燈詞一卷，藏於會典房。房已毀於兵燹。）

彩毫飛落九重雲，會議堂開賜冠軍。
欲訪三司公署地，查家弄口剩斜曛。
（會議府向在查家弄，庫司、左司、右司並在焉，御書「冠軍」二字顏其大堂。今古木衰草而已。）

喜際升平息鼓鼙，更衣宮裡仰宸題。
天然鳳舞龍飛筆，留幸杭城九曲西。
（乾隆十六年南巡，閱兵於大教場，築更衣宮供詩碑焉。杭城西北昔有九曲，故一名九曲城。）

五小營門九里城，穿城河水最澄清。
臨流稚子學垂釣，聖代於今休甲兵。
（營城內外計有一千四百三十六畝四分零，周圍九里，穿城二里，自錢塘門而北而東南又闢五門，屏山帶水，勝甲省垣。）

平南軍府建高牙，二百年來是一家。
今日四夷我皆守，弓刀掛壁嘯龍蛇。
（順治二年，金大將軍領平南大將軍印統兵抵浙。五年議設駐防官兵共三千九百數十人，七年冬築營城以判兵民，八年又遣官兵協防，十五年增甲兵五百副於營外，康熙八年始奉旨永不住民房。）

樹石參差水竹環，倚園新作雅遊還。
御書樓上憑闌眺，西背平湖北面山。
（軍署向有西園，去年長樂初將軍重葺，易名倚園。御書樓在園正東。）

豔說魚軒兩蒞杭，廿年風景感滄桑。
材官齊祝婆婆福，書額重來仰北堂。
（將軍希侯太夫人，即咸豐初年將軍倭侯夫人也，重蒞杭營，故於軍署二堂顏曰「重來」，為彭雪琴尚書書。）

竹馬爭騎迓使君，新將軍是舊將軍。
藹然齋額親題處，九載重看墨尚芬。
（吉仲謙將軍重鎮杭州，倚園有藹然齋，為光緒六年駐節時手題。）

都署新成涵碧亭，真如畫舫水邊停。
秋來妙又如書屋，雨打殘荷倚檻聽。
（恭問松都護今歲廣葺其署，建亭沼上，顏曰「涵碧」。昔松賜亭固蓮溪兩都護先後題有停舫、寄廬、聽秋書屋、萬花堂、伴鶴軒諸勝。）

書巢遺址仰流芳，敢恃聰明亂舊章？
我喜趨庭聞故事，重懸楹帖復鑲黃。
（嘉道間南尊魯協戎任鑲黃旗，顏其檔房曰「書巢」，為查聲山舊書。又自集《尚書》語「罔以側言改厥度，毋作聰明亂舊章」為聯。今家大人協領是旗，仍其舊句懸之。）

四旗裁去近千人，萬順沙田澤沛春。
此即盛時司馬法，兵當無事本為民。
（乾隆二十八年裁去漢軍四旗九百餘人，賜以蕭山沙田，有不耕者准其外補營勇。）

同承恩澤鎮之江，敢享承平志氣降。
調自六州歸一本，和親康樂答家邦。
（亂後八旗調自乍浦、福州、荊州、青州、四川六處，以復舊額。）
湧金門外春秋祭，忠義遺阡表八旗。
男女當年同血戰，居然似死竟如歸。
（忠義墳在湧金門外，裒葬庚辛陣亡官兵並婦女，列入祀典，春秋致祭。）
萬古綱常未喪師，昭忠貞烈兩崇祠。
至今月黑霜清夜，恍有英風拂樹枝。
（昭忠、貞烈兩祠在雙眼井旁，總紀庚辛死事男女。）
漢字教成滿字來，兩傍滿漢學堂開。
宏文自是承平象，不羨彎弓跨馬回。
（書院後即設滿漢兩官學。）

八旗學校分文武，弓箭詩書兩不荒。
家藝淵源邁千古，栽培將相答君王。
（武義學曰弓廠，乃各旗自設者。）

弓胎騂角箭翎雕，試取穿楊百步遙。
聞說將軍親選缺，爭將全技獻星軺。
（官制，由前鋒領催挑取驍騎校，遞上至於協領皆然，每一缺出，與選者齊赴教場聽候考選官缺，擬定正陪，奏送引見。）

大閱爭後壁上觀，鼓聲雷動落雲端。
馬蹄風捲紅旗滾，兩翼雙開陣勢寬。
（三年大閱，五年軍政。）

鼓角聲殘大陣還，八旗兵馬擁城灣。
舊時軍令何嚴肅，一月惟教一日閒。
（道光元年奏，遵於每月朔停操一日，餘則逐日輪習各技。）

旌旗處處風留影，砧杵家家月有聲。
難得八方無事日，格林炮隊選精兵。
（格林炮來自德國，營中購置多尊。）

霜天吹角馬如飛，卅二排兵擁繡旗。
都趁曉風殘月出，炮山今日試紅衣。
（紅衣，大炮名，年例九月試演於秦亭山西，俗呼為炮山。）

雜技營中博且專，居然騎馬似乘船。
碑能直立鐘能掛，儻使隨園見早傳。
（營操有雜技一門，馬上尤嫻，有立碑、掛鐘諸名目。袁子才有《蹁馬歌》。）

五年一賦出關行，遠比尋常上玉京。
相馬由來如相士，空群須比古人精。
（營例閱五年遣員出關購馬一次。）

當年花市聚群芳，叫賣聲聲紫韻長。
今日只遺燈夜好，看燈人似看花忙。
（迎紫門直街即南宋之花市，古名官巷。朱淑真詞云：「花市燈如舊。」）

紅顏命薄本尋常，剩得芸編說〈斷腸〉。
欲覓調朱施粉地，綠楊城角舊門牆。
（原朱淑真故居，在寶康巷，今為東城築斷其半。）

二仙巷裡弔詩人，我與盧陵有夙因。
目送飛鴻風瑟瑟，一張桐雅日隨身。
（二仙巷在花市南神堂巷北，當即舊東城山門巷。元張光弼移居壽安坊。胡盧白有詩云：「二仙巷裡張員外，頭白相逢尚論詩。」余家藏古琴一張，背鐫真書「桐雅」二字，其下又鐫瓦當文「飛鴻延年，龍池之右」，行書，「延年高雅對孤桐，與和長松瑟瑟風，不為野夫清兩耳，為君留目送飛鴻，盧陵張光弼」三十三字，鳳詔之下，有隸書「儀清閣寶玩暨萬年少題」數十字，聲音清越，斷紋勻細，每撫銀絲，益思尚友。）

滄海桑田幾變更，俞園無復種香粳。
同居七世家風古，連理枝宜此挺生。
（俞家園在井亭橋南，宋時為秫田。《宋史》：「民俞舉慶七世同居，家園本連理。」）

金山當日寓河邊，周北樓租四五椽。
可惜弁陽生太早，不然得月兩家先。
（元郭畀寓樓在施水橋坊。《癸辛雜識》：「余有小樓在軍將橋，夏日無蚊。」云云。）

真珠曲阜永安橋，紅白蓮花共五條。
更有鼇山兼兔嶺，至今何處問漁樵。
（真珠橋在真珠河上，曲阜橋在軍將、施水二橋之間，西岸跨街，小永安、紅蓮花、白蓮花三橋並在梅青院東，今俱廢。鼇山頭在清湖橋南新開弄，兔兒嶺在坍牌樓，今罕有知者。）

朱棺懸葬是何人，翦紙無從證夙因。
何不學仙化遼鶴，百年同此蟪蛄春。
（鑲紅、正紅兩旗協署牆界下有朱棺懸諸窟室。）

城隅舊地訪平章，入夢梅姬漫獨傷。
一樹棠陰無處憩，花公祠宇失堂皇。
（賈似道故宅在分箕兜，舊為鑲白旗協領署。乾隆中香公格任此，夢賈妾梅姬乞焚楮帛。花公禪布康熙間任此，有政績，去後該旗感而立祠署旁。今皆廢。）

何氏山林莫浪推，來觀甲帳接樓臺。
一丘一壑尤天巧，侍御當年此構材。
（將軍署係柴孝廉故宅，其祖明侍御公構也。）

上方寺裡上方池，放鴨調鵝任所之。
寄語兒童休下釣，斷碑記讀放生祠。
（寺在將軍府西。寺廢，西池尚存，有殘碑兩方，知為當時放生所也。）

梅花深處昔敲門，友竹交松別有軒。
閱罷金經調綠綺，禪房茶熟正香溫。
（嘉慶間梅青院僧印海善琴所居，有友竹交松軒，為噶學山題贈。）

梅青古院好滋培，一秀才捐一樹梅。
放鶴亭前人不返，十分清麗為誰開。
（院為宋林和靖未隱時所居，嘉慶五年將軍范恪慎公創為八旗士子肄業之所，見馬湘湖明經〈補梅記〉。光緒初掌教盛愷庭觀察捐資重葺，議每入泮者栽一梅於庭，今頗成林。）

曾說城西有客行，機頭蕊榜見分明。

我來織女如重遇，先問鄉人及第名。

（《夷堅志》：「建炎春一士人步城西，有虹自地出，圓影若水晶，老木丫槎。聞茅舍機杼聲，女子四五，綰烏絲丫髻，玉肌雲質，揎腕組織。視之，錦文重花中有字數行，首曰李易，問之，曰登科記。」）

六井於今五處無，白龜池尚傍西湖。

朱家樓閣元家宅，惟聽天中唱采蒲。

（白龜池係錢塘六景之一，宋朱師古元、元仇遠曾居是地，今惟蒲蕩而已。）

井名誰把鳳凰題，浪喚凰兮與鳳兮。

石上都無仙翰影，碧梧枝上亂鴉啼。

（井在太陽溝，相傳為鳳氏所啟，以故得名，並鐫鳳凰於井闌，今無存焉。）

轆轤甘井汲西城，簇簇松花水面生。

三十年來陵谷變，寒流空悵一盂清。

（松花井在長生橋西，昔常有松花浮水面，故名。）

一坏黃土草紛紛，魚腹瓜刀久不聞。
短碣搜尋重建立，行人始識杜仙墳。
（墳在錢塘門內，乾隆四十二年春正紅旗協領佛公智重修，尋廢。光緒戊子家大人獲其墓碑，復為封治。仙名靈，字子恭，晉人也。朱竹垞〈鴛鴦湖棹歌〉：「網得錢塘一雙鯉，不知魚腹有瓜刀。」原注：「錢塘杜予恭，就人借瓜刀，其主求之，曰：『當即相還耳。』既而刀主行至嘉興，有魚躍入舟中，破魚得瓜刀，見《搜神記》云。」）

墳尋蘇小悵詩人，何處埋香瘞玉真？
且步史君新徑去，錢塘門下吊鄉親。
（錢塘門內舊有蘇小墓，詳許繩祖《雪莊漁唱》。又有新徑，見楊蟠《西湖百詠》。）

海棠縱不是甘棠，昭諫曾栽滿縣香。
今日川紅花事了，江東猶說埒河陽。
（錢塘縣治舊在城西，曾有羅隱手植海棠花，王元之有詩。）

顯忠廟裡燈如海，顯忠廟外人如山。
元宵簫鼓喧闐處，一架煙花散玉環。
（廟在長生橋，祀漢大將軍博陸侯，每歲元宵燈火極盛。）

春宵火樹燦銀河，月爆星球巧樣多。
古廟尚留嘉澤號，黃沙弄口幾回過。
（廟祀李鄴侯，向在梅青院北，今建黃沙弄，亦設燈劇。）

演武場和立馬來，景靈宮殿早成灰。
紫東一片如鉦日，曾照宮花插帽回。
（承乾門外大教場，即宋景靈宮故址。《隨隱漫錄》：「景靈宮謝駕回，宰相以下皆簪花。」）

蘄王賜第在河東，御筆名園紀懋功。
想見騎驢湖上去，長生橋水照英雄。
（韓蘄王賜第在前洋街，宋高宗書「懋功」名其園，今廢，即長生橋東北塊也。）

潘閬猶傳舊姓名，一條窮巷景淒清。
低回且詠元之句，前日尋君下馬行。
（潘閬巷為宋潘逍遙故居，在長生橋東。王禹偁詩「前日訪潘閬，下馬入窮巷」，今其地為兵房。）

菩提講寺證前因，老屋頹廊積綠塵。
一徑桑麻三徑竹，緬懷宰相贈詩人。
（寺在八字橋西，今栽桑竹。道光八年舅祖文吟香公讀書於此，見瑞文端公《如舟吟館詩鈔》。）

蓮蕩於今尚姓吳，蓮花當日比西湖。
更誰攜得方池種，博取清風明月無。
（吳家蕩在菩提寺東，昔時蓮花最盛，今廢。）

舊時軒月尚如輪，不見填詞入道人。
行到蓮池西盡處，更無矮屋奉高真。
（開元宮在吳家蕩旁，為宋周漢國公主府，元時句曲外史張伯雨入道於此。外史《開元宮得月軒詞》，有「環堵隘花狼藉溝水，張雲充斥，似石魚湖小酒船寬窄」之句。自闌入營中，惟矮屋數椽，中奉高真像而已。雍正癸卯二月十九日厲太鴻過之，有〈木蘭花慢〉一闋，見《樊榭山房集》。今則荊棘叢生，陳跡不可訪矣。）

清湖河水自西流，屋後今無載酒舟。
借問題詩高九萬，癖齋可在黑橋頭？
（咸淳《臨安志》：「高九、萬喜、杜仲高移居清湖河詩，有「河水通船堪載酒」之句。杜仲高金華人，有《癖齋集》。黑橋今名板橋。）

水邊先後起高樓，良相名人共不休。
城外湖山城內見，見山且看合雙修。
（瑞文端公故第在清湖河北岸丁家橋相近，中有見山樓，眺盡湖山之勝，見公弟瑞雪堂觀察《樂琴書屋詩鈔》。按：其地似即趙松雪為祝吉甫所題「且看樓」遺址，惜無好事者復建之。）

淺綠垂楊兩岸勻，平橋猶說石湖春。
軒開說虎今安在，況復軒中說虎人。
（石湖橋，因宋范成大居此，故名，中有說虎軒。）

淺水長流過小橋，郭西風景此偏饒。
江郎一去無人管，欲把蘄王共手招。
（江學士橋，明江曉居此得名，亦稱小橋，康熙《仁和志》謂江所居即蘄王賜第。）

小暘谷暖遠囂塵，臥雪何須送炭人。
我擬消寒依樣築，縱非黍谷也回春。
（小暘谷，宋孔仲石築以禦冬，不火而暖，見《楊誠齋集》。址在洗麩橋西。）

馬家橋與洗麩橋，流盡興亡水一條。
我欲沉沙尋折戟，清湖河畔認前朝。
（馬家橋、洗麩橋由吳越王屯兵得名。洗麩俗稱大八字橋，橋西即清湖橋，俗稱二八字橋。）

短短紅牆小小門，一官雖謫亦君恩。
橋東遺署今烏有，蓋代威名世尚聞。
（年大將軍雍正間謫杭州，後貶至正白旗滿洲防禦，其故署皆圍紅牆，在石湖橋東折東弄內。按：年為防禦時，日坐湧金門側，鬻薪賣菜者皆不敢出其門，曰年大將軍在也。見《嘯亭雜錄》。）

十官巷裡道人閒，身在紛華市隱間。
遙想縹緲羅四壁，爭將福地比嫏環。
（宋陳起居十官宅巷開書肆，趙師秀、劉克莊輩皆有贈詩，址在鴻福橋東。）

載酒紅橋繞綠雲，紫雲坊剩綠雲紛。
數椽小屋臨河闢，水竹誰家占一分。
（洪福橋，《乾道志》名洪橋，清流綠蔭，為營中勝處。）

癸辛向訪癸辛街，鞔鼓橋西跡已埋。
欲就草窗談雜俎，不知何地是書齋。
（癸辛街在鞔鼓橋，宋周密居此，著《癸辛雜識》。）

楊王宅記癸辛街，瞰碧名園景最佳。
只惜紫雲坊過晚，茂林修竹繫人懷。
（楊和王宅在鴻福橋，大滌洞天記在癸辛街，有瞰碧園，具茂林修竹之勝，紫雲坊在鴻福橋西，猶存一石柱焉。）

施水坊橋古跡存，我來偏不效爭墩。
前修尚有都音保，鼎峙何妨說可園。
（《清尊集》分題武林古跡，施水坊橋其一也。都音保滿洲人，善書，昔居橋邊。見《武林城西古跡考》。即余可園在近也。）

天潢鶴俸慨然分，恤士曾傳好使君。
梅院一龕應配享，王將軍與寶將軍。
（乾隆四十年，將軍宗室富公重士恤兵，奏添養育兵，並捐廉餉焉，去後營中設生祠於梅青院。四十五年至五十年，將軍王公、寶公悉宗其政體，前後墾牧田召租以濟困乏，杭乍孤寡口糧及遠差貼費皆自二公始，垂惠吾營，當議共祀以報之。）

岱防禦畫效倪迂，收拾西湖進紫都。

博得天顏曾一笑，南巡並得臥遊圖。

（防禦岱彭號半嶺，工畫，曾繪《西湖全圖》進呈御覽。）

一個貓兒一餅金，誰與論畫補桐陰。

牡丹不用胭脂染，家學淵源兩竹林。

（黃履中字德培，漢軍人，裁汰後賣畫為生，尤善畫貓，一貓一金，以黃貓兒稱。侄九如以畫紫牡丹得名，一夕夢古衣冠人謂之曰：「汝畫牡丹，當用蘇木汁如製胭脂法，則絕肖。」醒而試之，果逼真。）

教棋賣字有王郎，妙墨爭如學士梁。

倘使當時逢月旦，書名應並蔣山堂。

（王東冷，漢軍人，裁汰後教棋賣字，遊四方，書學頻羅庵，能亂楮。）

軍帥群欽多藝才，工棋善畫漫相推。

張成風角翻新學，五兩銀雞妙剪裁。

（嘉慶八年，將軍宏公工棋善畫，又精製器，嘗以銀片剪一雞，高置竿頭，占四方風信，歷試不爽。）

梅花重補聘名師，教育深思大樹滋。
為語八旗佳子弟，報崇應建范公祠。
（將軍范恪慎公禮賢下士，創立梅青書院，補梅延師，以漢學教授八旗子弟，至今囚之。）

英雄原不礙風流，傳說元戎豔福修。
畫罷牡丹春晝永，閒憑妓閣看梳頭。
（道光間將軍湘上公善畫牡丹，多內寵，教之妝點，有雲鬟、月髻諸名目。）

就園都護最能文，儒雅多才更博聞。
聽雨一編無覓處，天防著作掩功勳。
（雙就園都護道光間任鑲黃旗協領，升西安副都統，署寧夏將軍，累著軍功，後予告歸杭，著《聽雨齋詩文》。）

萬竿蒼雪繞齋齊，分照家君太乙藜。
竹牒可能重我授，並將古跡證城西。
（太夫子廷壇岩先生為吾營耆儒，著作甚富，有《城西古跡考》、《詩文》等書，亂後多失傳。）

瑞公威範震千家，百戰功勳洵可嘉。
兩浙靈聲傳不朽，忠魂甘葬萬荷花。
（將軍瑞忠壯公堅守旗營，屢建大功，卒以糧盡殉節於軍署荷池，今建專祠在梅青院前。）

凜然忠義冠當時，蒙古家聲百世馳。
足與湖山爭浩氣，段家橋北傑公祠。
（乍浦副都統傑果毅公辛酉殺賊陣亡，今專祠在湖上。）

我弔先賢赫藕香，不徒勳業與文章。
易名惜未邀殊典，氣節千秋峙戴湯。
（赫藕香方伯由庶常改官，至江蘇督糧道，庚申在藉佐瑞忠壯公克復杭城，賞布政司銜，次年巷戰陣亡。死事之烈，可與應文節、湯貞愍二公並稱，著有《白華舊館詩稿》。）

東公清節尚流芬，千里還鄉戀夕曛。
不惜康泉偏挹注，二疏而後又重聞。
（東恭介公由正藍旗協領歷升福州將軍，晚年歸里，盡傾宦囊分給鄉黨，後復總制四川，卒於道。）

八橋居士老禪房，衣缽無人奉瓣香。
副本倘留長慶集，他年應學抱經堂。
（外祖裕乙垣公居八字橋西，又號八橋居士。嘉慶戊寅舉人，有詩名，在京供職禮部員外，寓法華寺十餘年，易簀時命侍者將生平著作盡納棺中。昔盧抱經學士父存心藏婦翁馮景《解春集》遺稿，示學士詩云，外祖馮山公，文章驚在宥，衣缽無後人，瓣香落汝手。學士後梓行。）

緩帶輕裘自不群，此真不好武將軍。
當時翰墨淋漓處，爭裂羊欣白練裙。
（將軍連上公善書，得者寶之。）

都護清勵雅愛才，高風猶聽士民推。
公餘別有怡情處，花木扶疏盡手栽。
（富蘭蓀都護愛士癖花，今都署花木多其手植也。）

姊妹才情一樣長，題詩先後到山牆。
騷人盡解垂青眼，豔比蘭芳與蕙芳。
（康熙初，白曉月、色他哈雨女士多才多貌。曉月有《半山題壁詩》，色他哈見而和之。復有名人方苞、荀倩等和詩。荀云：「新吟為我舊吟誰，姊妹遭逢一樣悲。絕勝金閶樓上女，蘭芳名與蕙芳垂。」）

分明飛燕掌中身，娘子偏教喚玉真。
聽說能知休咎事，當年不讓紫姑神。
（《睽車志》：「程迥居前洋街，一日飛五六寸長一美婦，自稱玉真娘子，能言休咎。」）

不作詩仙作畫仙，李家又見一青蓮。
紅妝屢倩描新照，真個神從阿堵傳。
（李朝梓漢軍人，乾隆間居潘閬巷，工畫仕女。相傳其家有樓為狐所居，一日李見一清代宮裝麗姝，笑請寫照，為描撫入神。後屢見而屢易其裝，李盡撫之，由此得名，人稱之曰「畫仙」。）

鏡中真個自生花，對臉傳紅未足誇。
一片青銅今莫寶，空將奇事說陳家。
（嘉慶丙子三月，軍將橋東岸蒙古陳氏家有古銅鏡忽生花，半月始滅。當時詩人多歌詠之。）

地傍湖山秀絕塵，新傳八景出名人。
倚園花石倉河月，費盡丹青畫不真。
（湖山之秀，匯於西城，吾營盡占其勝。吾師王夢薇先生每入營必低徊忘返，嘗題柳營八景，曰「梅院探春」，「倚園消夏」，「西山殘雪」，「南閘春淙」，「吳蕩浴鵝」，「井亭放鴨」，「倉河泛月」，「花市迎燈」，並繪畫徵詩，一時傳為美談。）

修築東西兩岸堤，爭輸鶴俸覆香泥。
小橋官柳青青外，誰把桃花補種齊。
（光緒元年八旗捐栽楊柳於岸，儻再間以桃花，當更可觀也。）

新妝結隊過門前，為赴關爺祝壽筵。
如此英雄真不朽，馨香俎豆二千年。
（俗稱關帝為關爺，五月十三日為誕期，士女多壽之。）

參差紅燭間沉檀，為賽今年合境安。
齊赴毓麟宮上壽，木犀香裡倚闌干。
（臨水夫人廟在雙眼井西，曰毓麟宮，亦曰天聖母宮，閩人尤信祀之。）

鑼鼓敲開不夜天，龍燈高縱馬燈前。
嬌癡兒女爭相看，坐守春宵倦不眠。
（杭俗春宵有龍馬燈會，必先入營參各署，以領賞犒。）

節物於今各處殊，吾家笑作五侯廚。
荊州圓子福州餃，歲暮春初相向輸。
（難後八旗皆調自六州，所以節物各殊。）

糯粉新和紅綠豆，廚娘纖手慣蒸糕。
品題何借劉郎筆，春餅同煎饋老饕。
（俗於春首用紅綠豆和粉蒸糕相饋。）

湖上春深興更悠，招邀俊侶策驊騮。
詰朝要放桃花血，逐隊松鞍到處遊。
（春分前後當以針刺馬頸，謂之放桃花血，前一日須出騎，謂之松鞍。）

盂蘭古會早秋乘，鑼齊家家各自稱。
偏說蓮花橋水活，順流今夜放荷燈。
（軍將橋一名蓮花橋。）

風流猶話半閒堂，鬧鬥秋開蟋蟀場。
一幅紅綢新賜采，將軍爭識大頭黃。
（營中鬥蟋蟀以博勝，謂之秋興。）

西去人家斷復連，一灣流水繞門前。
落花枯草調鷹地，暖日清風放鴿天。
（俗喜調鷹放鴿，佳者只值數金。）

五色絲纏鐵嘴巢，銜旗啄彈各相教。
忍饑就範如鷹隼，細草青絨蚱蜢包。
（鐵嘴蠟嘴皆杭產禽名，飼以青蟲，教之銜絨，能解人意。）

鞭如掣電馬如龍，出獵歸來興不慵。
為有雙禽將換酒，背駝紅日下南峰。
（秋冬之際營人多出獵湖山。）

季冬一日最魂銷，記得城池一炬焦。

為禁滿城停宰殺，傷心往事話今朝。
（辛酉十二月朔為髮逆陷城，今居是日，滿城為禁屠宰。）

聲名文物合推今，精絕詩書畫與琴。
莫笑管弦聞比戶，武城自古有知音。
（吾營以詩傳者，赫藕香方伯有《白華館遺稿》，外王父乙垣公有《鑄廬詩草》，舅祖文吟香公有《亦芳草堂詩稿》，善雨人寺丞有《自芳齋詩稿》，貴鏡泉觀察有《靈石山房詩草》。以書名者，善寺丞之行書，固晝臣姻伯之楷書，杏襄侯姻丈之隸書。以畫名者，祥瑞亭協戎之馬，家大人之山水牡丹，矞雲、織雲兩夫人之花卉。工琴者，盛愷庭觀察，外舅文濟川公，家六叔保子雲公，柏研香杏襄侯姻丈，皆精絕靈妙，遠近言琴者莫不以吾營為領袖。數年以來，甚至垂髫兒女盡解操縵，亦吾營中一韻事也。）

留月賓花樂事饒，聲攜吟屐井亭橋。
如逢水繪庵中主，尊酒論文一笑澆。
（榮竹農部郎隨侍都護恭公來杭，顏其衙齋曰「留月賓花館」，每逢佳日集吟社焉。）

誰為旗營唱竹枝，風流傳遍逸園詞。
吉璁去後難為和，敢比鴛湖百首詩？
（內史守彝齋茂才有〈杭營竹枝詞〉八首。昔竹垞太史作〈鴛鴦湖棹歌〉百首，同里譚吉璁和之，余則未敢竊比焉。）

自愧髫年聞見稀，池當人往又風微。
百篇吟就仍無補，數典而忘庶免譏。

六橋此詩，余所見為石印一冊，蓋庚寅（光緒十六年）所印，署《可園外集》，並有俞、王二序。俞序云：

國初平一海內，以從龍勁旅分駐各行省，是曰駐防。大者統以將軍，其次為都統，又次之城守尉。吾浙杭州乃東南一大都會也，於是有鎮浙將軍，有鎮浙副都統，皆駐杭州，開軍府，立滿營，度杭城西偏以為城，其周九里，其門有五，規模閎遠矣。二百數十年來，功名之隆盛，人物之豐昌，流風遺俗之敦厚，故家世族之久長，不可勝計，而紀載闕如，無以垂示於後。中間又經兵燹，一營俱燼。亂定之後，乃調集乍浦、福州、荊州、德州、青州、四川六處駐防，重建新營，粗復舊額。入其城者，但見衙署之鼎新，廛舍之草創，欲問其故事而遺老盡矣。乃有鍌溪協戎之哲嗣曰三多六橋者，著《柳營謠》一百首，凡有涉掌故者重以詩記之。上紀乾隆中高廟南巡之盛，下逮咸豐間瑞忠壯、傑果毅兩公死事之烈，而凡杜仙之墳，鳳氏凰氏之井，句曲外史之廬，臨水夫人之廟，以至九月演炮，春分松鞍；雲鬟月髻，湘公府之閨裝；留月賓花，榮部郎之吟館，事無巨細，一經點染，皆詩料也，即皆故事也，可以傳矣。余春秋佳日，必至西湖，由錢塘門入城。必取道滿營，如得此一編，於輿中讀之，望將軍之大樹，覩故家之喬木，其可慨然而賦乎。光緒十六年歲在上章攝提格仲春之月，曲園居士俞樾，時年七十。

王序云：

余於丙戌歲始於花市構屋以居，距杭防營僅數武地，暇輒入城，既愛其風土清淑，旋以琴酒獲交其士大夫，又欽其溫文爾雅，有儒將風。未幾其子弟競以文藝來從余遊。有六橋世勳三多者，為有鋆溪協戎哲嗣，年少多才，且能留心掌故之學。憶杭城自順治五年始設滿蒙八旗防營，迄今垂百六十年，其中規模創制，文物聲名彪炳可風者，殆不勝數，而紀載闕如，中丁粵難，一營燼焉。克復後，合官與兵僅存四十餘人，餘悉調自荊、青、閩、蜀、乍浦諸營，以復舊規。非特文獻蕩盡，即其坊巷風情，大非昔比。六橋惜其典則云亡，深抱數典忘祖之慮，爰為廣詢老成，窮搜故實，一名一物，莫不筆以載之。積歲餘，所得既多，乃仿竹枝詞體，成七絕詩百首，名曰《柳營謠》。而請序於余。其詩自開國至今，大而宸章官制、勳業忠貞，小而風俗園亭、世家古跡，犂然畢舉，若諷若規，隱隱寓勸懲之思，寄今昔之慨，正不徒誇顯榮存典則已也。余於防營棲游既習，思為創輯志乘，以傳其盛，恒苦考證之隘，迄未卒業成書。今得是編，資我不淺。他日書成，不得不呼為將伯也。故喜而為之序。

光緒庚寅春，王廷鼎書於花市小築之瓠樓。

（民國三十一年）

可資同覽，因並錄之。

閹人掘藏事述

光緒四年戊寅，有告退太監蘇德掘得藏銀一案，經言路奏陳，派步軍統領順天府尹查覆。近於吳縣彭君心如處，得觀其曾祖芍亭先生（祖賢，官至湖北巡撫）手寫日記，是年四月紀偕步軍統領榮祿遵查此案情形頗詳，時官順天府尹也。茲迻錄如下：

（初五日）榮大金吾召見後，交到軍機處交片，內開：「本月初五日軍機大臣口傳面奉諭旨，著派榮、彭刻即往查看，欽此。」又交片：「有人片奏：風聞京北上地村居住內監蘇德，置有拆房基一所，在沙河鎮街中，去歲十月營兵因刨挖碎磚。挖出銀一缸，約有一萬數千兩，官員覬覦，將兵丁法取刑求。蘇姓以人情勢力，將銀歸己。今歲二月，蘇姓又挖出銀七缸、金一銅箱，金係條，銀係寶，每寶百兩，係前明成化光化字樣，約在十數萬兩，續又挖出銀一窖，長五尺，深五尺，寬二尺，每日夜間裝車載運，尚在刨挖。詢問工人，據云蘇姓已奏明皇太后賞給」等語。遵旨即刻馳赴沙河鎮，時已酉刻，會同榮大金吾，各帶司員，前往查看，並命蘇德指引。據稱如有以多報少情甘認罪。查畢取供，並取北路同知把總稟供，又派員赴上地村點查窖銀秤見斤兩確數。亥刻，金吾登輿回城（定例，提督司九門禁鑰，不得在城外住宿）。予宿於店。霸昌道續燕甫（昌）來見。（初六日）卯刻，燕甫邀至蘇姓地，開更樓門，登樓覆視。回店，昌平州吳履福來見。予回城。午刻到署。陳令（嵋）帶蘇文興呈驗樣銀，開呈秤銀清單。計開：

第一袋碎銀九十五斤
二袋小元寶一百二十七斤
三袋小元寶一百四十七斤
四袋方錠八十九斤
五袋小圓錠七十七斤
六袋小圓錠九十二斤
七袋小圓錠七十五斤
八袋小圓錠一百斤
九袋大元寶七十四錠重二百四十二斤（有乾隆年號）
共一千零卅七斤計一萬六千五百九十二兩。

外有呈樣大元寶一錠，方圓小碇五個，不在前數之內。申刻酌定奏稿，與榮金吾刪改，即繕稿繕摺。

（初七日）寅刻入朝，卯刻奏事處傳：摺留中。……恭錄四月初七日奉上諭：「前據御史英俊奏：聞告，退太監蘇姓在沙河鎮置有房基一處，上年營兵在該處刨出銀一萬數千兩，官員覬覦，將兵丁等刑求，幾致釀成重案。本年又刨出金銀，約銀十數萬兩。續挖出銀一窖，詢係該太監奏明皇太后賞給等語，當派榮祿、彭祖賢前往查看。茲據奏稱：查明太監蘇德在沙河置買鋪房及空院一處，共刨出銀一萬六千六百餘兩，並無十數萬兩之多。據蘇德供稱，此項銀兩未敢擅動，曾經奏明，奉皇太后懿旨賞給，並無刨出銀窖金條等，實係情願報效。上年營弁王振聲暨該太監遣義子蘇文興，均赴北路廳同知衙門呈報，兵丁張邦振等挖出銀兩，私自藏匿，經該同知訊斷，給還地主領回，將張邦振責懲等情。太監蘇德在伊房刨出銀兩，曾據奏明，惟未聲明銀兩確數，當奉皇太后懿旨賞給。現據榮祿等查明具奏，奉懿旨：著將此項銀一萬四千兩交順天府，以為資遣災民之需，餘銀二千六百餘兩，著賞給蘇德。欽此。」

附錄奏稿如左：

「奏為遵旨會同查勘沙河鎮刨出埋藏銀兩情形，恭摺覆奏，仰祈聖鑒事：竊照本年四月初五日准軍機大臣口傳面奉諭旨：著派榮、彭刻即前往查看，欽此。欽遵。並准將附片原奏交閱前來，臣等公同閱看。查原奏內稱：『風聞京北上地村居住內監蘇姓置有拆房基一所，在沙河鎮街中，去歲十月營兵因刨挖碎磚，挖出銀一缸，約有一萬數千兩，官員覦覬，將兵丁法取刑求。蘇姓以人情勢力，將銀歸己。今歲二月蘇姓又挖出金一銅箱銀七缸，金係條，銀係寶，每寶百兩，係前明成化光化字樣，約在十數萬兩，續又挖出銀一窖，長五尺，深五尺，寬二尺，每日夜間裝車載運，尚在刨挖。詢問工人，據云蘇姓已奏明皇太后賞給等語。臣榮隨帶員外郎倭什鑒額、鐸洛倉、中軍副將趙清、參將王山寬，臣彭隨帶治中蕭履中、候補知縣陳嵋，會同前往。是日申刻齊抵昌平州屬之沙河鎮地方，傳到內監蘇德。先勘得沙河鎮鎮街路西有鋪面數間，進內有大空院一所，詢是關閉當鋪房屋拆卸地基，四圍有院牆。查看房基地身多有刨挖痕跡，地面高下不等。據蘇德指驗炕箱一處，稱係在內陸續刨出小缸一口，瓦壇五個，當時鐵鎬磕碎一壇，尚有正壇四個，約計銀萬餘兩。臣等周歷勘視後，回至公所，即據呈驗缸壇。並據蘇德供稱，係直隸景州人，在昌平州屬上地村寄居，先前充當乾清門總管太監，同治十一年十一月因病乞休。是年置買沙河鎮街西關閉當鋪空院一塊，臨街瓦房六間，租與谷姓開設燒餅鋪生理，上年十月間捕盜營兵丁由空院內挖出銀兩，經捕盜營把總王振聲稟明北路廳，太監亦遣義子蘇文興呈報廳官，傳到張姓等，追出銀一千餘兩，當十錢五百吊，交蘇文興領回。本年三月十九日因蓋房使用磚塊，刨出小壇一個，內裝銀兩，由是日至二十五日三次連前共刨出銀五壇一小缸，約有萬餘兩，分為三次用轎車四輛拉運到家。太監世受國恩，得此異財，未敢絲毫擅動，情願報效，出於至誠。是月二十八日進內口奏，面奉皇太后懿旨：『將此項銀賞給太監，欽此。』委無銅箱、銀窖、金條情事，如虛情甘認罪。並據跪稱，實係『情願報效，懇求轉奏賞收』等各語。質之該太監義子蘇文興，供俱相符。臣等飭派司員倭什鑒額等親赴該太監寓所點視，大元寶七十五錠，餘俱小寶，共方錠碎錠共計一萬六千六百餘兩，寶上有乾隆號者，臣等復加查核，僅止一萬餘兩，並無十數萬之多。且驗視大元寶，每個重五十兩有奇，並非百兩，亦無前明成化光化字樣。此臣等現在查看訊明之實在情形也。至原奏所稱去歲十月營兵刨挖銀一缸，官員法取刑求，蘇姓以人情勢力將銀歸己一節，臣等飭據北路廳同知鄭沂稟稱：上年十月二十日捕盜營把總王振聲報，該弁親戚蘇文興在沙河街置有房鋪空基一所，囑為照管，九月間派令雇工魯楞、兵丁張邦振赴院內挖磚使用，聞有挖出銀兩私自藏匿情事。又據蘇文興報同前由。該同知傳到張邦振、魯楞查訊，初猶狡供不承，追經掌責押追，始據實吐，陸續追出銀一千三百五十八兩，又以銀易當十京錢五百吊。該同知以定律所載，官私地內掘得埋藏無主之物，方准收用，今張邦振刨出銀兩，係在有主地中，理應給主，當傳蘇文興將銀錢一併具領。張邦振隱匿不報，責懲保釋在案。此上年十月捕盜營兵丁掘得銀兩該廳訊斷給還地主領回之實在情形也。所有臣等遵旨前往沙河會同查看訊明各緣由，謹合同恭摺覆奏，伏乞皇太后皇上聖鑒。謹

周跋

宜興徐一士先生，享盛名三十年，所為文史小品，散見南北報章雜誌，多不勝計，然而從來不曾有過單行本的出版。愛好他文字的，不惜從整本的《國聞周報》中剪下來，再加裝璜，硬面燙金，什珍而藏之，像這樣的愛好者，我也見到過幾位；然而零星剪積，了無系統，總不成一本書。我當時猜測徐先生的心境，為什麼不出他幾部單行本呢？像我們這樣輕率為文的人，也出過幾本集子，為什麼一位享名南北三十年的老作家而計不出此？要是說沒有出版的機會，那恐怕未必。仔細一想，唯一的理由，乃是徐先生謹慎從事的地方，把文章看得和古人的一樣，不肯輕易付梓，一定要視為名山事業才能結集傳後。這雖與現代的出版潮流不甚相合，但亦足見徐先生的重視他的文字和古道可風了。

我和徐先生神交已久，兩年來書札往返，從未間斷，卻還沒有識荊的機緣。今年春間，偶然向他建議，要他整理出一部份稿子來出版，竟蒙他破天荒的答應了。誰知他一整理就是半年，我們輕率的人半夜可以立就的事，在他的手中竟是半年！其中雖有疾病的躭擱，但也足見其將事之慎重了。我當時曾答應了他，除了校閱之外，還要寫一篇序跋文之類；可是因為出版期匆促，僅有看一遍的機會，連仔細的「校對」也談不到。書中誤植的字很多，實在對不起作者。至於序跋之文，本來也想好些主意，預備談一些掌故學之類；不料瞿兌之先生的序文寄到一看，洋洋灑灑，令我不敢再著一字。直到出版以後，才拿起一本仔細拜讀，除改正幾個錯字預備在再版修正外，更隨便寫幾句，作為校閱後記。

看了徐先生的相片（我把他相贈的照片未徵同意發表了），和文字，總會當他是個積學的老儒，只懂些國故舊學吧！誰知他卻是唸洋文的學生出身，而他的家世，還是中國開明運動的急先鋒呢！他的伯父與從兄《清史稿・列傳二百五十一》與譚嗣同楊銳同有傳。伯父名致靖，從兄名仁鑄，蓋乃戊戌政變要角。徐先生的父親，照他的文章中看來，大致也在直隸山東一帶為州縣，家學既厚，交遊亦廣，又久居日下，曾駐帝輦，以他這樣的條件，來談掌故，不特當世無第二人，恐怕繼起的也要興無人之歎吧！名之曰「絕學」，亦要無不可。

徐先生名這本書曰「類稿」，表示以類相從的意思。首九篇談清末三位脾氣怪僻的文人——王壬秋、李蒓客、章太炎，次談清代最知名之乙科（舉人）兩人——左季高與梁任公，次談柯鳳孫，陳散原，廖蕋畡，隆无譽，吳絅齋等五史詩文家，次談陳夔龍，段祺瑞，徐樹錚，孫傳芳等疆寄武人，次談清末鉅商胡雪巖，益以薛福辰、汪守正兩名醫及吳汝綸論醫，而殿以杭州旗營掌故及閹人掘藏事述。在徐先生原稿中，尚有所輯近人詩文書札一類為殿，因為印刷的成本關係，並未把他印入，這是非常抱憾一樁事。

從這樣一張目錄單上看來，我雖以此書的發行人來講，不敢說是徐先生全部作品的精華，而是很平均的從他的著述中提出了若干分之幾，而預備將來繼續出版《一士類稿》乙集、丙集的。我希望這志願能從速實現，俾使他的著作有全部問世的一日。

我雖然生長東南海濱，要談掌故，不能如徐先生那麼有好環境，但自幼迄壯，除看書外，所聽聞的卻也不少。大致人家所說的所寫的，我都能領會，而且能辨別他們的真實與否；叫我自己下筆，則不敢著隻字。歷史這一門學問，要他絢爛容易，要他忠實則大難。我在十七八歲的時候，跟一位父執聽一位自命掌故家（這位先生在前清幹過佐雜官兒）講李蓮英遺事，形容得極盡跋扈飛揚之致，和小說上的劉瑾、魏忠賢差不多，出入起居擬於王公不必說，還說李監戴了大紅頂子云云。太監那有頭品頂戴之理，我那時忍不住駁了他一句。那位掌故家大為不懌，逕斥我小孩子懂得什麼云云。客人後去，我的父執把我嘉獎一番，認為我的話駁得有理，那時我洋洋自得極了。但是到了今日，我卻沒有勇氣說李蓮英的頂子一定不是紅的。凡歷史必有賴於證據，我們若僅僅看見過清宮的祖訓，便以李蓮英不會戴紅頂子，這是靠不住的。

徐先生的談掌故長處，就是在平澹，而且多引他人著作（這也就是證據），自己的話很少很少，即批評他人著作的話，也說得很少；有的時候簡直就不說，讓讀者自己去評判，其頭腦之冷靜與態度之公平，凡歷史家所應具備的條件，徐先生是都有了的。

這樣，徐先生的文字在文采上就吃了虧，風致，活潑，俏皮等字眼，在他文字上就加不上去。

我可以說徐先生是學勝於文。但是文采的收斂，也是因為要求內容的真實性而出此，可謂兩難不能併了。

最近十年來有三位談掌故的名家，徐一士先生可謂史勝於文的，《花隨人聖盦摭憶》作者黃哲維可說是文勝於史的；（哲維雖文才橫溢，但所著書多不經語及矛盾處。）適於兩者之間的，則有瞿兌之先生，前編《古今半月刊》，遇有瞿徐兩先生合撰的文章（如談翁松禪《甲申日記》），由瞿先生執筆而由徐先生修正補充。我為編輯的得拜讀兩位的原稿，真覺珠聯璧合。瞿先生的文字流麗暢酣，間有大意處，經徐先生為之一補充，遂成十全十美，其苦心經營處，非讀印成本的讀者們所能知了（燕谷老人的《續孽海花》亦曾經徐先生潤色，我也見過徐氏修正原稿，作者雖曾登進士第，然於語體文固不甚高明）。

徐先生的文字，還有一個特點，即是體例謹嚴，有類乎桐城文家之所謂義法，凡一題目，或談一人，或談一事，開首必先以數語籠括全題，試就本書文中加以鉤稽如下：

〈王闓運與湘軍志〉：「王闓運《湘軍志》，雖物論有異同，要為近代條件。」（即此十二字，於《湘軍志》一書之糾紛及批評，均已籠括在內。）

〈談章炳麟〉：「章太炎（炳麟），高文碩學，蔚為近代鴻儒。比歲講學蘇州，不與政事，海內推為靈光巋然之國學大師。茲聞遠作古人，莫不悼惜不置。蓋實至名歸，非倖致也。」

〈談柯劭忞〉：「近代北方學者，柯劭忞亦有名人物也。」

〈談陳三立〉：「散原老人義寧陳伯嚴（三立），雅望清標，耆年宿學，蕭然物外，不染塵氛，溯其生平，蓋以貴公子而為真名士，雖嘗登甲榜，官京曹，而早非什宦中人，詩文所詣均精，亦足俯視群流。」

〈談陳夔龍〉：「陳夔龍（筱石），勝清之顯宦，民國之遺老也。」

〈談孫傳芳〉：「佛堂濺血，一棺戢身，十年前威震東南之孫聯帥遂長已矣。」

〈壬午兩名醫〉：「清孝欽后以太后主國事者數十年，初政負中具大業之譽，晚節召動搖邦本之禍，實中國近代史上極重要之人物，而當光緒初年，大病幾殆——蓋薛福辰、汪守正兩名醫之力為多。」

關於本書的話說完了，忍不住要發生一些感慨。我因編《古今半月刊》三年，也就和徐先生通訊了三年，於是我知道了徐先生三年來的窘況，可是《古今》社不曾予他以幫助，僅僅予他以略較豐些的稿費，原因很簡單，《古今》也是個窮刊物，當編輯的且是恃副業收入來糊一家口的，當然不能予徐先生以更多的幫助。可是徐先生的文章是經世之文，徐先生的學問是絕學，金碧輝煌書齋中陳列了廿四史的大人先生們總應該知道，民國已經到了卅三年，而《清史》還只有一部遭禁的稿子，我們要是不把徐先生這樣人供奉起來，看將來有什麼人來挑這副擔子！

周黎庵（卅三年十月卅日於古今社）

血歷史224　PC1057

新銳文創
INDEPENDENT & UNIQUE

徐一士說掌故

——《一士類稿》

原　　著	徐一士
主　　編	蔡登山
責任編輯	夏天安
圖文排版	蔡忠翰
封面設計	劉肇昇

出版策劃	新銳文創
發 行 人	宋政坤
法律顧問	毛國樑　律師
製作發行	秀威資訊科技股份有限公司 114 台北市內湖區瑞光路76巷65號1樓 電話：+886-2-2796-3638　傳真：+886-2-2796-1377 服務信箱：service@showwe.com.tw http://www.showwe.com.tw
郵政劃撥	19563868　戶名：秀威資訊科技股份有限公司
展售門市	國家書店【松江門市】 104 台北市中山區松江路209號1樓 電話：+886-2-2518-0207　傳真：+886-2-2518-0778
網路訂購	秀威網路書店：https://www.bodbooks.com.tw 國家網路書店：https://www.govbooks.com.tw

出版日期	2022年8月　BOD一版
定　　價	460元

讀者回函卡

Printed in Taiwan

國家圖書館出版品預行編目

徐一士說掌故：一士類稿 / 徐一士原著；
蔡登山主編. -- 一版. -- 臺北市：新銳
文創, 2022.08
面； 公分. -- (血歷史；224)
BOD版
ISBN 978-626-7128-16-9(平裝)

857.1 111007838